김소월시전집

KB047375

김소월 시전집

권영민 엮음

문학사상

소월의 시를 찾아서

이 책에 김소월이 쓴 모든 시 작품을 수록한다. 소월이 펴낸 시집 『진달래꽃』에 수록된 작품만이 아니라, 그가 세상을 떠난 뒤에 스승인 김억이 엮은 『소월시초素月詩抄』의 작품도 포함한다. 이 두 시집에 수록되지 않았지만 이미 잡지와 신문에 발표된 작품들, 그리고 유작의 형태로 잡지 『문학사상』이 발굴하여 공개한 작품도 함께 싣는다. 이와 비슷한 성격의 김소월 시전집이 이미 여럿 나와 있음에도 불구하고 이 책을 다시 펴내는 것은 김소월 시의 텍스트를 보다 정밀하게 검토하고 이를 바탕으로 그 정본을 제대로 확립해야 하겠다는 필자 나름의 욕심 때문이다.

내가 소월의 시를 처음 읽었던 것은 중학교 시절이다. 부끄러운 고백이지만 내가 간직하고 있는 그때의 일기장에는 매일 하루 일을 정리해 적어놓은 글 뒤에 소월 시 한 편이 덧붙여 씌어 있다. 학교 도서실에 있던 책 가운데 김소월의 시집은 내가 가장 자주 빌렸던 책이다. 매일 같이 이십 리를 걸어 학교에 다니면서 오가는 길에 큰 소리로 소월 시를 외웠던 생각이 난다. 뜻 모르고 그리 했지만, 그때 외웠던 시가 지금도 절로 입 밖으로 흘러나온다.

몇 년 전 미국 하버드 대학의 초빙 교수로 한국 문학을 강의하게 되었을 때, 데이비드 맥캔(David McCann) 교수와 함께 김소월의 시집 『진달래꽃』을 첫 페이지부터 끝까지 자세히 검토한 적이 있다. 맥캔 교수는 자타가 공인하는 김소월 연구의 권위자다. 이미 여러 차례 김소월 시에 대한 연구 논문을 발표한 적이 있고, 김소월시선집도 영문으로 발간하기도 하였다. 그런데 이번에는 『진달래꽃』 전체를 완역하여 출간할 계획을 세우고 있다는 것이다. 미국으로 떠나기 전에 나는 미리 한국에서 1925년판 원전을 복사했고, 시집이 출간되기 이전에 잡지와 신문에 발표되었던 작품들을 모두 찾아내어 시집에 수록된 것들과 일일이 대조해 두었다. 맥캔 교수는 벌써『진달래꽃』의 초역을 끝낸 상태였다. 나는 맥캔 교수와 매주 화요일 오후, 연구실에서 함께 만나『진달래꽃』을 한 페이지씩 읽어나갔다. 예컨대『진달래꽃』의 첫 번째 수록 작품인 「먼 후일」의 경우, 1920년에『학생계』에 발표한 최초의 원본과 1922년『개벽』에 개작 발표된 텍스트를 함께 대조하였고, 맥캔 교수의 영역본도 읽어나갔다. 맥캔 교수는 대부분의 소월 시를 줄줄 외었다. 어떤 작품은 둘이서 자리에서 일어나 큰 소리로 낭송하기도 하였다. 이 과정에서 대부분의 기존 연구서와 자료들을 검토하였고, 난해한 시어의 새로운 해석도 이루어졌다.『진달래꽃』함께 읽기를 끝낸 후, 맥캔 교수의『진달래꽃』영역본은 미국 컬럼비아 대학 출판부와 출간 계약을 하게 되었으며, 나는『김소월시전집』에 대한 새로운 구상을 마무리할 수 있게 되었다.

이 책은 모두 5부로 구성하였다. 제1부에는 김소월의 시집『진달래꽃』의 작품을 원문대로 수록하였다. 1925년 출판 당시의 원문을 살렸고, 책의 순서대로 작품을 실었으며, 작품마다 잡지와 신문에 발표되었던 원문을 찾아 함께 대조하여 텍스트의 개작 과정을 확인하여 볼 수 있게 하였다. 그리고 작품마다 현대 국어 표기법에 따른 텍스트를 덧붙여놓았다. 제2부는 김억 편『소월시초素月詩抄』(1939) 가운데 『진달래꽃』에 수록되지 않은 작품만을 실었다. 제3부는 잡지, 신문 등에 발표한 후 시집에 수록되지 않은 작품, 제4부는 한시 번역 작품, 제5부는『문학사상』에서 발굴한 소월의 미발표 작품을 실었다. 잡지, 신문의 원문 대조는 물론이고, 번역 한시의 경우는 중국 원전을 대조하여 함께 실었다. 부록으로는 그동안 소월 시의 해석에서 문제가 되곤 했던 중요 시어에 대한 해석을 첨부

하였다. 기왕의 전집 가운데 필자의 해석과 다른 해석을 보여준 대목들은 이를 밝혔다.

이 책을 엮으면서 김종욱 편『원본 소월전집』(홍성사, 1982), 김종욱 편,『정본正本 소월전집素月全集』(명상, 2005), 오하근 편『정본 김소월전집』(집문당, 1995), 오하근 편『김소월시 어법 연구』(집문당, 1995), 김용직 편『김소월전집』(서울대출판부, 1996) 등을 함께 참조하였음을 밝힌다. 이 책들은 모두가 김소월 시의 텍스트 연구의 기반을 제공하는 중요 업적들이다.

이 책을 엮는 과정에서 김소월 번역 한시의 원문을 중국 원전과 일일이 대조하여 다시 번역하여 주신 서울대학교 국어국문학과의 박희병 교수께 감사드린다. 잡지『배재』의 열람을 허락하여 준 배재고등학교 자료실에도 감사드린다. 신문, 잡지의 원문 조사를 도와준 서울대학교 현대문학교실의 정기인 군에게 고마움을 표한다. 소월시문학상을 주관하고 있는 문학사상사가 이 책의 출간을 맡아준 것이 더욱 기쁘다.

2007년 4월
관악의 자하연에서 권 영 민

| 일러두기 |

1. 이 책은 김소월이 발표한 모든 시 작품의 원전을 조사 대조하고 현대 국어 표기법에 맞도록 교감校勘하여 시 작품의 텍스트를 정본화하는 데에 목표를 둔다.

2. 이 책에 수록한 김소월의 시는 시집『진달래꽃』의 출간을 기준으로 하여 제1부에는『진달래꽃』, 제2부에서 제5부까지는『진달래꽃』 미수록 작품을 수록하여 놓았다.

3. 제1부의 경우, 시집『진달래꽃』 수록 작품은 시집 목차대로 작품을 배열하였으며, 잡지·신문의 발표 원전과 대조하였다. 그리고 각 작품의 말미에 현대 국어 표기법에 따라 필자가 확정한 작품 텍스트를 수록하였다.

4. 제2부의 경우, 김억 편『소월시초』에 수록된 작품 가운데『진달래꽃』과 중복되는 작품들은 모두 제외하였다.『소월시초』에 수록된 작품은 개작의 흔적이 많기 때문에, 현대어 표기로 바꿀 때는 모두 잡지, 신문에 발표된 원문을 기준으로 삼았다. 제3부에서는 잡지, 신문에 발표한 후에 시집에 수록되지 않은 작품을 발표 시기의 순서에 따라 수록하였다. 제4부 번역 한시의 경우 그 원문을 중국 원전과 대조하여 발표 순서에 따라 수록하였다. 제5부에는『문학사상』이 발굴 공개한 미발표작 가운데 습작 단계의 텍스트를 제외하고 그 텍스트가 완결된 것만을 골라 수록하였다. 수록된 모든 작품의 말미에는 제1부와 마찬가지로 현대 국어 표기법에 따라 필자가 확정한 작품 텍스트를 수록하였다.

5. 현대 국어 표기법에 따라 그 텍스트를 확정하는 과정에서, 작품에 쓰인 어휘 가운데 방언으로서의 특징을 그대로 간직하고 있는 어휘의 경우는 원전의 표기를 그대로 따랐다.

6. 각 작품의 원전 가운데 이미 그 의미가 밝혀진 경우는 그대로 따랐고, 연구자에 따라 해석상의 차이를 드러내고 있는 어휘의 경우는 서로 다른 해석을

주석란에 가능한 한 모두 소개하였다.

7. 부록으로 김소월 시의 중요 어휘에 대한 해설을 실었다. 소월시 어휘에 대한 해석은 이기문 교수의 『소월시素月詩의 언어言語에 대하여』(심상, 1983)를 통해 난해 어구로 주목되었던 상당수의 어휘들에 대한 이해가 가능해졌다. 이 책에서는 이기문 교수의 글에서 다루었던 어구 해석의 경우 대부분 그것에 따랐음을 밝힌다.

8. 이 책을 엮으면서 김종욱 편『원본 소월전집』(홍성사, 1982), 김종욱 편,『정본 소월전집』(명상, 2005), 오하근 편『정본 김소월전집』(집문당, 1995), 오하근,『김소월시어법연구』(집문당, 1995), 김용직 편『김소월전집』(서울대출판부, 1996) 등을 함께 참조하였다.

|차례|

---

1) '오시의눈'은 '오시는눈'의 오식. 목차와 달리 본문의 작품 제목은 '오시는눈'으로 표기되어 있음.

----

2) 목차에서는 '여수旅愁 1'과 '여수旅愁 2'로 구분되어 있지만, 본문에서는 '여수旅愁'라는 제목으로 된 하나의 작품이 두 개의 연으로 구분되어 있음.

제2부 『소월시초素月詩抄』 (1939. 12)

제4부 한시 번역 작품

제5부 미발표 작품3)

---

3) 『문학사상』(1978. 10) 발굴 작품.

제1부 『진달래꽃』(1925. 12)

님에게

먼後日[1]

먼훗날 당신이 차즈시면
그때에 내말이 『니젓노라』

당신이 속으로나무리면[2]
『뭇척그리다가 니젓노라』

그래도 당신이 나무리면
『밋기지안아서 니젓노라』

오늘도어제도 아니닛고
먼훗날 그때에 『니젓노라』

『학생계』 제1호, 「추천시」, 1920년 7월, 42쪽

먼后日

먼后日당신이차즈시면 그때에내말이—
　　　　　　　　　　　니젓노라.
당신말에나물어하시면 무척그리다가—

1) 『진달래꽃』, 3쪽.
2) '나무라다'의 방언.

　　　　　　　　　　니젓노라.
그래도그냥나물어하면 밋기지안아서―
　　　　　　　　　　니젓노라.
오늘도어제도못닛는당신 먼后日그째엔
　　　　　　　　　　니젓노라.

『개벽』 제26호, 1922년 8월, 24쪽

먼後日

먼 홋날에 당신이 차즈시면
그째에 내말이 「니젓노라.」

맘으로 당신이 나무려하시면
그째에 내말이 「무척 그리다가 니젓노라.」

당신이 그래도 나무러하시면
그째에 이말이 「밋기지안하서 니젓노라.」

오늘도 어제도 못닛는 당신을
먼 홋날 그째에는 니젓노라.

현대어 표기

먼 후일

먼 홋날 당신이 찾으시면
그때에 내 말이 『잊었노라』

당신이 속으로 나무리면
『무척 그리다가 잊었노라』

그래도 당신이 나무리면
『믿기지 않아서 잊었노라』

오늘도 어제도 아니 잊고
먼 훗날 그때에 『잊었노라』

풀싸기[1]

우리집뒷山에는 풀이푸르고
숩사이의시냇물, 모래바닥은
파알한[2]풀그림자, 떠서흘너요.

그립은[3] 우리님은 어듸게신고.
날마다 뛰여나는 우리님생각.
날마다 뒷山에 홀로안자서
날마다 풀을짜서 물에던져요.

흘러가는시내의 물에흘너서
내여던진풀닙픈 엿게[4]떠갈제
물쌀이 해적해적[5] 품을헤쳐요.

그립은우리님은 어듸게신고.
가엽는이내속을 둘곳업섯서
날마다 풀을짜서 물에떤지고
흘너가는님피나 맘해[6]보아요

----

1) 『진달래꽃』, 4~5쪽.
2) 파랗다.
3) 그립다.
4) 옅다. 수면이 밑바닥에 가깝다.
5) 조금씩 늘추거나 헤치는 모양.
6) 맘하다. 마음속에 새기다.

『동아일보』, 「독자문단」, 1921년 4월 9일자

풀짜기

우리집뒤 山에는 풀이프르고
그아레숩 시닛물모리의흰멋이
팔한 그 그림자를 삼켜흘너요.

그리운 우리님은 어데게신지
날마다 피여나는 우리님싱각
날마다 나는혼자 뒤山에안저
날마다 풀을짜서 물에 던저요

시내의흘러가는물을 쌀아서
내여던진 풀닙픈 엿개 써갈째
물결이 해적해적 품을헤처요

그립은 우리님은 어데게신지
가엽슨 이내가슴 둘곳이업서서
날마다 풀을짜서 물에던지고
흘너간 그풀닙을 맘해보아요.

『개벽』 제26호, 1922년 8월, 24쪽

풀짜기

우리집 뒷山에는 풀이 프르고,
그알에 수풀, 시냇물의 흰모래밧엔
파란 풀그림자가 써서 흘러요.

그립은 우리님은 어대게신고,
날마다 피어나는 우리님생각,
날마다 뒷山에 홀로 안자서,
날마다 풀을 싸선 물에 던져요.

흘러가는 시내의물길을 쌀하서
내여던진 풀닙이 엿게 쩌갈제
물쌀이 혜적혜적 품을 헤쳐요.

그립은 우리님은 어대게신고.
가업슨 이내맘을 둘곳이 업서
날마다 풀을 싸선 물에 던지고
흘너가는 풀닙들을 맘해보아요.

현대어 표기

풀 따기

우리 집 뒷산에는 풀이 푸르고
숲 사이의 시냇물 모래바닥은
파알한 풀 그림자 떠서 흘러요.

그리운 우리 임은 어디 계신고.
날마다 피어나는 우리 임 생각.
날마다 뒷산에 홀로 앉아서
날마다 풀을 따서 물에 던져요.

흘러가는 시내의 물에 흘러서
내어 던진 풀잎은 옅게 떠갈 제
물살이 해적해적 품을 헤쳐요.

그리운 우리 임은 어디 계신고.
가엾은 이내 속을 둘 곳 없어서
날마다 풀을 따서 물에 던지고
흘러가는 잎이나 맘해 보아요.

바다[1]

쒸노는흰물셜이 널고 쏘잣는[2]
붉은풀이 자라는바다는 어듸

고기잡이순들이 배우에안자
사랑노래 불으는바다는 어듸

파랏케 죠히[3] 물든藍빗하늘에
져녁놀 스러지는[4] 바다는 어듸

곳업시[5] 써다니는 늙은물새가
쎄를지어 좃니는[6] 바다는 어듸

건너서서 저便은 싼나라이라
가고십픈 그립은바다는 어듸

....

1) 『진달래꽃』, 6~7쪽.
2) 잦다. 거친 기운이 잠잠해지거나 가라앉다. '잦다'는 동사로 쓰일 경우 '액체가
   속으로 스며들거나 점점 졸아들어 없어지다', '거친 기운이 잠잠해지거나 가라앉
   다' 두 가지 뜻을 지니며, 형용사로 쓰일 경우 '여러 차례로 거듭되는 간격이 매
   우 짧다', '잇따라 자주 있다'라는 뜻을 지닌다. 여기서는 동사로 사용된 것으로
   보인다.
3) 좋이. 아주 잘. 곱게.
4) 스러지다. 나타난 형태가 차츰 희미해지면서 없어지다.
5) 곳 없다. 정처 없다.
6) 좃니다. 쫓아가다.

『동아일보』, 「독자문단」, 1921년 6월 14일자

바다

멀니저멀니물셜흰그곳
붉은풀이고히자란바다는멀다

고기잡이사람들이배우헤안저
사랑노리를부르는바다는멀다

새팔하게고히물든남빗하눌엔
흰구름이오고가는바다는멀다

정처업시써다니는크다란물새
쎼를지어도라가는바다는멀다

건너서면저편에는짠나라이요
가고십픈그리운곳바다는멀다

『개벽』제26호, 1922년 8월, 25쪽

바다

멀리 저멀리 흰물결의 넘노는
붉은 풀이 고히 자라난바다는 멉니다.

고기잡이사람들이 배우에 안저서
사랑노래를 부는바다는 멉니다.

새파라케 고히 물든 남빗한울에

흰구름이 오고가는바다는 멉니다.
定處업시 쩌단이는 크다란 물새가
쩨를 지어 돌아가는바다는 멉니다.

건너서면 먼 저便은 짠나라이요.
가고십흔 그립은바다는 멉니다.

현대어 표기

바다

뛰노는 흰 물결이 일고 또 잦는
붉은 풀이 자라는 바다는 어디

고기잡이꾼들이 배 위에 앉아
사랑노래 부르는 바다는 어디

파랗게 좋이 물든 남빛 하늘에
저녁놀 스러지는 바다는 어디

곳 없이 떠다니는 늙은 물새가
떼를 지어 좇니는 바다는 어디

건너서서 저 편은 딴 나라이라
가고 싶은 그리운 바다는 어디

山우헤[1]

山우헤올나섯서 바라다보면
가루막긴[2]바다를 마주건너서
님게시는마을이 내눈압프로
쑴하눌 하눌가치 써오릅니다

흰모래 모래빗긴[3]船舍까에는
한가한배노래가 멀니자즈며[4]
날점을고[5] 안개는 깁피덥퍼서
흐터지는물싯쑌 안득입니다[6]

이윽고 밤어둡는물새가 울면
물쎨조차 하나둘 배는쩌나서
저멀니 한바다르[7] 아주바다로
마치 가랑닙가치 쩌나갑니다

나는 혼자山에서 밤을새우고

---

1) 『진달래꽃』, 8~9쪽.
2) 가로막히다.
3) 비스듬히 놓이다.
4) 잦다. 잦아지다. 점차 줄어들어 없어지다.
5) 날 저물다.
6) 안득이다. 어른거리다. 『정본김소월전집』(오하근, 집문당, 1995)에서는 '아득이다'
   에 강세를 준 말로 보고 '힘에 겹고 괴로워 요리조리 뒤틀며 움직이다'라고 풀
   이함.
7) '한 바다로'의 오기

아츰해붉은볏헤 몸을씻츠며
귀기울고 솔곳이8) 엿듯노라면
님게신恋아래로 가는물노래

흔들어쌔우치는 물노래에는
내님이놀나 니러차즈신대도
내몸은 山우헤서 그山우헤서
고히깁피 잠드러 다 모릅니다

『동아일보』, 「독자문단」, 1921년 4월 9일자

그山 우

그山우에 올나서 바라보면
먼바다를건너, 먼바다를건너,
님게시는마을이 눈압흐로
숨하눌가치 써오릅니다.

흰모러가 빗긴 선창가에는
다만 배노러 다만 배노리,
날은저물고 안개는 찬데
물쏫이 흐터저 아득합니다.

프른물결에 물새가 울고,

----

8) '솔곳하다'는 '솔깃하다'의 방언. '그럴듯하게 여기어 마음이 기울어지거나 쏠리
는 데가 있다'라는 뜻을 지닌다. '솔곳이'는 '솔깃하게'로 바꾸어볼 수 있다.

하나둘 돗단 배는써나서
한바다길로 한바다길로
가랑닙가치 흘너갑니다.

그山우에 밤을새우고,
솟는해 새벽빗에 목욕하며,
귀를기울고 안젓스면
님의窓아리의 물결소리.

꿈을쌔우는 물결소리
님이 놀내여 차자들쌔엔
그山우에서 그山우에서
어느덧 내잠이 깁헛습니다.

『개벽』 제26호, 1922년 8월, 25쪽

그山우에

그山우에 올라서서 바라보면은
바다를 건너, 가로막힌바다를 건너,
님게시는 마을이 눈압흐로
꿈한울가티도 써오릅니다.

흰모래가 빗긴船倉가에는
다만 뱃노래, 한가롭은뱃노래,
날은 점을고 안개는 덥히는데,
물꼿이 흐터저 아득입니다.

프른물결에 물새가 울고
하나둘 돗단배는 써나서

한바다로 저 멀리 한바다로
가랑닙가티 흘러갑니다.

그山우에서 밤을 새우고,
아츰해 붉은볏에 몸을씻으며
귀기울이고 안젓느라면
님의窓알에 물결소리 납니다.

꿈을 깨우는 물결노래에
님이 놀래어 차즈실째엔
그山우에서 그山우에서
어느덧 내잠이 깁헛습니다.

현대어 표기

산 위에

산 위에 올라서서 바라다보면
가로막힌 바다를 마주 건너서
임 계시는 마을이 내 눈앞으로
꿈 하늘 하늘같이 떠오릅니다

흰모래 모래 빗긴 선창 가에는
한가한 뱃노래가 멀리 잦으며
날 저물고 안개는 깊이 덮여서
흩어지는 물꽃뿐 안득입니다

이윽고 밤 어둡는 물새가 울면
물결 좇아 하나둘 배는 떠나서
저 멀리 한 바다로 아주 바다로

마치 가랑잎같이 떠나갑니다

나는 혼자 산에서 밤을 새우고
아침 해 붉은 볕에 몸을 씻으며
귀 기울고 솔곳이 엿듣노라면
임 계신 창 아래로 가는 물노래

흔들어 깨우치는 물노래에는
내 임이 놀라 일어 찾으신대도
내 몸은 산 위에서 그 산 위에서
고이 깊이 잠들어 다 모릅니다

옛니야기[1]

고요하고 어둡은밤이오면은
어스러한[2] 灯불에 밤이오면은
외롭음에 압픔에 다만혼자서
하염업는눈물에 저는 웁니다

제한몸도 예전엔 눈물모르고
죠그만한世上을 보냇습니다
그째는 지낸날의 옛니야기도
아못[3]서름모르고 외왓습니다

그런데 우리님이 가신뒤에는
아주 저를바리고 가신뒤에는
前날에 제게잇든 모든것들이
가지가지[4]업서지고 마랏습니다

그러나 그한째에 외와두엇든
옛니야기쑨만은 남앗습니다
나날이짓터가는 옛니야기는
부질업시 제몸을 울녀줍니다

----

1) 『진달래꽃』, 10~11쪽.
2) 어스레하다. 어둑하고 희미하다.
3) 아무.
4) 갖가지.

『개벽』제31호, 1923년 2월, 32쪽

녯 이 악 이

고요하게도 어둡은밤이 오면은
어스러한燈불에 밤이 오면은
외롭게도 괴롭게 다만 혼자로
하염업는 눈물에 저는 웁니다.

제한몸도 예前엔 눈물모르고,
족으마한 세상을 보냇습니다,
그째엔 지낸날의 녯이악이도
다못서름 모르고 외왓습니다.

그런데 우리님이 가신뒤로는
아주도 저를 버리고 가신뒤로는
前날에 제게 잇든 모든것들이
가지가지 업서지고 말앗습니다.

그러나 그, 한째에 외와두엇든
녯이악이뿐만은 남앗습니다
밤마다 생각나는 녯이악이는
부질업시 제몸을 울려줍니다

현대어 표기

옛 이야기

고요하고 어두운 밤이 오면은
어스레한 등불에 밤이 오면은

외로움에 아픔에 다만 혼자서
하염없는 눈물에 저는 웁니다

제 한 몸도 예전엔 눈물 모르고
조그마한 세상을 보냈습니다
그때는 지낸 날의 옛이야기도
아무 설움 모르고 외었습니다

그런데 우리 임이 가신 뒤에는
아주 저를 버리고 가신 뒤에는
전前날에 제게 있던 모든 것들이
가지가지 없어지고 말았습니다

그러나 그 한때에 외어두었던
옛이야기뿐만은 남았습니다
나날이 짙어가는 옛이야기는
부질없이 제 몸을 울려줍니다

님의노래[1]

그립은우리님의 맑은노래는
언제나 제가슴에 저저잇서요

긴날을 門박게서 섯서드러도
그립은우리님의 고흔노래는
해지고 져무도록 귀에들녀요
밤들고 잠드도록 귀에들녀요

고히도흔들니는 노래가락에
내잠은 그만이나 깁피드러요
孤寂한잠자리에 홀로누어도
내잠은 포스근히[2] 깁피드러요

그러나 자다깨면 님의노래는
하나도 남김업시 일허바려요
드르면듯는대로 님의노래는
하나도 남김업시 닛고마라요

---

1) 『진달래꽃』, 12~13쪽.
2) 포스근하다. 포근하다.

『개벽』 제32호, 1923년 2월, 31쪽

님 의 노 래

그립은 우리님의 맑은노래는
언제나 내가슴에 저저잇서요.

긴날을 門박게서 서서 들어도
그립은 우리님의 부르든 노래는
해지고 저므도록 귀에 들려요.
밤들고 잠드도록 귀에 들려요.

고히도 흔들리는 노래가락에
내잠은 그만이나 깁히 들어요.
孤寂한 잠자리에 홀로 누어도
내잠은 포스근히 깁히 들어요.

그러나 자다쌔면 님의노래는
하나도 남김업시 일허버려요.
들으면 듯는대로 님의노래는
하나도 남김업시 닛고말아요.

현대어 표기

임의 노래

그리운 우리 임의 맑은 노래는
언제나 제 가슴에 젖어 있어요

긴 날을 문밖에서 서서 들어도

그리운 우리 임의 고운 노래는
해지고 저물도록 귀에 들려요
밤들고 잠들도록 귀에 들려요

고이도 흔들이는 노랫가락에
내 잠은 그만이나 깊이 들어요
고적한 잠자리에 홀로 누워도
내 잠은 포스근히 깊이 들어요

그러나 자다 깨면 임의 노래는
하나도 남김없이 잃어버려요
들으면 듣는 대로 임의 노래는
하나도 남김없이 잊고 말아요

失題[1]

동무들 보십시오 해가집니다
해지고 오늘날[2]은 가노랍니다
웃옷을 잽시빨니[3] 닙으십시오
우리도 山마루로 올나갑시다

동무들 보십시오 해가집니다
세상의모든것은 빗치납니다
인저는 주춤주춤 어둡습니다
예서더 저믄째를 밤이랍니다

동무들 보십시오 밤이옵니다
박쥐가 발샛리[4]에 니러납니다
두눈을 인제구만 감우십시오
우리도 골짝이로 나려갑시다

---

1) 『진달래꽃』, 14~15쪽.
2) 오늘 해. 오늘 한 날. '지금의 시대'를 말하는 '오늘날'이 아님.
3) 잽싸게 빨리.
4) 발부리. 발끝의 뾰족한 부분.

『조선문단』제7호, 1925년 4월, 46쪽

失題

동무들보십시오해가집니다
해지고오늘날은가노랍니다
웃옷을잽시쌜니닙으십시오
우리도山마루로올나갑시다

동무들보십시오해가집니다
세상의모든것은빗치납니다
인저는주춤주춤어둡슴니다
예서더저믄째를밤이랍니다

동무들보십시오해가집니다
박쥐가발쑤리에니러납니다
두눈을인제그만감으십시오
우리도골짝이로나려갑시다

현대어 표기

실제

동무들 보십시오 해가 집니다
해 지고 오늘날은 가노랍니다
윗옷을 잽시 빨리 입으십시오
우리도 산마루로 올라갑시다

동무들 보십시오 해가 집니다
세상의 모든 것은 빛이 납니다

인제는 주춤주춤 어둡습니다
예서 더 저문 때를 밤이랍니다

동무들 보십시오 밤이 옵니다
박쥐가 발부리에 일어납니다
두 눈을 인제 그만 감으십시오
우리도 골짜기로 나려갑시다

님의말슴[1]

세월이 물과가치 흐른두달은
길어둔독엣물도 써엇지마는[2]
가면서 함께가쟈하든말슴은
살아서 살을맛는[3] 표적이외다

봄풀은 봄이되면 도다나지만[4]
나무는밋그루[5]를썩근셈이요
새라면 두쥭지[6]가 傷한셈이라
내몸에 쏫퓔날은 다시업구나

밤마다 닭소래라 날이첫時면[7]
당신의 넉마지[8]로 나가볼째요
그믐에 지는달이 山에걸니면
당신의길신가리[9] 차릴째외다

1) 『진달래꽃』, 16~17쪽.
2) 찌다. 고인 물이 없어지거나 줄어들다.
3) '살을 맞다'는 관용적으로 쓰이는 말인데, '귀신에게서 해를 입다'라는 뜻을 지닌
   다. 여기서 '살煞'은 사람을 해치는 독하고 모진 기운을 말한다.
4) 돋아나다.
5) 밑그루. 나무의 밑동.
6) 날갯죽지. '죽지'는 새의 날개가 몸에 붙은 부분을 말한다.
7) 자정이 지난 첫 시時. 축시丑時. 새벽 1시에서 3시 사이.
8) 넋맞이. 죽은 혼백을 맞이함.
9) 죽은 사람의 넋을 인도하기 위해 하는 굿.

세월은 물과가치 홀너가지만
가면서 함께가쟈 하든말슴은
당신을 아주닛든 말슴이지만
죽기前 쏘못니즐 말슴이외다

『조선문단』 제10호, 1925년 7월, 85~86쪽

그사람에게[10]

1

한째는만흔날을당신생각에
밤짜지새운일도업지안치만
지금도째마다는당신생각에
축업는벼개짜의쑴은잇지만

낫모를쌴세상의네길거리에
애달퍼날저무는갓스믈이요
캄캄한어둡은밤들에헤매도
당신은니저바린서름이외다

당신을생각하면지금이라도
비오는모새밧테오는눈물의
축업는벼개짜의쑴은잇지만
당신은니저바린서름이외다

10) 본문의 전반부와 후반부를 분리하여 후반부는 「님의말슴」이라는 제목을, 전반
부는 「님에게」라는 제목을 붙여 독립된 작품으로 시집에 수록함.

2

세월이물과가치흐른삼년은
길어둔독엣물도써엇지마는
가면서함께가쟈하든말슴은
사라서살을맛는표젹이외다

봄풀은봄이되면도다나지만
나무는밋그루를썩근셈이요
새라면두죽지가상한셈이라
내몸에곳필날은다시업구나

밤마다닭소래라날이첫시면
당신의넉마지로나가볼째요
그믐에지는달이산에걸니면
당신의길신가리차릴째외다

세월은물과가치흘너가지만
가면서함께가자하든말슴은
당신을아주닛든말슴이지만
죽기전쏘못니즐말슴이외다

현대어 표기

임의 말씀

세월이 물과 같이 흐른 두 달은
길어둔 독엣 물도 찌었지마는
가면서 함께 가자 하던 말씀은
살아서 살을 맞는 표적이외다

봄풀은 봄이 되면 돋아나지만
나무는 밑그루를 꺾은 셈이요
새라면 두 죽지가 상한 셈이라
내 몸에 꽃필 날은 다시없구나

밤마다 닭소리라 날이 첫 시면
당신의 넋맞이로 나가볼 때요
그믐에 지는 달이 산에 걸리면
당신의 길신가리 차릴 때외다

세월은 물과 같이 흘러가지만
가면서 함께 가자 하던 말씀은
당신을 아주 잊던 말씀이지만
죽기 전 또 못 잊을 말씀이외다

님에게[1]

한째는 만흔날을 당신생각에
밤까지 새운일도 업지안치만
아직도 째마다[2]는 당신생각에
축업은[3] 벼개까의꿈은 잇지만

낫모를 짠세상의 네길꺼리에
애달퍼 날져무는 갓스물이요
캄캄한 어둡은밤 들에헤메도
당신은 니저바린 서름이외다

당신을 생각하면 지금이라도
비오는 모래밧테 오는눈물의
축업은 벼개까의꿈은 잇지만
당신은 니저바린 서름이외다

---

1) 『진달래꽃』, 18~19쪽.
2) 때때로.
3) 축축하다. 습기에 차서 눅눅하다.

『조선문단』제10호, 1925년 7월, 85~86쪽

그사람에게

1

한째는만흔날을당신생각에
밤짜지새운일도업지안치만
지금도째마다는당신생각에
축업는벼개짜의꿈은잇지만

낫모를짠세상의네길거리에
애달퍼날저무는갓스물이요
캄캄한어둡은밤들에헤매도
당신은니저바린서름이외다

당신을생각하면지금이라도
비오는모새밧테오는눈물의
축업는벼개짜의꿈은잇지만
당신은니저바린서름이외다

2

세월이물과가치흐른삼년은
길어둔독엣물도써엇지마는
가면서함께가쟈하든말슴은
사라서살을맛는표적이외다

봄풀은봄이되면도다나지만
나무는밋그루를썩근셈이요
새라면두죽지가상한셈이라

내몸에솟쮤날은다시업구나

밤마다닭소래라날이첫시면
당신의넉마지로나가볼째요
그믐에지는달이산에걸니면
당신의길신가리차릴째외다

세월은물과가치흘너가지만
가면서함께가자하든말슴은
당신을아주닛든말슴이지만
죽기젼쏘못니즐말슴이외다

임에게

한때는 많은 날을 당신 생각에
밤까지 새운 일도 없지 않지만
아직도 때마다는 당신 생각에
축업은 베갯가의 꿈은 있지만

낯모를 딴 세상의 네 길거리에
애달피 날 저무는 갓 스물이요
캄캄한 어두운 밤 들에 헤매도
당신은 잊어버린 설움이외다

당신을 생각하면 지금이라도
비 오는 모래밭에 오는 눈물의
축업은 베갯가의 꿈은 있지만
당신은 잊어버린 설움이외다

마른江두덕에서[1][2]

서리마즌 닙들만 쌔울지라도[3]
그밋티야 江물의자추[4] 안이랴
닙새우헤 밤마다 우는달빗치
흘너가든 江물의자추 안이랴

쌜내소래 물소래 仙女의노래
물싯치든[5] 돌우헨 물째[6]쑨이라
물째무든 조악돌 마른갈숩피[7]
이제라고 江물의터야 안이랴

쌜내소래 물소래 仙女의노래
물싯치든 돌우헨 물째쑨이라

---

1) 『진달래꽃』, 20쪽.
2) '두둑'의 방언. 소월의 시에서는 '둔덕', '두던', '두덩' 등과 같은 말이 함께 쓰이
   고 있다. '강 두덕'은 강의 언덕.
3) 쌓이다. 쌓일지라도.
4) 자취.
5) '스치다'의 방언. 『정본김소월전집』(오하근, 집문당, 1995)에서는 '씻다'로 풀이함.
6) 물때. 물에 섞인 깨끗하지 못한 물건이 다른 데에 옮아서 생기는 때.
7) 갈대의 숲.

마른 강 두덕에서

서리 맞은 잎들만 쌔울지라도
그 밑이야 강물의 자취 아니랴
잎새 위에 밤마다 우는 달빛이
흘러가던 강물의 자취 아니랴

빨래소리 물소리 선녀의 노래
물 싯치던 돌 위엔 물때뿐이라
물때 묻은 조약돌 마른 갈 숲이
이제라고 강물의 터야 아니랴

빨래소리 물소리 선녀의 노래
물 싯치던 돌 위엔 물때뿐이라

봄밤

봄밤
밤
숨쉰 그 옛 날
숨으로 오는 한 사람

봄밤[1]

실버드나무의 검으스럿한[2]머리결인 낡은가지에
제비의 넓은깃나래[3]의 紺色치마에
술집의窓녑페, 보아라, 봄이 안잣지안는가.

소리도업시 바람은불며, 울며, 한숨지워라
아무런줄도업시[4] 설고 그립은색캄한 봄밤
보드랍은濕氣는 써돌며 쌍을덥퍼라.

『동아일보』, 「독자문단」, 1921년 4월 9일자

봄 밤

실버드나무의검으스럿한머리칼의날근가지에,
제비의넓은 깃나리의 紺色치마에,
술집의窓녑헤 보아라 봄이 안젓지안는가

소리도업시 바람은불며歎息하여라 한숨지어라
아모까닭좃차업시 설고그리운식캄한봄밤

---

1) 『진달래꽃』, 23쪽.
2) 거무스레하다.
3) 깃 날개.
4) 아무 이유나 까닭도 없이.

보드라운濕氣는 써돌며 쌍을덥퍼라

『개벽』 제22호, 1922년 4월, 48쪽

봄 밤

실버드나무의 검스렷한머리ㅅ결의 낡은가지에,
제비의 넓은깃나래의 紺色치마에,
술집의窓녑혜, 보아라, 봄이 안젓지안는가.

소리도업시 바람은불며, 한숨지여라,
아모런줄도업시 설고그립은 새캄한봄밤,
보드랍은 濕氣는 써돌며 쌍을 덥허라.

현대어 표기

봄 밤

실버들 나무의 거무스렷한 머릿결인 낡은 가지에
제비의 넓은 깃 나래의 감색 치마에
술집의 창 옆에, 보아라, 봄이 앉았지 않은가.

소리도 없이 바람은 불며, 울며, 한숨지어라
아무런 줄도 없이 섭고 그리운 새카만 봄밤
보드라운 습기는 떠돌며 땅을 덮어라.

밤1)

홀로잠들기가 참말 외롭아요
맘에는 사뭇차도록2) 그립어와요
이리도무던이3)
아주 얼골조차 니칠듯해요.4)

발서5) 해가지고 어둡는대요,
이곳은 仁川에濟物浦, 이름난곳,
부슬부슬 오는비에 밤이더듸고6)
바다바람이 칩기만합니다.7)

다만고요히 누어드르면
다만고요히 누어드르면
하이얏케 밀어드는 봄밀물이
눈압플 가루막고 흘늑길8)쑨이야요

---

1) 『진달래꽃』, 24~25쪽.
2) 사무치도록.
3) 어지간히.
4) 잊힐 듯하다.
5) 벌써.
6) 더디다. 움직이는 시간이 오래다. 느리다.
7) '춥다'의 방언.
8) 흐느끼다.

『개벽』제20호, 1922년 2월, 18~19쪽

濟物浦에서
―밤

홀로 잠을들기가 참말 외롭워요
맘에 사무치도록 그리워와요
이리무던히
아주 어룰9)조차도 니칠듯해요.

벌서해가 지고 저물엇는데요
부슬부슬 오는비에 밤이 더듸고
바다바람이 칩기만합니다.
이곳이仁川에 濟物浦라는대야요.

다만고요히 누어들으면
다만고요히 누어들으면
하야케 밀어드는 봄밀물이
눈압흘 가로막고 흙느낄뿐이야요.

현대어 표기

밤

홀로 잠들기가 참말 외로워요
맘에는 사무치도록 그리워와요
이리도 무던히
아주 얼굴조차 잊힐 듯해요.

----

9) 얼굴.

벌써 해가 지고 어두운데요,
이곳은 인천에 제물포, 이름난 곳,
부슬부슬 오는 비에 밤이 더디고
바닷바람이 칩기만 합니다.

다만 고요히 누워 들으면
다만 고요히 누워 들으면
하이얗게 밀어드는 봄 밀물이
눈앞을 가로막고 흐느낄 뿐이야요.

꿈꾼그옛날[1]

박게는 눈, 눈이 와라,
고요히 窓아래로는 달빗치드러라.
어스름[2]타고서 오신그女子는
내꿈의 품속으로 드러와안겨라.

나의벼개는 눈물로 함빡히 저젓서라.
그만그女子는 가고마랏느냐.
다만 고요한새벽, 별그림자하나가
窓틈을 엿보아라.

『개벽』 제20호, 1922년 2월, 18쪽

꿈꿘그녯날

박게는 눈, 눈이와라.
고요히窓알에는 달비치 들어라.
어스름타고서 오신그女子는
내꿈의품속으로 들어와안겨라.

1) 『진달래꽃』, 26쪽.
2) 저녁이나 새벽의 어스레한 빛. 또는 그때.

나의벼개는 눈물로 함빡히 저젓서라.
그만그女子는 가고말앗서라.
다만고요한별 그림자가 하나
窓틈을 엿보아라.

현대어 표기

꿈꾼 그 옛날

밖에는 눈, 눈이 와라,
고요히 창 아래로는 달빛이 들어라.
어스름 타고서 오신 그 여자는
내 꿈의 품속으로 들어와 안겨라.

나의 베개는 눈물로 함빡이 젖었어라.
그만 그 여자는 가고 말았느냐.
다만 고요한 새벽, 별 그림자 하나가
창틈을 엿보아라.

꿈으로오는한사람[1]

나히차라지면서[2] 가지게되엿노라
숨어잇든한사람이, 언제나 나의,
다시깁픈 잠속의꿈으로 와라
붉으럿한[3] 얼골에 가늣한[4]손가락의,
모르는듯한擧動도 前날의모양대로
그는 야저시[5] 나의팔우헤 누어라
그러나, 그래도 그러나!
말할 아무것이 다시업는가!
그냥 먹먹할[6]쑨, 그대로
그는 니러라[7]. 닭의 홰치는소래.
쌔여서도 늘, 길쩌리엣사람을
밝은대낫에 빗보고는[8] 하노라

---

1) 『진달래꽃』, 27쪽.
2) 차라지다. (나이가) 차게 되다.
3) 불그레하다.
4) 가늣하다. 가느스름하다.
5) '의젓이'의 작은 말. 얌전히 차분하게.
6) '먹먹하다'는 '귀가 갑자기 막힌 듯이 소리가 잘 들리지 아니하다'를 뜻하지만,
   여기서는 '멍멍하다(아득히 정신이 빠진 것 같다)'에 가깝다.
7) '일어나다'의 옛말.
8) 빗보다. 똑바로 보지 못하고 어긋나게 잘못 보다.

꿈으로 오는 한 사람

나이 차라지면서 가지게 되었노라
숨어 있던 한 사람이, 언제나 나의,
다시 깊은 잠 속의 꿈으로 와라
붉으렷한 얼굴에 가늣한 손가락의,
모르는 듯한 거동도 전날의 모양대로
그는 야젓이 나의 팔 위에 누워라
그러나, 그래도 그러나!
말할 아무것이 다시없는가!
그냥 먹먹할 뿐, 그대로
그는 일어라. 닭의 홰치는 소리.
깨어서도 늘, 길거리엣 사람을
밝은 대낮에 빗보고는 하노라

두사람

눈오는저녁[1]

바람자는[2] 이저녁
흰눈은 퍼붓는데
무엇하고 게시노
가튼저녁 今年은……

꿈이라도 쒸면은!
잠들면 맛날넌가.
니젓든 그사람은
흰눈타고 오시네.

져녁째. 흰눈은 퍼부어라.

현대어 표기

눈 오는 저녁

바람 자는 이 저녁
흰눈은 퍼붓는데
무엇하고 계시노

....

1) 『진달래꽃』, 31쪽.
2) 바람이 잠잠해지다. 멎다.

같은 저녁 금년은……

꿈이라도 꾸며는!
잠들면 만날런가.
잊었던 그 사람은
흰눈 타고 오시네.

저녁 때. 흰눈은 퍼부어라.

紫朱구름[1]

물[2]고흔 紫朱구름,
하눌은 개여오네.
밤즁에 몰내 온눈
솔숩페 쏫픠엿네.

아츰볏 빗나는데
알알이 쒸노는눈

밤새에 지난일은……
다닛고 바라보네.

움직어리는 紫朱구름.

자주 구름

물 고운 자주 구름,
하늘은 개어오네.

---

1) 『진달래꽃』, 32쪽.
2) 어떤 물건에 묻어 드러나는 색깔.

밤중에 몰래 온 눈
솔숲에 꽃 피었네.

아침 볕 빛나는데
알알이 뛰노는 눈

밤새에 지난 일은……
다 잊고 바라보네.

움직거리는 자주 구름.

두사람[1]

흰눈은 한닙
쏘 한닙
嶺기슭을 덥플째.
집신에 감발하고[2] 길심매고[3]
웃둑 니러나면서 도라서도……
다시금 쏘 보이는,
다시금 쏘 보이는.

현대어 표기

두 사람

흰눈은 한 잎
또 한 잎
영 기슭을 덮을 때.
짚신에 감발하고 길심매고
우뚝 일어나면서 돌아서도……
다시금 또 보이는,
다시금 또 보이는.

---

1) 『진달래꽃』, 33쪽.
2) 감발하다. 발감개를 하다. 짚신을 신을 때 버선을 신는 대신 발을 좁고 긴 무명
  헝겊으로 감는 것을 말함.
3) 먼 길을 가기 위해 저고리나 두루마기를 입고 그 위를 띠로 동여매다. 저고리,
  두루마기 등 옷섶과 무 사이에 있어 옷의 주체가 되는 넓고 큰 폭을 '길'이라고
  한다.

닭소래[1]

그대만 업게되면
가슴뒤노는[2] 닭소래[3] 늘 드러라.

밤은 아주 새여올째
잠은 아주 다라날째

꿈은 이루기어려워라.

저리고[4] 압품이어
살기가 왜 이리 고달프냐.

새벽그림자 散亂한들풀우흘
혼자서 건일어라.

현대어 표기

닭소리

그대만 없게 되면

....

1) 『진달래꽃』, 34~35쪽.
2) 뒤놀다. 한곳에 붙어 있지 않고 이리저리 흔들리다. 갈피를 잡지 못하고 흔들리다. 『소월시초』에서는 '뛰노는'으로 바꾸어놓고 있다.
3) 닭의 울음소리.
4) 저리다. 살이나 뼈마디가 오래 눌려서 피가 잘 통하지 않아 힘이 없고 감각이 둔하게 되다.

가슴 뛰노는 닭소리 늘 들어라.

밤은 아주 새어올 때
잠은 아주 달아날 때

꿈은 이루기 어려워라.

저리고 아픔이여
살기가 왜 이리 고달프냐.

새벽 그림자 산란한 들풀 위를
혼자서 거닐어라

못니저[1]

못니저 생각이 나겟지요,
그런대로 한세상지내시구려,
사노라면 니칠[2]날잇스리다.

못니저 생각이 나겟지요,
그런대로 세월만 가라시구려,
못니저도 더러는 니치오리다.

그러나 쏘한굿[3] 이럿치요,
「그립어살틀히[4] 못닛는데,
어쎄면 생각이 쩌지나요?」

『개벽』 제35호, 1923년 5월, 139쪽

못닛도록 생각 나겟지요[5]

못닛도록 생각이 나겟지요,

....
1) 『진달래꽃』, 36쪽.
2) 잊히다.
3) 또 한편. 또 다른 면.
4) 살뜰히. 남을 위하는 마음이 자상하고 알뜰하게.
5) 「사욕절思欲絶」이라는 제목 아래 포함됨.

그런대로 歲月만 가랍시구려.

그러면 더러는 닛치겟지요,
아수운대로 그러케 살읍시구려.

그러나 당신이 니르겟지요,
「그립어 살틀이도 못닛는 당신을
오래다고생각인들 써지오릿가?」

못 잊어

못 잊어 생각이 나겠지요,
그런대로 한세상 지내시구려,
사노라면 잊힐 날 있으리다.

못 잊어 생각이 나겠지요,
그런대로 세월만 가라시구려,
못 잊어도 더러는 잊히오리다.

그러나 또 한끝 이렇지요,
「그리워 살뜰히 못 잊는데,
어쩌면 생각이 떠나지요?」

예전엔밋처몰낫서요[1]

봄가을업시 밤마다 돗는달도[2]
　「예젼엔 밋처몰낫서요.」

이럿케 사뭇차게[3] 그려울줄도
　「예젼엔 밋처몰낫서요.」

달이 암만밝아도 쳐다볼줄을
　「예젼엔 밋처몰낫서요.」

이제금 져달이 서름인줄은
　「예젼엔 밋처몰낫서요.」

『개벽』 제35호, 1923년 5월, 139~140쪽

예前엔 밋처 몰랏서요[4]

봄가을업시 밤마다 돗는달을,
　「예前엔 밋처 몰랏서요.」

----

1) 『진달래꽃』, 37쪽.
2) 『소월시초』에서는 '돗는달도'가 '돋는 달을'로 바뀜.
3) 사무치게.
4) 「사욕절思欲絶」이라는 제목 아래 포함됨.

이럿케 사모차게 그럽을줄을,
「예前엔 밋처 몰랏서요.」

달이 암만밝아도 처다볼줄을,
「예前엔 밋처 몰랏서요.」

이제금 저달이 설음인줄은
「예前엔 밋처 몰랏서요.」

현대어 표기

예전엔 미처 몰랐어요

봄가을 없이 밤마다 돋는 달도
「예전엔 미처 몰랐어요.」

이렇게 사무치게 그려울 줄도
「예전엔 미처 몰랐어요.」

달이 암만 밝아도 쳐다볼 줄을
「예전엔 미처 몰랐어요.」

이제금 저 달이 설움인 줄은
「예전엔 미처 몰랐어요.」

자나깨나안즈나서나[1]

자나깨나 안즈나서나
그림자갓튼 벗하나이 내게 잇섯습니다.

그러나, 우리는 얼마나 만흔세월을
쓸데업는 괴롭음으로만 보내엿겟습니까!

오늘은 쏘다시, 당신의가슴속, 속모를곳을
울면서 나는 휘저어바리고 써납니다그려.

허수한[2]맘, 둘곳업는 心事에 쓰라린가슴은
그것이 사랑, 사랑이든줄이 아니도닛칩니다.

───────────────────────────────

『개벽』 제35호, 1923년 5월, 140쪽

───────────────────────────────

자나 깨나, 안즈나 서나[3]

자나 깨나 안즈나 서나,
그림자가튼 벗하나이 내게 잇섯습니다.

....

1) 『진달래꽃』, 38쪽.
2) 공허하고 서운하다.
3) 「사욕절思欲絶」이라는 제목 아래 포함됨.

그러나 우리는 얼마나 만흔歲月을
쓸데업는 괴롭음으로만 보내엿습닛가!

오늘은 또다시 당신가슴의 한복판을
울면서 나는 휘젓고 써납니다구러!

하소연한맘, 둘곳업는심사에 쓸아린가슴은
그것이 사랑이든줄이 아니도 닛칩니다.

현대어 표기

자나 깨나 앉으나 서나

자나 깨나 앉으나 서나
그림자 같은 벗 하나이 내게 있었습니다.

그러나 우리는 얼마나 많은 세월을
쓸데없는 괴로움으로만 보내었겠습니까!

오늘은 또다시, 당신의 가슴 속, 속모를 곳을
울면서 나는 휘저어 버리고 떠납니다그려.

허수한 맘, 둘 곳 없는 심사에 쓰라린 가슴은
그것이 사랑, 사랑이던 줄이 아니도 잊힙니다.

해가山마루에저므러도[1]

해가山 마루에 저므러도
내게두고는[2] 당신째문에 저픕니다.

해가 山마루에 올나와도
내게두고는 당신째문에 밝은아츰이라고 할것입니다.

쌍이 써저도 하눌이 문허져도
내게두고는 씃까지모두다 당신째문에 잇습니다.

다시는, 나의 이러한맘쑨은, 째가되면,
그림자갓치 당신한테로 가우리다.[3]

오오, 나의愛人이엇든 당신이어.

『개벽』 제35호, 1923년 5월, 140~141쪽

해가 山마루에 저믈어도[4]

해가 山마루에 저믈어도,

....

1) 『진달래꽃』, 39~40쪽.
2) 나에게 있어서는.
3) 가오리다.
4) 「사욕절思欲絶」이라는 제목 아래 포함됨.

내게는 당신째문에 저믈어집니다.

「여봅셔요, 그러한 내생각일낭
내愛人이여, 두番도 마르셔요..」

바람불고 비조차 오는 어둡은밤이라도,
내게는 당신째문에 아츰이 밝아집니다.

「여봅셔요, 그러한 내생각일낭
내愛人이여, 두番도 말으셔요..」

萬里他國갓다가도
째가 되면 당신한테로 오겟습니다.
여봅셔요, 내愛人이여!
이길로 써나간뒤에는 나의蹤迹가튼것은,
엇더한사람에게라도 뭇지말아 주셔요.

「그러나, 그러나 여봅셔요,
당신은 나의愛人입니다.」

현대어 표기

해가 산마루에 저물어도

해가 산마루에 저물어도
내게 두고는 당신 때문에 저뭅니다.

해가 산마루에 올라와도
내게 두고는 당신 때문에 밝은 아침이라고 할 것입니다.

땅이 꺼져도 하늘이 무너져도

내게 두고는 끝까지 모두 다 당신 때문에 있습니다.

다시는, 나의 이러한 맘뿐은, 때가 되면,
그림자같이 당신한테로 가오리다.

오오, 나의 애인愛人이었던 당신이여.

無主空山
- 나의 金億 씨에게
素月

쑴1)

닭개즘생2)조차도 쑴이잇다고
니르는3)말이야 잇지안은가,
그러하다, 봄날은쑴쑬째.
내몸에야 쑴이나잇스랴,
아아 내세상의쑷티어,
나는 쑴이그립어, 쑴이그립어.

『개벽』제19호, 1922년 1월, 35쪽

쑴4)

닭개즘생조차도 쑴이잇다고
니르는말이야 잇지안은가.
그러하다, 봄날은쑴쒤째.
내몸에야 쑴이나잇스랴,
아아 내세상의쑷이여,
쑴이그리워, 쑴이그리워.

1) 『진달래꽃』, 43쪽.
2) 닭, 개, 즘승.
3) 이르다. 말하다.
4) 「금金잔듸 '소곡小曲'」이라는 제목 아래 포함됨.

꿈

닭 개 짐승조차도 꿈이 있다고
이르는 말이야 있지 않은가,
그러하다, 봄날은 꿈꿀 때.
내 몸에야 꿈이나 있으랴,
아아 내 세상의 끝이여,
나는 꿈이 그리워, 꿈이 그리워.

맘켱기는날[1]

오실날
아니오시는사람!
오시는것갓게도
맘켱기는[2]날!
어느덧 해도지고 날이저므네!

현대어 표기

맘 켕기는 날

오실 날
아니 오시는 사람!
오시는 것 같기도
맘 켕기는 날!
어느덧 해도 지고 날이 저무네!

---

1) 『진달래꽃』, 44쪽.
2) 켕기다. 탈이 날까 보아 마음이 불안하다.

하눌끗[1]

불연듯[2]
집을나서 山을치다라
바다를 내다보는 나의身勢여!
배는써나 하눌로 끗틀가누나!

현대어 표기

하늘 끝

불현듯
집을 나서 산을 치달아
바다를 내다보는 나의 신세여!
배는 떠나 하늘로 끝을 가누나!

---

1) 『진달래꽃』, 45쪽
2) 불현듯이. 갑자기 생각이 치밀어서 걷잡을 수 없게.

개아미[1]

진달내 솟치퓌고
바람은 버들가지에서 울째,
개아미는
허리가늣한[2] 개아미는
봄날의한나졀, 오늘하루도
고달피 부주런히[3] 집을지어라.

『개벽』 제19호, 1922년 1월, 36쪽

개암이[4]

진달내솟이 퓌고,
바람은 버들가지에서울째,
이러한날하루도 개암이는
허리가느른개암이는
봄날의한나졀, 오늘하루도
골몰하게도 부즈런히도집을지여라.

1) 『진달래꽃』, 46쪽.
2) 가늣하다. 가느다랗다.
3) 부지런히.
4) 「금金잔듸 '소곡小曲'」이라는 제목 아래 포함됨.

개미

진달래꽃이 피고
바람은 버들가지에서 울 때,
개미는
허리 가늣한 개미는
봄날의 한나절, 오늘 하루도
고달피 부지런히 집을 지어라.

제비[1]

하눌로 나라다니는 제비의몸으로도
一定한깃[2]을 두고 도라오거든!
어찌설지[3]안으랴, 집도업는몸이야!

『개벽』제19호, 1922년 1월, 36쪽

제비[4]

한울놉히 날아단이는 제비의몸으로도
一定한깃을두고 오가며 돌아오거든,
어찌설지안으랴, 집도업는몸이야!

현대어 표기

제비

하늘로 날아다니는 제비의 몸으로도

---

1) 『진달래꽃』, 47쪽.
2) 깃. 보금자리.
3) 섧다.
4) 「금金잔듸 '소곡小曲'」이라는 제목 아래 포함됨.

일정한 깃을 두고 돌아오거든!
어찌 섧지 않으랴, 집도 없는 몸이야!

부헝새[1]

간밤에
뒷窓박게
부헝새가와서 울더니,
하로를 바다우헤 구름이캄캄.
오늘도 해못보고 날이저므네.

『개벽』 제19호, 1922년 1월, 36쪽

부헝새[2]

간밤에 부헝새가한마리,
뒷門밧게 와서울더니,
오늘은 바다우에도 구름이캄캄,
해못본날하로도 어느덧 저믈어가네.

현대어 표기

부엉새

간밤에

---

1) 『진달래꽃』, 48쪽.
2) 「금金잔듸 '소곡小曲'」이라는 제목 아래 포함됨.

뒷창 밖에
부엉새가 와서 울더니,
하루를 바다 위에 구름이 캄캄.
오늘도 해 못보고 날이 저무네.

萬里城[1]

밤마다 밤마다
온하로밤[2]!
싸핫다 허럿다
긴 萬里城!

『동아일보』, 1925년 1월 1일자

萬里城[3]

밤마다 밤마다
온하로밤
싸핫다 허럿다
긴 萬里城

현대어 표기

만리성

밤마다 밤마다

----
1) 『진달래꽃』, 49쪽.
2) 하룻밤 내내.
3) 「서도여운西道餘韻 외 4편」이라는 제목에 포함됨.

온 하룻밤!
쌓았다 헐었다
긴 만리성!

樹芽[1]

설다[2]해도
웬만한,
봄이안이어,
나무도 가지마다 눈을터서라[3]!

樹芽[4]

웬만한 설은봄은 아니여!
나무가지 가지마다 눈을텃서라,
내가슴에도 봄이와서
只今 눈을 트랴고하여라.

현대어 표기

수아

섧다 해도

---

1) 『진달래꽃』, 50쪽.
2) 섧다.
3) 눈이 트다. 나무의 새싹이 돋아나다.
4) 「금金잔듸 '소곡小曲'」이라는 제목 아래 포함됨.

웬만한,
봄이 아니어,
나무도 가지마다 눈을 텄어라!

한째한째

담배[1]

나의 긴한숨을 동무하는
못닛게 생각나는 나의담배!
來歷을니저바린 옛時節에
낫다가[2] 새업시[3] 몸이가신
아씨님무덤우의 풀이라고
말하는사람도 보앗서라.
어물어물눈압폐 스러지는검은煙氣,
다만 타붓고[4] 업서지는불꼿.
아 나의괴롭은 이맘이어.
나의하욤업시[5] 쓸쓸한만흔날은
너와한가지로 지나가라.

현대어 표기

담배

나의 긴 한숨을 동무하는

---

1) 『진달래꽃』, 53쪽.
2) 태어났다가.
3) 여기서 '새'는 '사이'로 본다.
4) 타 붙다.
5) 하염없이.

못 잊게 생각나는 나의 담배!
내력을 잊어버린 옛 시절에
났다가 새 없이 몸이 가신
아씨님 무덤 위의 풀이라고
말하는 사람도 보았어라.
어물어물 눈앞에 스러지는 검은 연기,
다만 타 붙고 없어지는 불꽃.
아 나의 괴로운 이 맘이어.
나의 하염없이 쓸쓸한 많은 날은
너와 한가지로 지나가라.

失題[1]

이가람[2]과져가람이 모두쳐흘너[3]
그무엇을 쯧하는고?

미덥음[4]을모르는 당신의맘

죽은드시 어둡은깁픈골의
쩌림측한괴롭은 몹쓸꿈의
퍼르쥭쥭한[5]불길은 흐르지만
더듬기에짓치운[6] 두손길은
부러가는바람에 식키셔요[7]

밝고[8]호졋한 보름달이
새벽의흔들니는 물노래로
수접음에칩음[9]에 숨을드시
쩔고잇는물밋튼 여긔외다.

---

1) 『진달래꽃』, 54~55쪽.
2) 강물.
3) 쳐흐르다. 빠르고 세차게 흐르다.
4) 미더움.
5) 퍼르죽죽하다.
6) 지치다.
7) 식히다.
8) '밝고'의 오식.
9) 수줍음과 추움.

미덥움을모르는 당신의맘

져山과이山이 마주섯서
그무엇을 뜻하는고?

『동아일보』, 1925년 7월 21일자

서로미듬[押韻][10]

당신한테무러볼가 내생각은
이물과저물이모두홀넌
무엇을뜻함이잇느냐고?
죽은드시고요한골짝이엔
써림측한괴롭은몹쓸꿈만
빗검은불이되여흐르지요
품안아올녀누힌나의당신
눈업시어릅쓰는[11]이손길은
시로내가슴에서치우세요
그러나이보세요여게야요
밝고호젓한보름달이
새벽의흔들리는물노래로
부긋럽워무서워숨을드시
썰고있는물밋틀못보세요
아즉그래도나의당신
머믓거림이잇는가요

....
10) 「서로미듬[押韻]」이라는 제목으로 발표됨.
11) 어름거리다.

저산과이산이마주서선
무엇을쏫하는줄아시나요

현대어 표기

실제

이 가람과 저 가람이 모두 처흘러
그 무엇을 뜻하는고?

미더움을 모르는 당신의 맘

죽은 듯이 어두운 깊은 골의
꺼림칙한 괴로운 몹쓸 꿈의
퍼르죽죽한 불길은 흐르지만
더듬기에 지치운 두 손길은
불어가는 바람에 식히셔요

밝고 호젓한 보름달이
새벽의 흔들리는 물노래로
수줍음에 추움에 숨을 듯이
떨고 있는 물밑은 여기외다.

미더움을 모르는 당신의 맘

저 산과 이 산이 마주 서서
그 무엇을 뜻하는고?

어버이[1]

잘살며못살며 할일이안이라
죽지못해산다는 말이잇나니,
바이[2]죽지못할것도 안이지마는
금년에열네살, 아들쌀이 잇섯서
순복에아부님은 못하노란다.

현대어 표기

어버이

잘 살며 못 살며 할 일이 아니라
죽지 못해 산다는 말이 있나니,
바이 죽지 못할 것도 아니지마는
금년에 열네 살, 아들딸이 있어서
순복의 아버님은 못 하노란다.

---

1) 『진달래꽃』, 56쪽.
2) 다른 도리 없이. 아주.

父母[1]

落葉이 우수수 쩌러질째,
겨울의 기나긴밤,
어머님하고 둘이안자
옛니야기 드러라.

나는어쩨면 생겨나와
이니야기 듯는가?
뭇지도마라라, 來日날에
내가父母되여서 알아보랴?

현대어 표기

부모

낙엽이 우수수 떨어질 때,
겨울의 기나긴 밤,
어머님하고 둘이 앉아
옛 이야기 들어라.

나는 어쩌면 생겨 나와

---

1) 『진달래꽃』, 57쪽.

이 이야기 듣는가?
문지도 말아라, 내일 날에
내가 부모 되어서 알아보랴?

후살이[1]

홀로된그女子
近日에와서는 후살이[2]간다 하여라.
그러치안으랴, 그사람써나서
제이十年[3], 저혼자 더 살은오늘날에 와서야……
모두다그럴듯한 사람사는일레요.[4]

현대어 표기

후살이

홀로 된 그 여자
근일에 와서는 후살이 간다 하여라.
그렇지 않으랴, 그 사람 떠나서
이제 십년, 저 혼자 더 살은 오늘날에 와서야……
모두 다 그럴듯한 사람 사는 일레요.

....

1) 『진달래꽃』, 58쪽.
2) 여자가 개가해 사는 일. 후가後嫁.
3) 『소월시초』에서는 '이제! 十年'으로 바뀜.
4) 사람 사는 일레요.

니젓든맘[1]

집을써나 먼 저곳에
외로히도 단니든[2] 내心事를!
바람부러 봄꼿치 필째에는,
어쎄타[3] 그대는 쏘왓는가,
저도닛고나니 저모르든그대
어찌하야 옛날의쑴조차 함쎄오는가.
쓸데도업시 서럽게만 오고가는맘.

『개벽』 제26호, 1922년 8월, 26쪽

니젓든맘

집을써나 먼먼곳에
외로이도 단이든 내心思를.
바람불어 봄꼿이필째에는,
그대는 왜오는가,
저도 닛고 나도니젓든그대는
어찌하야 녯쑴과 함쎄오는가.

....

1) 『진달래꽃』, 59쪽.
2) 다니다.
3) 어찌하다.

일도업시 선입게만⁴⁾ 오고가는맘.

현대어 표기

잊었던 맘

집을 떠나 먼 저곳에
외로이도 다니던 내 심사를!
바람 불어 봄꽃이 필 때에는,
어찌타 그대는 또 왔는가,
저도 잊고 나니 저 모르던 그대
어찌하여 옛날의 꿈조차 함께 오는가.
쓸데도 없이 서럽게만 오고 가는 맘.

---

4) 시집에서 '서럽게만'으로 고쳐진 것으로 보아 잡지 게재 시의 오식으로 생각됨.

봄비[1]

어룰[2]업시지는쏫츤 가는봄인데
어룰업시오는비에 봄은우러라.
서럽다, 이나의가슴속에는!
보라, 놉픈구름 나무의푸릇한가지.
그러나 해느즈니[3] 어스름인가.
애달피고흔비는 그어오지만[4]
내몸은쏫자리에 주저안자 우노라.

현대어 표기

봄비

어룰 없이 지는 꽃은 가는 봄인데
어룰 없이 오는 비에 봄은 울어라.
서럽다, 이 나의 가슴속에는!
보라, 높은 구름 나무의 푸릇한 가지.
그러나 해 늦으니 어스름인가.
애달피 고운 비는 그어오지만
내 몸은 꽃자리에 주저앉아 우노라.

---

1) 『진달래꽃』, 60쪽.
2) '얼굴'의 방언.
3) 해 늦다. 해가 기우는 때에 이르다.
4) 사우斜雨. '긋다'라는 말은 '그치다'의 뜻을 갖지만, '그어오지만'은 '비가 그치다'
   의 뜻이 아니라 '비가 바람에 날려 빗겨 뿌리다'라는 뜻을 가진다. 『정본김소월
   전집』(오하근, 집문당, 1995)에서는 '비가 잠깐 그치다'로 풀이함.

비단안개[1]

눈들이 비단안개에 둘니울째,
그째는 참아 닛지못할째러라.
맛나서 울든째도 그런날이오,
그리워 밋친날도 그런째러라.

눈들이 비단안개에 둘니울째,
그째는 홀목슴은 못살째러라.
눈플니는[2] 가지에 당치마귀[3]로
젊은게집목매고 달닐째러라.

눈들이 비단안개에 둘니울째,
그째는 종달새 소슬째러라.
들에랴, 바다에랴, 하늘에서랴,
아지못할무엇에 醉할째러라.

눈들이 비단안개에 둘니울째,
그째는 참아 닛지못할째러라.
첫사랑잇든째도 그런날이오
영리별잇든날도 그런째러라.

---

1) 『진달래꽃』, 61~62쪽.
2) 눈 풀리다. 얼었던 눈이 녹다.
3) '당치마'는 '여성들이 입던 예복인 당의唐衣'를 말함. '치맛귀'는 '치마의 모서리 부분'을 말함.

비단안개

눈들에비단안개에둘니울째,
그째는참아닛지못할째러라.
맛나서울든째도그런날이오,
글여워밋친날도그런째러라.

눈들에비단안개에둘니울째,
그째는홀목슴은못살째러라.
녹은꼿닙가지에당치마귀로
젊은게집목매고달닐째러라.

눈들에비단안개에둘니울째,
그째는죵달새소슬째러라.
들에랴바다에랴하눌에서랴,
아지못할무엇에취할째러라.

눈들에비단안개에둘니울째,
그째는참아닛지못할째러라.
처음안겨보던째도이런날이오
영니별잇슨날도이런째러라.

현대어 표기

비단안개

눈들이 비단안개에 둘리울 때,
그때는 차마 잊지 못할 때러라.

만나서 울던 때도 그런 날이요,
그리워 미친 날도 그런 때러라.

눈들이 비단안개에 둘리울 때,
그때는 홀 목숨은 못 살 때러라.
눈 풀리는 가지에 당치맛귀로
젊은 계집 목매고 달릴 때러라.

눈들이 비단안개에 둘리울 때,
그때는 종달새 솟을 때러라.
들에랴, 바다에랴, 하늘에서랴,
알지 못할 무엇에 취할 때러라.

눈들이 비단안개에 둘리울 때,
그때는 차마 잊지 못할 때러라.
첫사랑 있던 때도 그런 날이요
영이별 있던 날도 그런 때러라.

記憶[1]

달아래 싀멋업시[2] 섯든그女子,
서잇든그女子의 햇슥한얼골,
햇슥한그얼골 적이[3]파릇함.
다시금 실벗듯한[4] 가지아래서
싀컴은머리씰[5]은 번쩍어리며.
다시금 하로밤의싀는江물을
平壤의긴단장[6]은 숫고[7]든째.
오오 그싀멋업시 섯든女子여!

그립다 그한밤을 내게갓갑든[8]
그대여 꿈이깁든 그한동안을
슬픔에 구엽음[9]에 다시사랑의
눈물에 우리몸이 맛기윗든[10]째.

....

1) 『진달래꽃』, 63~64쪽.
2) 시멋 없이. 아무 생각 없이. 망연히.
3) 약간. 다소.
4) 실이 가느다랗게 벋은 듯이.
5) 머리카락.
6) 단장斷腸. 몹시 슬퍼 창자가 끊어지는 듯함. 애끓는 듯함. 『정본김소월전집』(오하
   근, 집문당, 1995)에서는 '작고 낮은 담장'으로 풀이함.
7) '싣다'의 방언. 이 구절은 평양에서 겪은 애달픔을 모두 싣고 강물이 흘러감을
   뜻하는 것으로 풀이할 수 있다. 『정본김소월전집』(오하근, 집문당, 1995)에서는
   '스치다'로 풀이함.
8) 가깝다.
9) 귀여움.
10) 맡기우다. 맡겨지다.

다시금 고지낙한[11]城박골목의
四月의느저가는 쓴눈의밤을
한두個灯불빗츤 우러새든째.
오오 그 쇠멋업시 섯든女子여!

현대어 표기

기억

달 아래 시멋 없이 섰던 그 여자,
서 있던 그 여자의 해쓱한 얼굴,
해쓱한 그 얼굴 적이 파릇함.
다시금 실 벋듯한 가지 아래서
시커먼 머리낄은 번쩍거리며.
다시금 하룻밤의 식는 강물을
평양의 긴 단장은 슷고 가던 때.
오오 그 시멋 없이 섰던 여자여!

그립다 그 한밤을 내게 가깝던
그대여 꿈이 깊던 그 한동안을
슬픔에 귀여움에 다시 사랑의
눈물에 우리 몸이 맡기웠던 때.
다시금 고즈넉한 성 밖 골목의
사월의 늦어 가는 뜬눈의 밤을
한두 개 등불빛은 울어 새던 때.
오오 그 시멋 없이 섰던 여자여!

---

11) 고즈넉하다. 호젓하고 아늑하다.

愛慕[1]

왜안이 오시나요.
暎窓에는 달빗, 梅花꼿치
그림자는 散亂히 휘젓는데.
아이. 눈 싹감고 요대로 잠을들쟈.

저멀니 들니는것!
봄철의 밀물소래
물나라의玲瓏한九重宮闕, 宮闕의오요한[2]곳,
잠못드는龍女의춤과노래, 봄철의밀물소래.

어둡은가슴속의 구석구석……
환연한[3] 거울속에, 봄구름잠긴곳에,
소솔비[4]나리며, 달무리[5]둘녀라.
이대도록[6] 왜안이 오시나요 왜안이 오시나요

----

1) 『진달래꽃』, 65~66쪽.
2) 오요奧遙하다. 깊고 아득하다.『정본김소월전집』(오하근, 집문당, 1995)에서는 '고
   요하다'로 풀이함.
3) 환연渙然하다. 의심 따위가 풀리어 가뭇없다.
4) 소슬비. 으스스하고 쓸쓸하게 오는 비.
5) 달 언저리에 둥글게 둘린 구름 같은 테.
6) 이다지.

애모

왜 아니 오시나요.
영창에는 달빛, 매화꽃이
그림자는 산란히 휘젓는데.
아이. 눈 깍 감고 요대로 잠을 들자.

저 멀리 들리는 것!
봄철의 밀물 소리
물나라의 영롱한 구중궁궐, 궁궐의 오요한 곳,
잠 못 드는 용녀의 춤과 노래, 봄철의 밀물 소리.

어두운 가슴속의 구석구석……
환연한 거울 속에, 봄 구름 잠긴 곳에,
소솔비 내리며, 달무리 둘려라.
이대도록 왜 아니 오시나요. 왜 아니 오시나요.

몹쓸꿈[1]

봄새벽의몹쓸꿈
깨고나면!
울짓는[2] 가막까치[3], 놀나난소래,
너희들은 눈에 무엇이보이느냐.

봄철의죠흔세벽, 풀이슬 매첫서라.
볼지어다, 歲月은 도모지便安한데,
두새업는[4] 저가마귀, 새들게[5] 울짓는 저까치야,
나의凶한꿈보이느냐?

고요히쪼봄바람은 봄의빈들을 지나가며,
이윽고 동산에서는 꼿닙들이 훗터질째,
말드러라, 애틋한 이女子야, 사랑의째문에는
모두다 사납은兆朕인듯, 가슴을 뒤노아라.[6]

---

1) 『진달래꽃』, 1925년, 67~68쪽.
2) 우짖는.
3) 까마귀와 까치.
4) '두서頭緒없다'의 방언. 이치에 맞지 않다.
5) 남이 알아들을 수 없게 혼자 지껄이다.
6) 갈피를 잡지 못하고 흔들리다.

몹쓸 꿈

봄 새벽의 몹쓸 꿈
깨고 나면!
울짖는 까막까치, 놀라는 소리,
너희들은 눈에 무엇이 보이느냐.

봄철의 좋은 새벽, 풀 이슬 맺혔어라.
볼지어다, 세월은 도무지 편안한데,
두새없는 저 까마귀, 새들게 울짖는 저 까치야,
나의 흉한 꿈 보이느냐?

고요히 또 봄바람은 봄의 빈 들을 지나가며,
이윽고 동산에서는 꽃잎들이 흩어질 때,
말 들어라, 애틋한 이 여자야, 사랑의 때문에는
모두 다 사나운 조짐인 듯, 가슴을 뒤노아라.

그를숨쏜밤[1]

야밤중, 불빗치밝하게
어렴프시 보여라.

들니는듯, 마는듯,
발자국소래.
스러져가는 발자국소래.

아무리 혼자누어 몸을뒤재도[2]
일허바린잠은 다시안와라.

야밤중, 불빗치밝하게[3]
어렴프시보여라.

현대어 표기

그를 꿈꾼 밤

야밤중, 불빛이 발갛게

1) 『진달래꽃』, 69쪽.
2) 뒤척이다.
3) 발갛다.

어렴풋이 보여라.

들리는 듯, 마는 듯,
발자국 소리.
스러져가는 발자국 소리.

아무리 혼자 누워 몸을 뒤재도
잃어버린 잠은 다시 안 와라.

야밤중, 불빛이 발갛게
어렴풋이 보여라.

女子의냄새[1]

푸른구름의옷닙은 달의냄새.
붉은구름의옷닙은 해의냄새.
안이, 짬냄새, 째무든냄새,
비에마자 축업은[2]살과 옷냄새.

푸른바다…… 어즈리는[3]배……
보드랍은그립은 엇든목슴의
조고마한푸룻한 그무러진[4]靈
어우러져빗기는[5] 살의아우성……

다시는葬死지나간 숨속엣냄새.
幽靈실은널쒸는 배싼엣냄새.
생고기의 바다의냄새.
느즌봄의 하늘을쩌도는냄새.

모래두던[6]바람은 그물안개를 불고
먼거리의불빗츤 달저녁을우러라.

---

1) 『진달래꽃』, 70~71쪽.
2) 축축하다. 습기에 차서 눅눅하다.
3) 어지럽게 되다.
4) 날이 흐리고 어둠침침하게 되다. (비유적으로) 마음이 침울하게 되다.
5) 옆으로 스치다.
6) 모래 언덕.

냄새만흔 그몸이좃습니다.
냄새만흔 그몸이좃습니다.

현대어 표기

여자의 냄새

푸른 구름의 옷 입은 달의 냄새.
붉은 구름의 옷 입은 해의 냄새.
아니, 땀 냄새, 때 묻은 냄새,
비에 맞아 축업은 살과 옷 냄새.

푸른 바다…… 어지러운 배……
보드라운 그리운 어떤 목숨의
조그마한 푸릇한 그무러진 영
어우러져 빗기는 살의 아우성……

다시는 장사 지나간 숲속엣 냄새.
유령 실은 널뛰는 뱃간엣 냄새.
생고기의 바다의 냄새.
늦은 봄의 하늘을 떠도는 냄새.

모래 두던 바람은 그물안개를 불고
먼 거리의 불빛은 달 저녁을 울어라.
냄새만은 그 몸이 좋습니다.
냄새만은 그 몸이 좋습니다.

粉얼골[1]

불빗헤써오르는 샛보얀얼골,
그얼골이보내는 호젓한냄새,
오고가는입술의 주고밧는盞,
가느스럼한손씰은 아르대여라.[2]

검으스러하면서도[3] 붉으스러한
어렴풋하면서도 다시分明한
줄그늘우혜 그대의목노리[4],
달빗치 수플우흘 써흐르는가.

그대하고 나하고 쏘는 그게집
밤에노는세사람, 밤의세사람,
다시금 술잔우의 긴봄밤은
소리도업시 窓박그로 새여싸져라

---

1) 『진달래꽃』, 72~73쪽.
2) 어르대다. 귀엽게 다루어 기쁘게 하여주다. 『정본김소월전집』(오하근, 집문당, 1995)에서는 '아리대다'로 보고 '눈앞에서 왔다 갔다 하다'로 풀이함.
3) 거무스레하다.
4) 『소월시초』에서는 '목소리'로 바뀜. 『김소월시어법연구』(오하근, 집문당, 1995)에서는 '울대뼈'로, 『김소월전집』(김용직, 서울대출판부, 1996)에서는 '제주'로 풀이함. 문맥상으로 보아 전자의 경우가 더 어울린다.

분 얼굴

불빛에 떠오르는 샛보얀 얼굴,
그 얼굴이 보내는 호젓한 냄새,
오고가는 입술의 주고받는 잔,
가느스름한 손길은 아르대어라.

거무스러하면서도 불그스러한
어렴풋하면서도 다시 분명한
줄 그늘 위에 그대의 목노리,
달빛이 수풀 위를 떠 흐르는가.

그대하고 나하고 또는 그 계집
밤에 노는 세 사람, 밤의 세 사람,
다시금 술잔 위의 긴 봄밤은
소리도 없이 창밖으로 새어 빠져라

안해몸[1]

들고나는 밀물에
배써나간자리야 잇스랴.
어질은[2] 안해인 남의몸인그대요
『아주, 엄마엄마라고 불니우기前에.』

굴쑥이기에 烟氣가나고
돌바우안이기에 좀[3]이 드러라.
젊으나 젊으신 청하눌[4]인그대요,
『착한일하신분네는 天堂가웁시리라.』

현대어 표기

안해 몸

들고나는 밀물에
배 떠나간 자리야 있으랴.
어질은 안해인 남의 몸인 그대요
『아주, 엄마 엄마라고 불리우기 전에.』

....

1) 『진달래꽃』, 74쪽.
2) 어질다. 순하고 착하다.
3) 나무나 옷감을 갉아먹는 좀벌레.
4) 청천하늘.

굴뚝이기에 연기가 나고
돌 바위 아니기에 좀이 들어라.
젊으나 젊으신 청하늘인 그대요,
『착한 일 하신 분네는 천당 가옵시리라.』

서울밤[1]

붉은電灯.

푸른電灯.

넓다란거리면 푸른電灯.

막다른골목이면 붉은電灯.

電灯은반짝입니다.

電灯은그무립니다.[2]

電灯은 쏘다시 어스렷합니다.[3]

電灯은 죽은듯한긴밤을 직힘니다.

나의가슴의 속모를곳의

어둡고밝은 그속에서도

붉은電灯이 호득여웁니다.[4]

푸른電灯이 호득여웁니다.

붉은電灯.

푸른電灯.

머나먼밤하늘은 새캄합니다.

머나먼밤하눌은 색캄합니다.

---

1) 『진달래꽃』, 75~76쪽.
2) 불빛이 밝아졌다 침침해졌다 하다.
3) 어스레하다. 환하게 밝지 않고 조금 어둑하다.
4) '흐느끼다'의 방언.

서울거리가 죠타고해요,
서울밤이 죠타고해요
붉은電灯.
프른電灯.
나의가슴의 속모를곳의
프른電灯은 孤寂합니다.
붉은電灯은孤寂합니다.

현대어 표기

서울 밤

붉은 전등.
푸른 전등.
널따란 거리면 푸른 전등.
막다른 골목이면 붉은 전등.
전등은 반짝입니다.
전등은 그무립니다.
전등은 또다시 어스레합니다.
전등은 죽은 듯한 긴 밤을 지킵니다.

나의 가슴의 속모를 곳의
어둡고 밝은 그 속에서도
붉은 전등이 흐득여 웁니다.
푸른 전등이 흐득여 웁니다.

붉은 전등.
푸른 전등.
머나먼 밤하늘은 새캄합니다.
머나먼 밤하늘은 새캄합니다.

서울 거리가 좋다고 해요,
서울 밤이 좋다고 해요.
붉은 전등.
푸른 전등.
나의 가슴의 속모를 곳의
푸른 전등은 고적합니다.
붉은 전등은 고적합니다.

半달

가을아츰에
가을저녁에
半달

가을아츰에[1]

엇득한[2] 퍼스럿한[3] 하늘아래서
灰色의집웅들은 번쩍어리며,
성긋한[4] 섶나무의 드믄수풀을
바람은 오다가다 울며맛날째,
보일낙말낙하는 멧골에서는
안개가 어스러히[5] 흘너싸혀라.

아아 이는 찬비온 새벽이러라.
냇물도 닙새아래 어러붓누나.
눈물에쌔여[6] 오는모든記憶은
피흘닌傷處조차 아직새롭은
가주난아기[7]갓치 울며서두는
내靈을 에워싸고 속살거려라.

『그대의가슴속이 가뷔엽든날
그립은그한때는 언제여섯노!』
아아어루만지는 고흔그소래
쓸아 린가슴에서속살거리는,

---

1) 『진달래꽃』, 79~80쪽.
2) 어둑하다. 조금 어둡다.
3) 퍼르스레하다. 약간 푸른빛을 띠다.
4) 보기에 조금 성기다. 촘촘하지 않고 약간 사이가 뜨다.
5) 조금 어둑하다.
6) 싸이다.
7) 갓난아기.

믭음[8])도 부끄럼도 니즌소래에,
슷업시 하염업시 나는 우러라.

가을 아침에

엇득한 퍼스렷한 하늘 아래서
회색의 지붕들은 번쩍거리며,
성깃한 섭나무의 드문 수풀을
바람은 오다가다 울며 만날 때,
보일락 말락 하는 멧골에서는
안개가 어스러히 흘러 쌓여라.

아아 이는 찬비 온 새벽이러라.
냇물도 잎새 아래 얼어붙누나.
눈물에 쎄어 오는 모든 기억은
피 흘린 상처조차 아직 새로운
가주난아기같이 울며 서두는
내 영을 에워싸고 속살거려라.

『그대의 가슴속이 가비엽던 날
그립은 그 한때는 언제였었노!』
아아 어루만지는 고흔 그 소리
쓰라린 가슴에서 속살거리는,
미움도 부끄럼도 잊은 소리에,
끝없이 하염없이 나는 울어라.

---

8) 미움.

가을저녁에[1]

물은 희고길구나, 하눌보다도
구름은 붉구나, 해보다도
서럽다, 놉파가는 긴들긋테
나는 써돌며울며 생각한다, 그대를.

그늘깁퍼 오르는발압프로
긋업시 나아가는길은 압프로
키놉픈나무아래로, 물마을은
성긋한[2]가지가지 새로써올은다.

그누가 온다고한 言約도 업것마는!
기다려볼사람도 업것마는!
나는 오히려 못물까을 싸고써돈다.
그못물로는 놀[3]이 자즐[4]째.

---

1) 『진달래꽃』, 81~82쪽.
2) 보기에 조금 성기다. 촘촘하지 않고 약간 사이가 뜨다.
3) 노을. 저녁노을. 『정본김소월전집』(오하근, 집문당, 1995)에서는 '사납고 큰 물결'
   이라고 풀이함.
4) 잦다. 줄어들어 없어지다.

가을 저녁에

물은 희고 길구나, 하늘보다도.
구름은 붉구나, 해보다도.
서럽다, 높아가는 긴 들 끝에
나는 떠돌며 울며 생각한다, 그대를.

그늘 깊어 오르는 발 앞으로
끝없이 나아가는 길은 앞으로.
키 높은 나무 아래로, 물마을은
성깃한 가지가지 새로 떠오른다.

그 누가 온다고 한 언약도 없건마는!
기다려 볼 사람도 없건마는!
나는 오히려 못물가를 싸고 떠돈다.
그 못물로는 놀이 잦을 때.

半달[1]

희멀씀하여 쩌돈다, 하늘우헤,
빗죽은[2]半달이 언제 올낫나!
바람은 나온다, 저녁은 칩구나,[3]
흰물까엔 쑤렷이 해가 드누나.

어둑컴컴한 풀업는들은
찬안개우호로 쩌흐른다.
아, 겨울은 깁펏다, 내몸에는,
가슴이 문허저나려안는 이서름아!

가는님은 가슴엣사랑짜지 업세고[4]가고
젊음은 늙음으로 밧구여든다.
들가시나무의 밤드는 검은가지
　넙새들만 저녁빗헤 희그무려히[5] 꼿지듯한다.

----

1) 『진달래꽃』, 83~84쪽..
2) 쀼죽하다. 물건의 끝이 내밀다. 『정본김소월전집』(오하근, 집문당, 1995)과 『김소월
　 전집』(김용직, 서울대출판부, 1996)에서는 모두 '빛이 죽은', '빛을 잃은'으로 풀이
　 함.
3) 춥구나.
4) 없애다.
5) 희끄무레하다. 깨끗하지 못하고 조금 희다.

반달

희멀끔하여 떠돈다, 하늘 위에,
빗죽은 반달이 언제 올랐나!
바람은 나온다, 저녁은 춥구나,
흰 물가엔 뚜렷이 해가 드누나.

어두컴컴한 풀 없는 들은
찬 안개 위로 떠 흐른다.
아, 겨울은 깊었다, 내 몸에는,
가슴이 무너져 내려앉는 이 설움아!

가는 임은 가슴엣 사랑까지 없애고 가고
젊음은 늙음으로 바뀌어든다.
들가시나무의 밤드는 검은 가지
　　잎새들만 저녁 빛에 희끄무레히 꽃 지듯 한다.

귀쑤람이

맛나려는心思[1]

저녁해는 지고서 어스름의길,
저먼山엔 어두워 일허진[2]구름,
맛나려는심사는 웬셈일까요,
그사람이야 올길바이업는데,[3]
발길은 누마중[4]을 가잔말이냐.
하눌엔 달오르며 우는기럭기.

현대어 표기

만나려는 심사

저녁 해는 지고서 어스름의 길,
저 먼 산엔 어두워 잃어진 구름,
만나려는 심사는 웬 셈일까요,
그 사람이야 올 길 바이없는데,
발길은 누 마중을 가잔 말이냐.
하늘엔 달 오르며 우는 기러기.

....

1) 『진달래꽃』, 87쪽.
2) 잃어지다.
3) 바이없다. 전혀 없다.
4) 누구 마중. 『소월시초』에서는 '뉘 마중'으로 바뀜.

옛낫[1]

생각의숫테는 조름이 오고
그립음의숫테는 니즘[2]이 오나니,
그대여, 말을마러라, 이後부터,
우리는 옛낫[3]업는서름[4]을 모르리.

『동아일보』, 1921년 6월 8일자

舊面

싱각의숫테는잠이오고
그림의숫테는니즘이와라
그대여말마라 이후로우리
녯낫업슨서름을모르리.

『개벽』제26호, 1922년 8월, 26쪽

녯낫

생각의숫에는 조름이 오고

---

1) 『진달래꽃』, 88쪽.
2) 잊어버림. 망각.
3) 알고 있은 지가 오래된 얼굴. 전부터 알고 있는 처지.
4) 여기서 '옛낫 업는 서름'이란 '친하게 알고 지내는 이가 하나도 없는 데서 느끼
   는 서러움' 또는 '객지에서 낯모르는 사람들 사이에 살며 느끼는 서러움'으로 풀
   이된다.

그립음의끗에는 니즘이 오나니,
그대여, 말을말아라, 이後부터 우리는
넷낫업는 설음은 모르리.

현대어 표기

옛 낮

생각의 끝에는 졸음이 오고
그리움의 끝에는 잊음이 오나니,
그대여, 말을 말아라, 이 후부터,
우리는 옛 낮 없는 설움을 모르리.

깁피밋든心誠[1]

깁피밋든心誠이 荒凉한 내가슴속에,
오고가는 두서너舊友를 보면서하는말이
「인저는,[2] 당신네들도 다 쓸데업구려!」

『동아일보』, 1922년 6월 8일자

깁피밋던心誠

깁히밋던心誠이 荒凉한내의가슴속
오고가는두서너舊友를보면서하는말하기를……
「아인제는 당신네들도쓸테업구려!」

『개벽』 제26호, 1922년 8월, 25~26쪽

깁히 밋든心誠

깁히 밋든心誠이 荒凉한 내가슴속을
오고 가는 두서너舊友를 보면서 말이
「인제는, 당신네들도 다 쓸데업구려!」

1) 『진달래꽃』, 1925년, 89쪽.
2) 이제는.

깊이 믿던 심성

깊이 믿던 심성이 황량한 내 가슴속에,
오고가는 두 서너 구우를 보면서 하는 말이
「인제는, 당신네들도 다 쓸데없구려!」

꿈[1]

꿈? 靈의해적임.[2] 서름의故鄕.
울쟈, 내사랑, 꼿지고 저므는봄.

『동아일보』, 1921년 6월 8일자

꿈

꿈? 靈의해적임. 서름의故鄕.
울자내사랑! 꼿지고저무는봄.

현대어 표기

꿈

꿈? 영의 해적임. 설움의 고향.
울자, 내 사랑, 꽃 지고 저무는 봄.

---

1) 『진달래꽃』, 90쪽.
2) '해적이다'의 명사형. '해적이다'는 '조금씩 들추거나 헤치다'의 뜻. 『김소월전집』
   (김용직, 서울대출판부, 1996년)에서는 '해적임'을 '연보 또는 비망록'으로 풀이함.

님과 벗[1)]

벗은 서름에서 반갑고
님은 사랑에서 죠와라.
딸기꽃피여서 香氣롭은쌔를
苦椒[2)]의 붉은열매 닉어가는밤을
그대여, 부르라, 나는 마시리.

『개벽』 제26호, 1922년 8월, 26쪽

님 과 벗

벗은 설음에서 반갑고
님은 사랑에서 조하라.
딸기꽃 香氣롭게 향기로운쌔를
고추의 붉은열매 닉어가는밤을
그대는 부르고 나는 마시리

현대어 표기

님과 벗

벗은 설움에서 반갑고

---

1) 『진달래꽃』, 91쪽.
2) 고추.

임은 사랑에서 좋아라.
딸기 꽃 피어서 향기香氣로운 때를
고추의 붉은 열매 익어가는 밤을
그대여, 부르라, 나는 마시리.

紙鳶[1]

午后의네길거리 해가드럿다,
市井의 첫겨울의寂寞함이어,
우둑키[2] 문어구에 혼자섯스면,
흰눈의닙사귀, 紙鳶[3]이 뜬다.

『문명』 제1호, 1925년 12월, 48쪽

紙鳶

午后의네길거리에해가들엇다.
市井의첫겨울의寂寞함이어.
우득키門어구에 혼자섯스면
흰눈의닙사귀, 紙鳶이 뜬다.

현대어 표기

지연

오후의 네 길거리 해가 들었다,

---

1) 『진달래꽃』, 92쪽.
2) 우두커니. 아무 생각 없이.
3) 종이 연.

시정의 첫겨울의 적막함이어,
우둑히 문 어구에 혼자 섰으면,
흰 눈의 잎사귀, 지연이 뜬다.

오시는눈[1]

쌍우혜 쌔하얏케[2] 오시는눈.
기다리는날에는 오시는눈.
오늘도 저안온날 오시는눈.
저녁불 켤째마다 오시는눈.

『배재』 제2호, 1923년 3월, 118쪽

오시는 눈

쌍우혜쌔하얀오시는눈,
기다리는날에는오시는눈,
오늘도그안온날오시는눈,
저녁불켤째마다오시는눈.

현대어 표기

오시는 눈

땅 위에 쌔하얗게 오시는 눈.

---

1) 『진달래꽃』, 1925년, 93쪽.
2) 새하얗다.

기다리는 날에는 오시는 눈.
오늘도 저 안 온 날 오시는 눈.
저녁 불 켤 때마다 오시는 눈.

셔름의덩이[1]

쑤러안자 올니는 香爐의香불.
내가슴에 죠고만서름의덩이.[2]
초닷새달그늘에 빗물이 운다.
내가슴에 죠고만 서름의덩이.

현대어 표기

설움의 덩이

꿇어앉아 올리는 향로의 향불.
내 가슴에 조그만 설움의 덩이.
초닷새 달 그늘에 빗물이 운다.
내 가슴에 조그만 설움의 덩이.

---
1) 『진달래꽃』, 94쪽.
2) 덩어리.

樂天[1][2]

살기에 이러한세상이라고
맘을 그럿케나 먹어야지,
살기에 이러한세상이라고,
쏫지고 닙진가지에 바람이 운다.

『신천지』 제9호, 1923년 8월, 91쪽

樂天

살기에 이러한 세상이라고,
맘을 이럿케나 먹어야지
살기에 이러한 세상이라고.
쏫지고 닙진 가지에 바람 운다.

현대어 표기

낙천

살기에 이러한 세상이라고

1) 『진달래꽃』, 95쪽.
2) 세상과 인생을 즐겁게 생각함.

맘을 그렇게나 먹어야지,
살기에 이러한 세상이라고,
꽃 지고 잎 진 가지에 바람이 운다.

바람과봄[1]

봄에 부는바람, 바람부는봄,
적은가지흔들니는 부는봄바람,
내가슴흔들니는바람, 부는봄,
봄이라 바람이라 이내몸에는
꼿치라 술盞이라하며 우노라.

『동아일보』, 1921년 4월 9일자

바 람 의 봄

봄에 부는바람 바람 부는봄
적은가지 흔들니는 바람부는봄
내가슴흔들니는봄에 부는바람
봄과바람과 나는 함쎄우노라
나는 꼿과술을 바라보고는
그대를 위하야 歎息하노라

『개벽』 제22호, 1922년 4월, 48쪽

바 람 의 봄

봄에 부는바람, 바람부는봄,

---

1) 『진달래꽃』, 96쪽.

적은가지 흔들리우는 부는봄바람,
내가슴 흔들리우는 바람부는봄,
봄과 바람과 나는 함씌우노라.
바라보면 꼿과술은 그대의압헤,
그대를 위하야 나는 설어하노라.

『배재』제2호, 1923년 3월, 121쪽

봄 바 람

봄에부는바람. 바람부는봄.
적은가지흔들니는바람부는봄.
내가슴흔들니는봄에부는바람.
나는꼿과술을바라보고는
그대를위하야탄식하노라.

현대어 표기

바람과 봄

봄에 부는 바람, 바람 부는 봄,
작은 가지 흔들리는 부는 봄바람,
내 가슴 흔들리는 바람, 부는 봄,
봄이라 바람이라 이내 몸에는
꽃이라 술잔이라 하며 우노라.

눈[1]

새하얀흰눈, 가븨얍게[2] 밟을눈,
재갓타서 날닐듯쩌질듯한눈,
바람엔 훗터저도 불씰에야 녹을눈.
계집의마음. 님의마음.

『문명』제1호, 1925년 12월, 47쪽

눈

새하얀 흰눈, 가븨얍게 밟을눈
재갓타서 날닐듯쩌질듯한눈
바람엔 흐터저도 불씰이야 녹을눈
계집의마음, 님의마음.

현대어 표기

눈

새하얀 흰 눈, 가비얍게 밟을 눈,

---

1) 『진달래꽃』, 97쪽.
2) 가볍게.

재 같아서 날릴 듯 꺼질 듯한 눈,
바람엔 흩어져도 불길에야 녹을 눈.
계집의 마음. 임의 마음.

깁고깁픈언약[1]

몹쓸은[2] 꿈을 쌔여 도라누을째,
봄이와서 멧나물[3] 도다나올째,
아름답은젊은이 압플지날째,
니저바렷던드시 저도 모르게,
얼결에[4] 생각나는「깁고깁픈언약」

『배재』 제2호, 1923년 3월, 117쪽

깁고깁픈언약

몹쓸은꿈을쌔여도라누을째,
봄이와서멧나물도다나올째,
아름답은젊은이압플지날째,
니저버렷던드시문득스럽게
얼결에생각나는「깁고깁픈언약」.

---

1) 『진달래꽃』, 98쪽.
2) 몹쓸. 몹시 좋지 않고 고약한.
3) 산나물.
4) 얼떨결에.

『문명』 제1호, 1925년 12월, 48쪽

깁고 깁픈언약

몹쓸은꿈을 쌔여 도라눕을째,
봄이와서 멧나물이 도다나올째,
아름답은졀믄이 압흘지날째,
니저바렷든드시, 저도몰으게
얼결에 생각나는「깁고깁픈언약」

현대어 표기

깊고 깊은 언약

몹쓸 꿈을 깨어 돌아누울 때,
봄이 와서 멧나물 돋아나올 때,
아름다운 젊은이 앞을 지날 때,
잊어버렸던 듯이 저도 모르게,
얼결에 생각나는 「깊고 깊은 언약」

붉은潮水[1]

바람에밀녀드는 저붉은潮水
저붉은潮水가 밀어들때마다
나는 저바람우헤 올나서서
푸릇한 구름의옷을 닙고
붉갓튼저해를 품에안고
저붉은潮水와 나는함께
쮜놀고십구나, 저붉은潮水와.

『동아일보』, 1921년 4월 9일자

붉 은 朝 水[2]

바람이부누나 저 붉은潮水
저붉은潮水가 밀어올째마다
저 바람우에 올나서서
푸른구름의옷을 입고
불가튼 저해를 품에안고
저 붉은潮水와 나는함끠
쮜놀고십구나.
저 붉은潮水와.

1) 『진달래꽃』, 99쪽.
2) '潮水'의 오식.

붉은 조수

바람에 밀려드는 저 붉은 조수
저 붉은 조수가 밀어들 때마다
나는 저 바람 우에 올라서서
푸릇한 구름의 옷을 입고
불 같은 저 해를 품에 안고
저 붉은 조수와 나는 함께
뛰놀고 싶구나, 저 붉은 조수와.

남의나라짱[1]

도라다보이는 무쇠다리
얼결에 씌워건너서서
숨그르고[2] 발놋는 남의나라짱.

『동아일보』, 1925년 1월 1일자

남의나라짱

도라다보이는 무쇠다리
얼결에 씌어넘어오니
숨그르고 발놋는 남의나라짱

현대어 표기

남의 나라 땅

돌아다 보이는 무쇠다리
얼결에 뛰어 건너서서
숨 그르고 발 놓는 남의 나라 땅.

----

1) 『진달래꽃』, 100쪽.
2) '숨고르다'의 방언. 숨을 가누다.

千里萬里[1]

말니지못할만치 몸부림하며
마치千里萬里나 가고도십픈
맘이라고나 하여볼까.
한줄기쏜살갓치 버든이길로
줄곳 치다라[2] 올나가면
불붓는山의, 불붓는山의
煙氣는 한두줄기 피여올나라.

『동아일보』, 1925년 1월 1일자

千 里 萬 里

말리지못할만치 몸부림하며
마치千里萬里나 가구도십푼
맘이라고나 하여볼까
한줄기쏜살갓치 버든이길로
줄곳 치다라 올나가면
불붓는山의 불붓는山의
煙氣는 한두줄기 퓌여올라라

....

1)『진달래꽃』, 101쪽.
2) 치닫다.

천리만리

말리지 못할 만치 몸부림하며
마치 천리만리나 가고도 싶은
맘이라고나 하여볼까.
한 줄기 쏜살같이 뻗은 이 길로
줄곧 치달아 올라가면
불붙는 산의, 불붙는 산의
연기는 한두 줄기 피어올라라.

生과死[1]

사랏대나 죽엇대나[2] 갓튼말을 가지고
사람은사라서 늙어서야 죽나니,
그러하면 그亦是 그럴듯도한일을,
何必코 내몸이라 그무엇이 어쌔서
오늘도 山마루에 올나서서 우느냐.

『영대』 제3호, 1924년 10월, 34쪽

生 과 死

사랏대나죽엇대나갓튼말을가지고,
사람은사라서늙어서야죽나니,
그러하면그亦是그럴듯도한일을
何必코내몸이그무엇이여쌔서
오늘도山마루에올나서서우느냐?

현대어 표기

생 과 사

살았대나 죽었대나 같은 말을 가지고

---

1) 『진달래꽃』, 102쪽.
2) 살았다고 하나 죽었다고 하나.

사람은 살아서 늙어서야 죽나니,
그러하면 그 역시 그럴 듯도 한 일을,
하필코 내 몸이라 그 무엇이 어째서
오늘도 산마루에 올라서서 우느냐.

漁人[1][2]

헛된줄모르고나 살면 죠와도!
오늘도 저넘에便 마을에서는
고기잡이 배한隻 길써낫다고.
昨年에도 바닷놀[3]이 무섭엇건만.

『영대』 제3호, 1924년 10월, 33~34쪽

漁人

헛된줄모르고나살면조화도.
오늘도저넘엣便마을에서는
고기잡이배한隻길써낫다고.
昨年에도바닷놀이무섭엇건만.

현대어 표기

어인

헛된 줄 모르고나 살면 좋아도!

---

1) 『진달래꽃』, 103쪽.
2) 어부.
3) 너울. 바다의 사나운 큰 물결과 파도.

오늘도 저 너머 편 마을에서는
고기잡이 배 한 척 길 떠났다고.
작년에도 바다 놀이 무서웠건만.

귀쑤람이[1]

山바람소래.
찬비쯧는[2]소래.
그대가 世上苦樂말하는날밤에,
순막집[3]불도 지고[4] 귀쑤람이 우러라.

현대어 표기

귀뚜라미

산 바람 소리.
찬 비 듣는 소리.
그대가 세상고락 말하는 날 밤에,
순막집 불도 지고 귀뚜라미 울어라.

---

1) 『진달래꽃』, 104쪽.
2) '듣다'의 방언. 떨어지다.
3) 숫막집. 길손이 쉬어가는 주막집.
4) 꺼지다.

月色[1]

달빗츤 밝고 귀쑤람이울째는
우둑키[2] 싀멋업시[3] 잡고섯든그대를
상각하는[4]밤이어, 오오 오늘밤
그대차자다리고[5] 서울로 가나?

현대어 표기

월색

달빛은 밝고 귀뚜라미 울 때는
우둑히 시멋 없이 잡고 섰던 그대를
생각하는 밤이어, 오오 오늘밤
그대 찾아 데리고 서울로 가나?

....

1) 『진달래꽃』, 105쪽.
2) 우두커니.
3) 아무 생각 없이. 망연히.
4) 생각하다.
5) 그대 찾아 데리고.

바다가變하야샏나무밧된다고

不運에우는그대여[1]

不運에우는그대여, 나는 아노라
무엇이 그대의不運을 지엇는지도,
부는바람에날녀,
밀물에흘너,
구더진[2]그대의 가슴속도
모다지나간 나의일이면.
다시금 쏘다시금
赤黃의泡沫[3]은 북고여라,[4] 그대의가슴속의
暗靑의이기[5]어, 거츠른바위
치는물짜의.

---

1) 『진달래꽃』, 109쪽.
2) 굳어지다.
3) 포말泡沫의 오식.
4) 북 고이다. '북'과 '고이다'의 합성어. 여기서 '북'은 '기운이나 기세 또는 어떤
   마음이 더욱 세차게 일어나도록 자극하다'는 뜻으로 '북돋우다' '북받치다' 같은
   말에서와 같은 쓰임을 보여준다. '고이다'는 '술, 간장, 식초 따위가 발효하여 거
   품이 일다' 또는 '화가 나거나 억울하거나 하여 속이 부글부글 끓는 듯하다'라는
   뜻으로 풀이된다. 『정본김소월전집』(오하근, 집문당, 1995)에서는 '부글부글 고이
   다'로 풀이하였고, 『김소월전집』(김용직, 서울대출판부, 1996)에서는 '북적고이다'
   로 풀이함.
5) 이끼.

제1부『진달래꽃』_183

불운에 우는 그대여

불운에 우는 그대여, 나는 아노라
무엇이 그대의 불운을 지었는지도,
부는 바람에 날려,
밀물에 흘러,
굳어진 그대의 가슴속도.
모두 지나간 나의 일이면.
다시금 또 다시금
적황의 포말은 북고여라, 그대의 가슴속의
암청의 이끼여, 거치른 바위
치는 물가의.

바다가變하야쏭나무밧된다고[1]

것잡지못할만한 나의이설음,
져므는봄저녁에 져가는쏯닙,
저가는쏯닙들은 나붓기어라.
예로부터 널너오며하는말에도
바다가變하야 쏭나무밧된다고.
그러하다, 아름답은靑春의째의
잇다든 온갓것은 눈에설고[2]
다시금 낫모르게되나니,
보아라, 그대여,서럽지안은가,
봄에도三月의 져가는날에
붉은피갓치도 쏘다저나리는
저긔저쏯닙들을, 저긔저쏯닙들을.

『개벽』 제22호, 1922년 4월, 48쪽

물결이變하야 쏭나무밧이 된다고

붓잡기어렵은 나의이설음,
저무는 봄저녁에 져가는쏯닙,

---

1) 『진달래꽃』, 110~111쪽.
2) 눈에 익지 않다.

져가는 쏫닙들은 나붓기여라.
녯사람의 닐너오는말에도
물결이 變하여 뽕나무밧이 된다고.
그러하다, 꿈가티 아름답은靑春의째의
온갓것은 눈에설고 낫모르게 되나니,
보아라, 섧지안혼가, 그대는
봄에도三月의 저무는날에
붉은비가티도 흐터저나리는
저기저 쏫닙들을, 저기저 쏫닙들을.

현대어 표기

바다가 변하여 뽕나무밭 된다고

걷잡지 못할 만한 나의 이 설움,
저무는 봄 저녁에 져가는 꽃잎,
져가는 꽃잎들은 나부끼어라.
예로부터 일러오며 하는 말에도
바다가 변하여 뽕나무밭 된다고.
그러하다, 아름다운 청춘의 때의
있다던 온갖 것은 눈에 설고
다시금 낯모르게 되나니,
보아라, 그대여, 서럽지 않은가,
봄에도 삼월의 져가는 날에
붉은 피같이도 쏟아져 내리는
저기 저 꽃잎들을, 저기 저 꽃잎들을.

黃燭불[1]

黃燭불, 그저도쌈앗케
스러저가는푸른窓을 기대고
소리조차업는 흰밤에,
나는혼자 거울에 얼골을 뭇고[2]
쯧업시 생각업시 드려다보노라.
나는 니르노니,『우리사람들
첫날밤은 꿈속으로 보내고
죽음은 조는동안에 와서,
別죠흔일도업시 스러지고마러라』.

『동아일보』, 1921년 4월 9일자

黃 燭 불

黃燭불 그리고 쌈핫케
스러저가는 프른窓을 기대고
흰밤은 소리좃차업시 잠들째
나는 혼자 거울에 얼골을 뭇고
싱각함도업시 들여다보노라

....

1)『진달래꽃』, 112쪽.
2) 뭍다.

나는 니르노니 「우리사람들
첫날밤은 꿈속으로 보내고
죽을때의살쓸함은 조는동안에
오아라」

『개벽』 제19호, 1922년 1월, 36쪽

黃燭불

黃燭불, 그리도쌈앗케
슬어저가는 푸른窓을 기대고
소리조차업는 흰밤에,
나는 혼자 거울에얼굴을뭇고
쓸업시도생각도업시 드려다보노라.
나는 니르노니, 「우리사람들,
첫날밤은 꿈속으로보내고
죽음은 조는동안에 오아라,
이리하야 고흠도업시 흘러가나니」.

현대어 표기

황촉 불

황촉 불, 그저도 까맣게
스러져가는 푸른 창을 기대고
소리조차 없는 흰 밤에,
나는 혼자 거울에 얼굴을 묻고
나는 이르노니, 『우리 사람들
첫날밤은 꿈속으로 보내고

죽음은 조는 동안에 와서,
별 좋은 일도 없이 스러지고 말아라』.

맘에잇는말이라고다할까보냐[1]

·

하소연하며 한숨을지우며
세상을괴롭어하는 사람들이어!
말을납부지안토록 죠히꿈임은
다라진이세상의버릇이라고, 오오 그대들!
맘에잇는말이라고 다할까보냐.
두세番 생각하라, 爲先그것이
저부터 밋지고드러가는 쟝사일진댄.
사는法이 근심은 못갈은다고,[2]
남의설음을 남은 몰나라.
말마라, 세상, 세상사람은
세상에 죠흔이름죠흔말로서
한사람을 속옷마자 벗긴뒤에는
그를 네길거리에 세워노하라, 쟝승[3]도 마치한가지.
이무슴일이냐, 그날로부터,
세상사람들은 제각금 제脾胃의 헐한갑스로
그의몸갑을 매마쟈고[4] 덤벼들어라.
오오그러면, 그대들은이후에라도
하눌을 우러르라, 그저혼자, 설쩌나괴롭거나.

----

1) 『진달래꽃』, 113~114쪽.
2) 가르다. 나누다.
3) 장승.
4) 매마다. 값을 치다. 값을 매기다.

맘에 있는 말이라고 다 할까 보냐

하소연하며 한숨을 지으며
세상을 괴로워하는 사람들이여!
말을 나쁘지 않도록 조히 꾸밈은
닳아진 이 세상의 버릇이라고, 오오 그대들!
맘에 있는 말이라고 다 할까 보냐.
두세 번 생각하라, 위선 그것이
저부터 밑지고 들어가는 장사일진댄.
사는 법이 근심은 못 가른다고,
남의 설움을 남은 몰라라.
말마라, 세상, 세상 사람은
세상에 좋은 이름 좋은 말로써
한 사람을 속옷마저 벗긴 뒤에는
그를 네 길거리에 세워놓아라, 장승도 마치 한 가지.
이 무슨 일이냐, 그날로부터,
세상 사람들은 제가끔 제 비위의 헐한 값으로
그의 몸값을 매마자고 덤벼들어라.
오오 그러면, 그대들은 이후에라도
하늘을 우러러라, 그저 혼자, 섧거나 괴롭거나.

훗길[1]

어버이님네들이 외오는말이
『쌀과아들을 기르기는
훗길[2]을보쟈는 心誠이로라.』.
그러하다, 分明히 그네들도
두어버이틈에서 생겻서라.
그러나 그무엇이냐, 우리사람!
손드러 가르치든 먼훗날에
그네들이 쏘다시 자라커서
한길갓치[3] 외오는말이
『훗길을두고가쟈는 心誠으로
아들딸을 늙도록 기르노라.』

현대어 표기

훗길

어버이님네들이 외우는 말이
『딸과 아들을 기르기는
훗길을 보자는 심성이로라.』.

----

1) 『진달래꽃』, 115쪽.
2) 뒷길. 뒷날을 기약하는 희망의 길. 『김소월전집』(김용직, 서울대출판부, 1996)에는
   '훗결'이라고 풀이함.
3) 한결같이.

그러하다, 분명히 그네들도
두 어버이 틈에서 생겼어라.
그러나 그 무엇이냐, 우리 사람!
손들어 가르치던 먼 훗날에
그네들이 또다시 자라 커서
한길같이 외우는 말이
『홋길을 두고 가자는 심성으로
아들딸을 늙도록 기르노라.』

夫婦[1]

오오 안해여, 나의사랑!
하눌이 무어준[2]짝이라고
밋고사름이 맛당치안이한가.
아직다시그러랴, 안그러랴?
이상하고 별납은[3]사람의맘,
저몰나라, 참인지, 거즛인지?
情分으로얼근 짠두몸이라면.
서로 어그점[4]인들 쏘잇스랴.
限平生이라도半百年
못사는이人生에!
緣分의긴실이 그무엇이랴?
나는말하려노라, 아무러나,
죽어서도 한곳에 무치더라.

---

1) 『진달래꽃』, 116~117쪽.
2) 뭇다. 조각을 잇거나 붙여서 만들다. 생선이나 장작 따위를 묶어 놓은 작은 단위
   를 '뭇'이라고 한다. 『정본김소월전집』(오하근, 집문당, 1995)에서는 '인연을 맺다'
   로 풀이함.
3) 별나다. 별스럽다.
4) 어긋점. 서로 어긋나게 비틀어 나가는 것. 『정본김소월전집』(오하근, 집문당,
   1995)이나 『김소월전집』(김용직, 서울대출판부, 1996)에는 모두 이 단어의 원형을
   '어그적시다'로 밝혔고, 그 의미를 '멋없이 교만하게 굴거나 함부로 으스대다'로
   설명하고 있다. 그러나 북한에서 출간된 『조선말대사전』에서는 '어그적시다'를
   '엇나가다'와 동의어로 처리하고 있다. 그리고 그 뜻은 '어긋나게 삐투로 나가다'
   로 표시하고 있다. 여기서는 『조선말대사전』의 풀이를 따른다. 우리말 가운데
   '어깃장 놓다', '어깃장 대다'와 같은 말이 이 단어와 관련이 있는 것이 아닌가
   한다. '어깃장 놓다'는 말은 '서로 엇나가게 만들다'의 뜻을 가진다.

부부

오오 아내여, 나의 사랑!
하늘이 무어준 짝이라고
믿고 삶이 마땅치 아니한가.
아직 다시 그러랴, 안 그러랴?
이상하고 별난 사람의 맘,
저 몰라라, 참인지, 거짓인지?
정분으로 얽은 딴 두 몸이라면.
서로 어그점인들 또 있으랴.
한평생이라도 반 백년
못 사는 이 인생에!
연분의 긴 실이 그 무엇이랴?
나는 말하려노라, 아무러나,
죽어서도 한곳에 묻히더라.

나의집[1]

들까에써러저 나가안즌메씨슭의
넓은바다의물까뒤에,
나는지으리, 나의집을,
다시금 큰길을 압페다 두고.
길로지나가는 그사람들은
제각금 써러저서 혼자가는길.
하이한[2]여울턱에 날은점을째.
나는 門싼에 섯서 기다리리
새벽새가 울며지새는그늘로
세상은희게, 쏘는 고요하게,
번쩍이며 오는아츰부터,
지나가는길손을 눈녁여보며,
그대인가고,[3] 그대인가고.

내 집

들우에쩔어진 메의기슭,

---

1) 『진달래꽃』, 118~119쪽.
2) 하얗다.
3) 그대인가 하고.

넓은바다의 물가뒤에,
나는지으리, 나의집을,
다시곰 큰길을 압혜다 두고.
길로 지나가는 그사람들은
제각곰 썰어저 혼자길거리.
하햔 여울턱에 날은 저물째.
나는門싼에 섯서 기다리리,
새벽새가 울고, 지새는그늘로
세상은희게, 쏘는 고요하게
번쩍이며 오는아츰부터,
지나가는길손을 눈녁여보며
그대인가고, 그대인가고.

현대어 표기

나의 집

들 가에 떨어져 나가 앉은 뫼 기슭의
넓은 바다의 물가 뒤에,
나는 지으리, 나의 집을,
다시금 큰길을 앞에다 두고.
길로 지나가는 그 사람들은
제가끔 떨어져서 혼자 가는 길.
하이얀 여울 턱에 날은 저물 때.
나는 문간에 서서 기다리리
새벽 새가 울며 지새는 그늘로
세상은 희게, 또는 고요하게,
번쩍이며 오는 아침부터,
지나가는 길손을 눈여겨보며,
그대인가고, 그대인가고.

새벽[1]

落葉이 발이숨는[2] 못물까에
웃둑웃둑한 나무그림자
물빗조차 어섬프러히[3]써오르는데,
나혼자섯노라, 아직도아직도
東녁하눌은 어둡은가.
天人에도사랑눈물, 구름되여,
외롭은쑴의벼개, 흐럿는가[4]
나의님이어, 그러나그러나
고히도붉으스레 물질녀와라[5]
하눌밟고 저녁에 섯는구름.
半달은 中天에지새일쌔.

『개벽』 제20호, 1922년 2월, 19쪽

새 벽

落葉이 발을숨는 못물가에,

1) 『진달래꽃』, 120쪽.
2) 발이 숨다. (낙엽에) 발이 묻혀서 숨는 것처럼 되다.
3) 어슴푸레.
4) 흐리다. 기본형을 '흘리다'로 볼 경우 '(사랑, 눈물) 흘렸는가'로 풀이할 수 있음.
5) 물 질려오다. '질리다'는 '짙은 색깔이 한데 몰려 퍼지지 않다'라는 뜻임.

웃둑웃둑한 나무그림자
물우에 어섬푸러히 써오르는데,
나혼자 섯노라, 아즉도 아즉도
동녁한울은 어두워오아라.
天人에도 사랑눈물, 구름되어
외롭은 꿈의벼개, 흐릿는가.
나의그대여, 그러나 그러나,
물질녀와라, 붉게도 붉게도,
한울밟고 서녁에 섯는구름.
半달은中天에 지새여라.

현대어 표기

새벽

낙엽이 발이 숨는 못물 가에
우뚝우뚝한 나무 그림자
물빛조차 어슴프레 떠오르는데,
나 혼자 섰노라, 아직도 아직도,
동녘 하늘은 어두운가.
천인에도 사랑 눈물, 구름 되어,
외로운 꿈의 베개, 흐렸는가
나의 임이여, 그러나 그러나
고히도 붉으스레 물질려와라
하늘 밟고 저녁에 섰는 구름.
반달은 중천에 지새일 때.

구름[1]

저기저구름을 잡아타면
붉게도 피로물든 저구름을,
밤이면 색캄한저구름을.
잡아타고 내몸은 저멀니로
九萬里긴하눌을 날나건너
그대잠든품속에 안기럿더니,
애스러라,[2] 그리는 못한대서,
그대여, 드르라 비가되여
저구름이 그대한테로 나리거든,
생각하라, 밤저녁, 내눈물을.

『신천지』 제9호, 1923년 8월, 91쪽

구 름

내가 저구룸을 잡아서타면
해저서 넘어가는 저녁하눌의
샛밝아게 물건넌 저구름을

---

1) 『진달래꽃』, 121쪽.
2) 딱하고 가엾다. 『정본김소월전집』(오하근, 집문당, 1995)와 『김소월전집』(김용직, 서울대출판부, 1996)에서는 모두 '야속하다'로 풀이함.

밤중마다 색캄안 저구름을
잡아타면, 저하늘 날나건너
그대의 품속헷처 안기련마는,
애스럽다 그리는 못한대서.
저내구룸, 소스락 비³⁾가 되여
그대한테로 나리거든,
생각하라, 그대여, 저내구룸을.

현대어 표기

구름

저기 저 구름을 잡아타면
붉게도 피로 물든 저 구름을,
밤이면 새카만 저 구름을.
잡아타고 내 몸은 저 멀리로
구만 리 긴 하늘을 날아 건너
그대 잠든 품속에 안기렸더니,
애스러라, 그리는 못한대서,
그대여, 들어라 비가 되어
저 구름이 그대한테로 내리거든,
생각하라, 밤저녁, 내 눈물을.

---

3) 소슬비. 으스스하고 쓸쓸하게 오는 비.

녀름의달밤

녀름의달밤
오는봄
물마름

녀름의달밤[1)

서늘하고 달밝은녀름밤이어
구름조차 희미한녀름밤이어
그지업시 거룩한하늘로서는
젊음의붉은이슬 저저[2)나려라.

幸福의맘이 도는놉픈가지의
아슬아슬 그늘닙새를
배불너 긔여도는 어린버레도
아아모든물결은福바다서라.

버더버더[3) 오르는가싀덩굴도
稀微하게흐르는 푸른말빗치[4)
기름가튼煙氣에 멕감을[5)너라.
아아 너무죠와서 잠못드러라.

우긋한[6)풀대들은 춤을추면서
갈닙들은 그윽한노래부를째.

---

1) 『진달래꽃』, 125~129쪽.
2) 젖다.
3) 쭉 벋어.
4) 『김소월전집』(김용직, 서울대출판부, 1996)에서는 '푸른 달빛이'의 오식으로 봄.
5) 미역 감다.
6) 우긋하다. 조금 우거지다.

오오 내려흔드는 달빗가운데
나타나는永遠을 말로색여라.[7]

자라는 물베[8]이삭 벌에서 불고
마을로 銀슷드시[9] 오는바람은
눅잣추는[10]香氣를 두고가는데
人家들은 잠드러 고요하여라.

하로終日 일하신아기아바지
農夫들도 便安히 잠드러서라.
녕시슭[11]의 어득한그늘속에선
쇠스랑과호믜쑨 빗치픠여라.

이윽고 식새리[12]의 우는소래는
밤이 드러가면서 더욱자즐[13]째
나락밧가운데의 움물짜에는
農女의그림자가 아직잇서라.

  달빗츤 그무리며[14] 넓은宇宙에

---

7) 새기다.
8) 물벼
9) 스치다.
10) '눅잦히다'의 방언. 누그러뜨리다. 마음을 풀리게 하다.
11) 『정본김소월전집』(오하근, 집문당, 1995) 에서는 '녕기슭'의 오식으로 봄.
12) '쓰르라미'의 방언.
13) 잦다. 자주 있다. 빈번하다.
14) 그무리다. 불빛이 밝아졌다 침침해졌다 하다.

일허젓다나오는 푸른별이요.
식새리의 울음의넘는曲調요.
아아 깁븜가득한 녀름밤이어.

삼간집에 불붓는젊은목숨의
情熱에목매치는[15] 우리靑春은
서느럽은녀름밤 닙새아래의
희미한달빗속에 나붓기어라.

한째의쟈랑만흔 우리들이어
農村에서 지나는녀름보다도
녀름의달밤보다 더죠흔것이
人間에 이세상에 다시잇스랴.

죠고만괴롭음도 내여바리고
고요한가운데서 귀기우리며
흰달의금물결에 櫓를저어라
푸른밤의하눌로 목을노하라.[16]

아아 讚揚하여라 죠흔한째를
흘너가는목숨을 만흔幸福을.
녀름의어스러 한달밤속에서

---

15) 목 맷히다. 목메다.
16) 목을 놓다. 목소리를 크게 내다.

꿈갓튼 즐겁음의눈물 흘너라.

여름의 달밤

서늘하고 달 밝은 여름밤이여
구름조차 희미한 여름밤이여
그지없이 거룩한 하늘로서는
젊음의 붉은 이슬 젖어 내려라.

행복의 맘이 도는 높은 가지의
아슬아슬 그늘 잎새를
배불러 기어 도는 어린 벌레도
아아 모든 물결은 복받았어라.

벋어 벋어 오르는 가시덩굴도
희미하게 흐르는 푸른 달빛이
기름 같은 연기에 떠 감을러라.
아아 너무 좋아서 잠 못 들어라.

우긋한 풀대들은 춤을 추면서
갈잎들은 그윽한 노래 부를 때
오오 내려 흔드는 달빛 가운데
나타나는 영원을 말로 새겨라.
자라는 물벼 이삭 벌에서 불고
마을로 온 슷듯이 오는 바람은

눅잣추는 향기를 두고 가는데
인가들은 잠들어 고요하여라.

하루 종일 일하신 아기 아버지
농부들도 편안히 잠들었어라.
영 기슭의 어둑한 그늘 속에선
쇠스랑과 호미뿐 빛이 피어라.

이윽고 식새리의 우는 소리는
밤이 들어가면서 더욱 잦을 때
나락 밭 가운데의 우물가에는
농녀의 그림자가 아직 있어라.

달빛은 그무리며 넓은 우주에
잃어졌다 나오는 푸른 별이요.
식새리의 울음의 넘는 곡조요.
아아 기쁨 가득한 여름밤이어.

삼간 집에 불붙는 젊은 목숨의
정열에 목 맺히는 우리 청춘은
서느러운 여름밤 잎새 아래의
희미한 달빛 속에 나부끼어라.

한때의 자랑 많은 우리들이여
농촌에서 지내는 여름보다도
여름의 달밤보다 더 좋은 것이
인간에 이 세상에 다시 있으랴.

조그만 괴로움도 내어 버리고
고요한 가운데서 귀 기울이며

흰 달의 금물결에 노를 저어라
푸른 밤의 하늘로 목을 놓아라.

아아 찬양하여라 좋은 한때를
흘러가는 목숨을 많은 행복을.
여름의 어스러한 달밤 속에서
꿈같은 즐거움의 눈물 흘러라.

오는봄[1]

봄날이오리라고 생각하면서
쓸쓸한긴겨울을 지나보내라.
오늘보니 白楊의버든가지에
前에업시 흰새가 안자우러라.

그러나 눈이쌀닌 두던[2]밋테는
그늘이냐 안개냐 아즈랑이냐.
마을들은 곳곳이 움직임업시
저便하눌아래서 平和롭건만.

새들게[3] 짓거리는까치의무리.
바다을바라보며 우는가마귀.
어듸로서 오는지 종경[4]소래는
젊은아기 나가는吊曲일너라.

보라 째에길손도 머뭇거리며
지향업시 갈발이 곳을몰나라.
사뭇치는눈물은 싯티업서도

---

1) 『진달래꽃』, 130~132쪽.
2) 둔덕. 언덕.
3) 새들다. 남이 알아들을 수 없게 혼자 지껄이다.
4) 종경鐘磬. 종과 경.

하눌을쳐다보는 살음의깁븜.

저마다 외롭음의깁픈근심이
오도가도못하는 망상거림[5]에
오눌은 사람마다 님을어이고[6]
곳을 잡지못하는 서름일너라.

오기를기다리는 봄의소래는
째로 여윈손짓틀 울닐지라도
수풀밋테 서리운머리씰[7]들은
거름거름 괴로히 발에감겨라.

『개벽』 제24호, 1922년 6월, 39~40쪽

오 는 봄

봄날이오리라고 생각하면서
나혼자 긴겨울을 지내보내라.
오늘보니 白楊의버든가지에
전에업시 흰새가 안저우러라.

눈이 아즉 안녹은 두던미테는

---

5) 망상거리다. 망설거리다. 망설이다.
6) '여의고'의 오식.
7) 머리카락.

그늘이랴, 안개랴, 아즈랑이랴,
마을들은 곳곳이 움직임업시
저 먼한울알에서 平和로워라.

가지길게 늘어진 버드나무엔
바다를바라보며 우는가마귀,
어대로서 오는지 방울소리는
젊은아기 나가는 曲調일러라.

보라, 째에 길손은 머뭇거리며
지향업시 갈발의곳을 몰라라.
설어라, 끗업서라, 사뭇나려라,
낫븜업시 흐르는 그대의눈물.

저마다 외로움의깁픈근심이
오도가도 못하는 망사람되어,
아아 못할 이離別, 님을여이고
곳을잡지 못하는설음일러라.

오기를 기다리는봄의消息은
째로여윈 손쓰틀 울릴지라도
수풀미테 숨겻는 머리씰들은
썰어지지도안코 발에감겨라.

현대어 표기

오는 봄

봄날이 오리라고 생각하면서
쓸쓸한 긴 겨울을 지나 보내라.

오늘 보니 백양의 벋은 가지에
전에 없이 흰 새가 앉아 울어라.
그러나 눈이 깔린 두던 밑에는
그늘이냐 안개냐 아지랑이냐.
마을들은 곳곳이 움직임 없이
저편 하늘 아래서 평화롭건만.

새들게 지껄이는 까치의 무리.
바다를 바라보며 우는 까마귀.
어디로서 오는지 종경 소리는
젊은 아기 나가는 조곡일러라.

보라 때에 길손도 머뭇거리며
지향 없이 갈 발이 곳을 몰라라.
사무치는 눈물은 끝이 없어도
하늘을 쳐다보는 삶의 기쁨.

저마다 외로움의 깊은 근심이
오도 가도 못하는 망상거림에
오늘은 사람마다 임을 어이고
곳을 잡지 못하는 설움일러라.

오기를 기다리는 봄의 소리는
때로 여윈 손끝을 울릴지라도
수풀 밑에 서리운 머리낄들은
걸음걸음 괴로이 발에 감겨라.

물마름1)

주으린2)새무리는 마론3)나무의
해지는가지에서 재갈이든4)째.
온종일 흐르든물 그도困하여
놀지는5)골짝이에 목이메든째.

그누가 아랏스랴 한쪽구름도
걸녀서 흐득이는 외롭은嶺을
숨차게 올나서는 여윈길손이
달고쓴맛이라면 다격근줄을.

그곳이 어듸드냐 南怡將軍이
말멕여 물찌엇든6) 푸른江물이
지금에 다시흘너 쑥을넘치는
千百里豆滿江이 예서 百十里.

茂山의큰고개가 예가아니냐
누구나 녜로부터 義를위하야

---

1) 『진달래꽃』, 133~135쪽.
2) 주리다. 먹을 것을 양껏 먹지 못해 배곯다.
3) '마른'의 오기.
4) 재갈이다. 재갈거리다.
5) 노을이 지다.
6) 물 찌다. 고였던 물이 빠지거나 새어서 줄다.

싸호다 못이기면 몸을숨겨서
한째의못난이가 되는 법이라.

그누가 생각하랴 三百年來에
참아 밧지다못할[7] 恨과侮辱을
못니겨 칼을잡고 니러섯다가
人力의다함에서 스러진줄을.

부러진대쪽으로 활을메우고
녹쓸은호믜쇠로 칼을별너서[8]
茶毒[9]된三千里에 북을울니며
正義의旗를들든 그사람이어.

그누가 記憶하랴 茶北洞에서
피물든 옷을닙고 웨치든일을
定州城하로밤의 지는달빗헤
애쯴친그가슴이 숫기된[10]줄을.

물우의 쓴마름[11]에 아츰이슬을

---

7) 다 받지 못할. 모두 받지 못할.
8) 벼리다. 날이 무딘 연장을 불에 달궈 날카롭게 만들다.
9) 『정본김소월전집』(오하근, 집문당, 1995)에 따르면, '도독茶毒'의 오식. '도독茶毒'은 '쓸바귀의 독' 또는 '심한 해독'을 말함. 여기서는 '심한 해독이 번져 있는' 정도로 해석이 가능하다. 『김소월전집』(김용직, 서울대출판부, 1996)에서는 '겁내 섬약해진', '문약해진'으로 풀이함.
10) '숯'의 방언. 여기서는 '속이 타들어가 새까맣게 숯덩이로 변하다'로 해석함.
11) 마름. 마름과의 한해살이풀.

불붓는山마루에 피엿든쏫츨
지금에 우러르며 나는 우노라
일우며12) 못일움에 薄한이름을.

『조선문단』제7호, 1925년 4월, 46~48쪽

물 마 름13)

주으린새무리는마른나무의
해지는가지에서재갈이든째
온종일흐르든물그도困하여
놀지는골짝이에목이메든째

그누가아랏스랴한쏙구름도
걸녀서흐득이는외롭은嶺을
숨차게올나서는여윈길손이
달고쓴맛이라면다겪근줄을

그곳이어듸드냐南怡將軍이
말먹여뭇써르든푸른江물이
지금에다시흘너쑥을넘치는
千百里豆滿江이예서百拾里

茂山에큰고개가예가안이냐
누구나네로부터義를위하야

---

12) 이루다. 목적을 성취하다.
13) 물 위에 있는 마름.

싸호다못니기면몸을숨겨서
한째의못난이가되는법이라

그누가생각하랴參百年來에
참아밧지다못할恨과侮辱을
못니겨칼을잡고니러섯다가
人力의다함에서쓰러진줄을

부러진대쭉으로활을메우고
녹쓸은호뮈쐬로칼을벌너서
荼毒된參千里에북을울니며
正義의旗를들든그사람이어

그누가記憶하랴荼北洞에서
피물든옷을닙고웨치는일을
定州城하로밤의지는달빗헤
애쯷는그가슴이숫기된줄을

물우의쯘마름에아츰이슬을
불붓는山마루에픠엿든쏫츨
지금에우러르며나는우노라
일우며못이룸에簿한이름을

현대어 표기

물 마름

주으린 새무리는 마른 나무의
해 지는 가지에서 재갈이던 때.
온종일 흐르던 물 그도 곤하여

놀 지는 골짜기에 목이 메던 때.

그 누가 알았으랴 한쪽 구름도
걸려서 흐득이는 외로운 영을
숨차게 올라서는 여윈 길손이
달고 쓴 맛이라면 다 겪은 줄을.

그곳이 어디더냐 남이장군이
말 먹여 물 찌웠던 푸른 강물이
지금에 다시 흘러 둑을 넘치는
천백 리 두만강이 예서 백십 리.

무산의 큰 고개가 예가 아니냐
누구나 예로부터 의를 위하여
싸우다 못 이기면 몸을 숨겨서
한때의 못난이가 되는 법이라.

그 누가 생각하랴 삼백년래에
차마 다 받지 못할 한과 모욕을
못 이겨 칼을 잡고 일어섰다가
인력의 다함에서 스러진 줄을.

부러진 대쪽으로 활을 메우고
녹 슬은 호미쇠로 칼을 벼려서
도독된 삼천리에 북을 울리며
정의의 기를 들던 그 사람이어.

그 누가 기억하랴 다북동에서
피 물든 옷을 입고 외치던 일을
정주성 하룻밤의 지는 달빛에
애끓친 그 가슴이 숯기 된 줄을.

물 위의 뜬 마름에 아침 이슬을
불붙는 산마루에 피었던 꽃을
지금에 우러르며 나는 우노라
이루며 못 이룸에 부한 이름을.

바리운몸

우리집[1]

이바루[2]
외짜로 와 지나는사람업스니
『밤자고 가쟈』하며 나는 안저라.

저멀니, 하느便[3]에
배는 써나나가는
노래들니며

눈물은
흘너나려라
스르르 나려감는눈에.

쑴에도생시에도 눈에 션한[4]우리집
쏘 저山 넘어넘어
구름은 가라.

1) 『진달래꽃』, 139~140쪽.
2) 이바로. 중부지방의 방언에서 '이발루'는 '이쪽으로'라는 뜻으로 쓰인다. '이발루 가면 세 갈래 길이 나온다'라고 하는 경우에서 그 예를 볼 수 있다. 여기서도 '이쪽으로' 정도로 해석이 가능하다. 『김소월 시어법 연구』(오하근, 집문당, 1995) 에서는 '이 근처' 또는 '이쯤'으로 풀이함.
3) 서쪽 편.
4) 선하다. 마음에 사무치어 눈앞에 암암히 보이는 듯하다.

우리 집

이바루
외따로 와 지나는 사람 없으니
『밤 자고 가자』하며 나는 앉아라.

저 멀리, 하늬 편에
배는 떠나 나가는
노래 들리며

눈물은
흘러 내려라
스르르 나려 감는 눈에.

꿈에도 생시에도 눈에 선한 우리 집
또 저 산 넘어 넘어
구름은 가라.

들도리[1]

들솟츤
피여
흐터젓서라.

들풀은
들로 한벌가득키[2] 자라놉팟는데
뱀의헐벗은 묵은옷은
길분전의[3]바람에 날라도라라.

저보아, 곳곳이 모든것은
번쩍이며 사라잇서라.

두나래 펄쳐썰며
소리개[4]도 놉피써서라.

째에 이내몸

------

1) 『진달래꽃』, 141~142쪽.
2) 온 벌판 가득히.
3) 『김소월전집』(김용직, 서울대출판부, 1996)에서는 '분전(焚錢)'과 관계있는 것으로
   추측하였고, 『정본김소월전집』(오하근, 집문당, 1995)에서는 '분전'을 '푼전' 또는
   '하찮은 것'으로 추측함. 여기서는 '길 분전焚田의 바람에'로 읽고자 한다. '분전'
   은 임야를 태운 자리에 농작물을 심었다가 거둔 후에 다시 황무지로 버려둔 곳
   을 뜻한다.
4) 솔개.

가다가 쏘다시 쉬기도하며,
숨에찬 내가슴은
깁븜으로 채와져 사뭇넘처라.

거름은 다시금 쏘더 압프로……

현대어 표기

들도리[5]

들꽃은
피어
흩어졌어라.

들풀은
들로 한 벌 가득히 자라 높았는데
뱀의 헐벗은 묵은 옷은
길 분전의 바람에 날아돌아라.

저 보아, 곳곳이 모든 것은
번쩍이며 살아 있어라.

두 나래 펼쳐 떨며
소리개도 높이 떴어라.

5) 『김소월전집』(김용직, 서울대출판부, 1996)에서는 '들노리'로, 『정본김소월전집』(오하
근, 집문당, 1995)에서는 '들돌이(들을 돌아다니며 거니는 것)'로 풀이함. 여기서는
후자를 택함.

때에 이내 몸
가다가 또다시 쉬기도 하며,
숨에 찬 내 가슴은
기쁨으로 채워져 사뭇 넘쳐라.

걸음은 다시금 또 더 앞으로……

바리운몸[1]

쑴에울고 니러나
들에
나와라.

들에는 소슬비[2]
머구리[3]는 우러라.
풀그늘 어둡은데

뒤짐지고 쌍보며 머믓거릴째.

누가 반듸불쐬여드는[4] 수풀속에서
『간다 잘살어라』하며, 노래불너라.

현대어 표기

바리운[5] 몸

꿈에 울고 일어나

....

1) 『진달래꽃』, 143쪽.
2) 으스스하고 쓸쓸하게 오는 비.
3) 개구리.
4) 꼬여들다. 벌레 같은 것이 수없이 모여들어 뒤끓다.
5) 버려진.

들에
나와라.

들에는 소슬비
머구리는 울어라.
풀 그늘 어두운데

뒷짐 쥐고 땅 보며 머뭇거릴 때.

누가 반딧불 꾀어드는 수풀 속에서
『간다 잘 살아라』하며, 노래 불러라.

엄숙[1]

나는혼자 뫼우헤 올나서라.
소사퍼지는 아츰햇볏헤
풀닙도 번쩍이며
바람은소삭여라.[2]
그러나
아아 내몸의 傷處바든맘이어
맘은 오히려 저푸고[3]압품에 고요히썰녀라
쏘 다시금 나는 이한째에
사람에게잇는 엄숙을 모다늣기면서.

현대어 표기

엄숙

나는 혼자 뫼 위에 올랐어라.
솟아 퍼지는 아침 햇볕에
풀잎도 번쩍이며
바람은 속삭여라.
그러나

....

1) 『진달래꽃』, 144쪽.
2) 속삭여라.
3) 저프다. 두렵다. 무섭다.

아아 내 몸의 상처 받은 맘이여
맘은 오히려 저프고 아픔에 고요히 떨려라
또 다시금 나는 이 한때에
사람에게 있는 엄숙을 모두 느끼면서.

바라건대는우리에게우리의보섭대일짱이잇섯더면[1]

나는 꿈쑤엇노라, 동무들과내가 가즈란히[2]
벌짜의하로일을 다맛추고
夕陽에 마을로 도라오는꿈을,
즐거히, 꿈가운데.

그러나 집일흔 내몸이어,
바라건대는 우리에게 우리의보섭[3]대일짱이 잇섯드면!
이처럼 쩌도르랴, 아츰에점을손[4]에
새라새롭은[5]歎息을 어드면서.

東이랴, 南北이랴,
내몸은 쩌가나니, 볼지어다,
希望의반짝임은, 별빗치아득임은[6]
물결샏 쩌올나라, 가슴에 팔다리에.

그러나 엇지면 황송한이心情을! 날로 나날이 내압페는

---

1) 『진달래꽃』, 145~146쪽.
2) 가지런히. 나란히.
3) 보습. 땅을 갈아 흙덩이를 뒤집어 놓는 쟁기나 극젱이의 술바닥에 맞추는 삽 모양의 쇳조각.
4) 저물녘에.
5) 아주 새로운.
6) '아득이다'의 명사형. '아득이다'는 '힘에 겹고 괴로워 요리조리 애쓰며 고심하다'는 뜻을 가진 동사이지만, 여기서는 '별빛이 아른거림'을 의미함.

자츳[7]가느른길이 니어가라. 나는 나아가리라
한거름, 쏘한거름. 보이는山비탈엔
온새벽 동무들 저저혼자……山耕을김매이는.[8]

현대어 표기

바라건대는 우리에게 우리의 보섭 대일 땅이 있었더면

나는 꿈꾸었노라, 동무들과 내가 가지런히
벌 가의 하루 일을 다 마치고
석양에 마을로 돌아오는 꿈을,
즐거이, 꿈 가운데.

그러나 집 잃은 내 몸이어,
바라건대는 우리에게 우리의 보섭 대일 땅이 있었더면!
이처럼 떠돌으랴, 아침에 점을손에
새라새로운 탄식을 얻으면서.

동이랴, 남북이랴,
내 몸은 떠가나니, 볼지어다,
희망의 반짝임은, 별빛이 아득임은.
물결뿐 떠올라라, 가슴에 팔다리에.

그러나 어쩌면 황송한 이 심정을! 날로 나날이 내 앞에는
자칫 가느른 길이 이어가라. 나는 나아가리라

....
7) 자칫. 어쩌다가 무슨 일이 조금 어긋남을 나타낼 때 쓰는 말.
8) 산비탈 밭에서 김매는.

한 걸음, 또 한 걸음. 보이는 산비탈엔
온 새벽 동무들 저저혼자…… 산경을 김 매이는.

밧고랑우헤서[1]

우리두사람은
키놉피가득자란 보리밧, 밧고랑우헤 안자서라.
일을畢하고[2] 쉬이는동안의깃븜이어.
지금 두사람의니야기에는 꼿치필째.

오오 빗나는太陽은 나려쏘이며
새무리들도 즐겁은노래, 노래불너라.
오오 恩惠여, 사라잇는몸에는 넘치는恩惠여,
모든은근스럽음이 우리의맘속을 차지하여라.

世界의꼿튼 어듸?慈愛의하눌은 넓게도덥혓는데,
우리두사람은 일하며, 사라잇섯서,
하눌과太陽을 바라보아라, 날마다날마다도,
새라새롭은歡喜를 지어내며, 늘 갓튼쌍우헤서.

다시한番 活氣잇게 웃고나서, 우리두사람은
바람에일니우는[3] 보리밧속으로
호믜들고 드러갓서라, 가즈란히가즈란히,
거러나아가는깃븜이어, 오오 生命의向上이어.

----

1) 『진달래꽃』, 147~148쪽.
2) 필畢하다. 마치다.
3) 일리우다. 위로 향하여 움직이다.

『영대』제3호, 1924년 10월, 32~33쪽

밧고랑우헤서

우리두사람은
키놉피가득자란보리밧, 밧고랑우헤안자서라.
일을畢하고쉬이는동안의깃븜이어.
지금, 두사람의니야기에는꼿치필쌔.

오오, 빗나는太陽은나려쏘이며
새무리들도즐겁은노래, 노래불너라.
오오恩惠여, 사라잇는몸에는넘치는恩惠여,
모든慇懃스럽음이우리의맘속을차지하여라.

世界의꼿튼어듸? 慈愛의하늘은넓게도덥폇는데,
우리두사람은일하며, 사라잇서서,
하늘과太陽을바라보아라, 날마다날마다도,
새라새롭은歡喜를지어내며, 늘갓튼쌍우헤서.

다시한번活氣잇게웃고나서, 우리두사람은
바람에일니우는보리밧속으로
호믜들고드러갓서라, 가즈란히가즈란히
거러나아가는깁븜이어. 오오生命의向上이어.

현대어 표기

밭고랑 위에서

우리 두 사람은
키 높이 가득 자란 보리밭, 밭고랑 위에 앉았어라.

일을 필하고 쉬는 동안의 기쁨이어.
지금 두 사람의 이야기에는 꽃이 필 때.

오오 빛나는 태양은 내리쪼이며
새 무리들도 즐거운 노래, 노래 불러라.
오오 은혜여, 살아 있는 몸에는 넘치는 은혜여,
모든 은근스러움이 우리의 맘속을 차지하여라.

세계의 끝은 어디? 자애의 하늘은 넓게도 덮였는데,
우리 두 사람은 일하며, 살아 있어서,
하늘과 태양을 바라보아라, 날마다 날마다도,
새라새로운 환희를 지어내며, 늘 같은 땅 위에서.

다시 한 번 활기있게 웃고 나서, 우리 두 사람은
바람에 일리우는 보리밭 속으로
호미 들고 들어갔어라, 가지런히 가지런히,
걸어 나아가는 기쁨이여, 오오 생명의 향상이여.

저녁째[1]

마소의무리와 사람들은 도라들고, 寂寂히뷘들에,
엉머구리[2]소래 욱어저라.[3]
푸른하늘은 더욱낫추[4], 먼山비탈길 어둔데
웃둑웃둑한 드놉픈나무, 잘새[5]도 깃드러라.

볼사록 넓은벌의
물빗츨 물끄럼히 드려다보며
고개숙우리고 박은드시 홀로섯서
긴한숨을 짓느냐. 왜 이다지!

온것[6]을 아주니젓서라, 깁흔밤 예서함께
몸이 생각에가뷔엽고, 맘이 더놉피 써오를째.
문득, 멀지안은갈숩새로
별빗치 솟구어라.

----

1) 『진달래꽃』, 149~150쪽.
2) 악머구리. 잘 우는 개구리라는 뜻으로, '참개구리'를 이르는 말.
3) 욱어지다. '욱다'는 '기운이 줄어들다'라는 뜻을 지님. 여기서는 '참개구리의 울
   음소리가 점차 줄어들어 사방이 고요해지고 있음을 말한다. 『정본김소월전집』(오
   하근, 집문당, 1995)에서는 '욱어저라'를 '우거져라'로 고쳐놓았다. '욱어지다'를
   '우거지다(초목이 무성해지다)'로 보아서는 안 된다. 김소월은 '아, 이거봐, 우거
   진나무아래로 달드러라'(합장)와 같은 구절에서처럼 '욱다'와 '우거지다'를 구분
   하여 쓰고 있다.
4) 낮게.
5) 밤이 되어 자려고 둥우리를 찾아드는 새.
6) 모든 것. 모든 일.

『개벽』제55호, 1925년 1월, 35쪽

저 녁 쌔

마소의무리와사람들은돌아들가고, 寂寂히뷘들에,
엉머구리소리욱어저라.
푸른한울은더욱낫추, 먼山비탈길어둔데
웃둑웃둑한드놉흔나무, 잘새도깃드러라.

볼사록넓은벌의
물빗츨물꾸럼히드려다보며
고개숙우리고박은드시홀로섯서
긴한숨을 짓느냐. 왜이다지!

온것을아주니저서라, 깁는밤예서함믜
몸이생각에가뷔엽고, 맘이더놉히써오를쌔.
문득, 멀지안은갈숩새로
별빗치솟구어라.

현대어 표기

저녁 때

마소의 무리와 사람들은 돌아들고, 적적히 빈 들에,
엉머구리 소리 욱어져라.
푸른 하늘은 더욱 낮추, 먼 산 비탈길 어둔데
우뚝우뚝한 드높은 나무, 잘새도 깃들어라.

볼수록 넓은 벌의
물빛을 물끄러미 들여다보며

고개 수그리고 박은 듯이 홀로 서서
긴 한숨을 짓느냐. 왜 이다지!

온것을 아주 잊었어라, 깊은 밤 예서 함께
몸이 생각에 가볍고, 맘이 더 높이 떠오를 때.
문득, 멀지 않은 갈숲 새로
별빛이 솟구어라.

合掌[1]

라들이.[2] 단두몸이라. 밤빗츤 배여와라.
아, 이거봐, 우거진나무아래로 달드러라.[3]
우리는 말하며거럿서라, 바람은 부는대로.

燈불빗헤 거리는해적여라,[4] 稀微한하느便[5]에
고히밝은그림자 아득이고
퍽도갓가힌[6], 플밧테서 이슬이번쩍여라.

밤은 막깁퍼, 四方은 고요한데,
이마즉[7], 말도안하고, 더안가고,
길까에 우둑허니. 눈감고 마주섯서.
먼먼山. 山뎔[8]의뎔鍾소래. 달빗츤 지새여라.

현대어 표기

합장

나들이. 단 두 몸이라. 밤빛은 배어 와라.

---

1) 『진달래꽃』, 151~152쪽.
2) 나들이.
3) 달 들다. 달빛이 비치다.
4) 해적이다. 해작이다. 조금씩 들추고 헤치다.
5) 서쪽
6) 가까운. 가까이 있는.
7) '이마적'의 방언. 이제로부터 지나간 얼마 동안의 가까운 때.
8) 산사山寺. 산에 있는 절.

아, 이거 봐, 우거진 나무 아래로 달 들어라.
우리는 말하며 걸었어라, 바람은 부는 대로.

등불 빛에 거리는 해적여라, 희미한 하늬편에
고히 밝은 그림자 아득이고[9]
퍽도 가까인, 풀밭에서 이슬이 번쩍여라.

밤은 막 깊어, 사방은 고요한데,
이마즉, 말도 안 하고, 더 안 가고,
길가에 우두커니. 눈감고 마주 서서.

먼 먼 산. 산 절의 절 종소리. 달빛은 지새어라.

---

9) 아득이다. 아른대다.

默念[1]

이슥한[2]밤, 밤긔운 서늘할제
홀로 窓턱에거러안자[3], 두다리느리우고,
첫머구리소래[4]를 드러라.
애처롭게도, 그대는먼첨 혼자서잠드누나.

내몸은 생각에잠잠할째. 희미한수풀로서
村家의厄맥이祭[5]지나는 불빗츤 새여오며,
이윽고, 비난수[6]도머구소리[7]와함께 자자저라.[8]
가득키차오는 내心靈은⋯⋯하늘과쌍사이에.

나는 무심히 니러거러 그대의잠든몸우헤 기대여라
움직임 다시업시, 萬籟는 俱寂한데[9],
熙耀히[10] 나려빗추는 별빗들이
내몸을 잇그러라, 無限히 더갓갑게.

---

1) 『진달래꽃』, 153~154쪽.
2) 이슥하다. 밤이 한창 깊다.
3) 걸터앉아.
4) 울기 시작하는 개구리 울음소리.
5) 닥쳐올지도 모르는 횡액을 막기 위해 올리는 제祭.
6) 무당이 귀신에게 비는 소리.
7) 머구리 소리. 개구리 울음 소리.
8) 잦아지다. 점점 줄어들어 없어지다.
9) 만뢰萬籟 구적俱寂. 온갖 물건에서 나는 여러 가지 소리가 모두 잠잠해짐.
10) 희요熙耀하다. 반짝 빛나다.

묵념

이슥한 밤, 밤기운 서늘할 제
홀로 창턱에 걸어앉아, 두 다리 느리우고,
첫머구리 소리를 들어라.
애처롭게도, 그대는 먼첨 혼자서 잠드누나.

내 몸은 생각에 잠잠할 때. 희미한 수풀로서
촌가의 액맥이 제 지나는 불빛은 새어오며,
이윽고, 비난수도 머구 소리와 함께 잦아져라.
가득히 차오는 내 심령은…… 하늘과 땅 사이에.

나는 무심히 일어 걸어 그대의 잠든 몸 위에 기대어라
움직임 다시없이, 만뢰는 구적한데,
희요히 나려비추는 별빛들이
내 몸을 이끌어라, 무한히 더 가깝게.

孤獨

悅樂
무덤
비난수하는맘
찬저녁
招魂

悅樂[1]

어둡게깁게 목메인하눌.
쑴의품속으로서 구러나오는
애달피잠안오는 幽靈의눈결.
그림자[2]검은 개버드나무에
쏘다쳐나리는[3] 비의줄기는
흘늣겨[4]빗기는[5] 呪文의소리.

식컴은머리채 푸러헷치고
아우성하면서 가시는짜님.
헐버슨버레들은 쑴트릴째,
黑血의바다. 枯木洞屈.
啄木鳥[6]의
쏘아리는[7]소리, 쏘아리는소리.

----

1) 『진달래꽃』, 157~158쪽.
2) 그림자.
3) 쏟아져 내리다.
4) 흐느끼다.
5) '가로지르다'의 옛말.
6) 탁목조啄木鳥. 딱따구리.
7) 쏘아대다.

『개벽』 제24호, 1922년 6월, 39쪽

悅樂

어둡게 깁게 목메인한울.
꿈의품속으로서 굴어나오는
애닯히 잠안오는幽靈의눈씔.
그림자 검은 개버드나무에
쏘다져 나리는 비의줄기는
흘늣겨빗기는 呪文의소리.

시컴한머리채 풀어헤치고
아우성하면서 가시는짜님.
헐벗은 버레들은 꿈을풀며,
黑血의바다 枯木의 洞屈
啄木鳥의
쏘아리는소리, 쏘아리는소리.

현대어 표기

열락

어둡게 깊게 목메인 하늘.
꿈의 품속으로서 굴러 나오는
애달피 잠 안 오는 유령의 눈결.
그림자 검은 개버드나무에
쏟아져 나리는 비의 줄기는
흐느껴 빗기는 주문의 소리.

시커먼 머리채 풀어헤치고

아우성하면서 가시는 따님.
헐벗은 벌레들은 꿈틀거릴 때,
흑혈의 바다. 고목동굴.
탁목조의
쪼아리는 소리, 쪼아리는 소리.

무덤[1]

그누가 나를헤내는[2] 부르는소리
붉으스럼한언덕, 여긔저긔
돌무덕이도 음즉이며[3], 달빗헤,
소리만남은노래 서리워엉겨라,
옛祖上들의記錄을 무더둔그곳!
나는 두루찻노라, 그곳에서,
형격업는노래 흘너퍼져,
그림자가득한언덕으로 여긔저긔,
그누구가 나를헤내는 부르는소리
부르는소리, 부르는소리,
내넉슬 잡아쓰러헤내는 부르는소리.

현대어 표기

무덤

그 누가 나를 헤내는 부르는 소리
불그스름한 언덕, 여기저기

1) 『진달래꽃』, 159쪽.
2) 헤어내다.
3) 움직이다.

돌무더기도 움직이며, 달빛에,
소리만 남은 노래 서리어 엉겨라,
옛 조상들의 기록을 묻어둔 그곳!
나는 두루 찾노라, 그곳에서,
형적 없는 노래 흘러 퍼져,
그림자 가득한 언덕으로 여기 저기,
그 누군가 나를 헤내는 부르는 소리
부르는 소리, 부르는 소리,
내 넋을 잡아끌어 헤내는 부르는 소리.

비난수하는맘[1]

함께하려노라, 비난수하는[2]나의맘,
모든것을 한짐에묵거가지고가기까지,
아즘이면 이슬마즌 바위의붉은줄로,
긔여오르는해를 바라다보며, 입을버리고.

써도러라, 비난수하는맘이어, 갈메기가치,
다만 무덤뿐이 그늘을얼는이는[3] 하눌우흘,
바다까의. 일허바린세상의 잇다든모든것들은
차라리 내몸이죽어가서업서진것만도 못하건만.

쏘는 비난수하는나의맘, 헐버슨山우헤서,
써러진닙 타서오르는, 낸내[4]의한줄기로,
바람에나붓기라 저녁은, 흐터진거믜줄의
밤에매든든[5]이슬은 곳다시 써러진다고 할지라도

함께하려하노라, 오오 비난수하는나의맘이어,
잇다가업서지는세상에는
오직 날과날이 닭소래와함께 다라나바리며,

1) 『진달래꽃』, 160~161쪽.
2) 귀신에게 비는 소리를 하다.
3) 어른거리다.
4) 연기. 또는 연기에서 나는 매캐한 냄새.
5) 맺다. '매든든'은 '맺었든'의 오식.

갓가웁는, 오오 갓가웁는 그대쓴이 내게잇거라!

비난수하는 맘

함께하려노라, 비난수하는 나의 맘,
모든 것을 한 짐에 묶어 가지고 가기까지,
아침이면 이슬 맞은 바위의 붉은 줄로,
기어오르는 해를 바라다보며, 입을 벌리고.

떠돌아라, 비난수하는 맘이어, 갈매기같이,
다만 무덤뿐이 그늘을 얼른이는 하늘 위를,
바닷가의. 잃어버린 세상의 있다던 모든 것들은
차라리 내 몸이 죽어가서 없어진 것만도 못하건만.

또는 비난수하는 나의 맘, 헐벗은 산 위에서,
떨어진 잎 타서 오르는, 냇내의 한 줄기로,
바람에 나부끼라 저녁은, 흩어진 거미줄의
밤에 맺은 이슬은 곧 다시 떨어진다고 할지라도.

함께하려 하노라, 오오 비난수하는 나의 맘이어,
있다가 없어지는 세상에는
오직 날과 날이 닭소리와 함께 달아나 버리며,
가까웁는, 오오 가까웁는 그대뿐이 내게 있거라!

찬저녁[1]

퍼르스럿한[2] 달은, 성황당의
데군데군[3] 허러진 담모도리[4]에
우둑키걸니웟고, 바위우의
가마귀한쌍, 바람에 나래를펴라.

엉긔한[5] 무덤들은 들먹거리며,
눈녹아 黃土드러난 멧기슭의,
여긔라, 거리불빗도 쩌러저나와,
집짓고 드럿노라, 오오 가슴이어

세상은 무덤보다도 다시멀고
눈물은 물보다 더덥음[6]이 업서라.
오오 가슴이어, 모닥불피여오르는
내한세상, 마당까의가을도 갓서라.

그러나 나는, 오히려 나는
소래를드러라, 눈석이물[7]이 씩어리는[8],

---

1) 『진달래꽃』, 162~163쪽.
2) 퍼르스럿하다. 퍼르스레하다.
3) 군데군데.
4) 담모퉁이.
5) 엉기성기하다. 여기저기가 드문드문 성기다. 『정본김소월전집』(오하근, 집문당, 1995)에서는 '엉기다'(무엇이 뒤섞이고 서리다)로 풀이함.
6) 덧없음. 『정본김소월전집』(오하근, 집문당, 1995)에서는 '더 더움'으로 고쳐놓음.

짱우혜누엇서, 밤마다 누어,
담모도리에 걸닌달을 내가 쏘봄으로.

찬 저녁

퍼르스레한 달은, 성황당의
데군데군 헐어진 담 모도리에
우두키 걸리었고, 바위 위의
까마귀 한 쌍, 바람에 나래를 펴라.

엉기한 무덤들은 들먹거리며,
눈 녹아 황토 드러난 멧기슭의,
여기라, 거리 불빛도 떨어져 나와,
집 짓고 들었노라, 오오 가슴이어

세상은 무덤보다도 다시 멀고
눈물은 물보다 덧없음이 없어라.
오오 가슴이어, 모닥불 피어오르는
내 한세상, 마당가의 가을도 갔어라.

그러나 나는, 오히려 나는
소리를 들어라, 눈석임물이 씩어리는,
땅 우에 누워서, 밤마다 누워,
담 모도리에 걸린 달을 내가 또 봄으로.

7) '눈석임물'의 방언. 쌓인 눈이 속으로 녹아서 흐르는 물.
8) 씩어리다. (찌걱거리며) 소리를 내다. 『정본김소월전집』(오하근, 집문당, 1995)에서
  는 '자주 가프고 거칠게 소리를 내다'로 풀이함.

招魂[1]

산산히 부서진이름이어!
虛空中에 헤여진이름이어!
불너도 主人업는이름이어!
부르다가 내가 죽을이름이어!

心中에남아잇는 말한마듸는
씃씃내 마자[2]하지 못하엿구나.
사랑하든 그사람이어!
사랑하든 그사람이어!

붉은해는 西山마루에 걸니윗다.
사슴이의무리도 슬피운다.
써러저나가안즌 山우헤서
나는 그대의이름을 부르노라.

서름에겹도록 부르노라.
서름에겹도록 부르노라.
부르는소리는 빗겨가지만[3]
하눌과쌍사이가 넘우넓구나.

---

1) 『진달래꽃』, 164~165쪽.
2) 마저. 남김없이 모두.
3) 비껴가다.

선채로 이자리에 돌이되여도
부르다가 내가 죽을이름이어!
사랑하든 그사람이어!
사랑하든 그사람이어!

현대어 표기

초혼

산산이 부서진 이름이여!
허공중에 헤어진 이름이여!
불러도 주인 없는 이름이여!
부르다가 내가 죽을 이름이여!

심중에 남아 있는 말 한마디는
끝끝내 마저 하지 못하였구나.
사랑하던 그 사람이여!
사랑하던 그 사람이여!

붉은 해는 서산 마루에 걸리었다.
사슴이의 무리도 슬피 운다.
떨어져 나와 앉은 산 위에서
나는 그대의 이름을 부르노라.

설움에 겹도록 부르노라.
설움에 겹도록 부르노라.
부르는 소리는 비껴가지만

하늘과 땅 사이가 너무 넓구나.

선 채로 이 자리에 돌이 되어도
부르다가 내가 죽을 이름이여!
사랑하던 그 사람이여!
사랑하던 그 사람이여!

旅愁

旅愁

旅 愁[1]

一

六月어스름[2]째의 빗줄기는
暗黃色의 屍骨을 묵거세운듯[3],
쓰며흐르며 잠기는손의 널쏙[4]은
支向[5]도 업서라, 丹靑의紅門!

二

저 오늘도 그립은바다,
건너다보자니 눈물겨워라!
조고마한보드랍은 그옛적心情의
분결갓든 그대의손의
사시나무보다도 더한압픔이
내몸을에워싸고 휘썰며썰너라,
나서자란故鄕의 해돗는바다요.

---

1) 『진달래꽃』, 169~170쪽.
2) 저녁이나 새벽의 어스레한 빛. 또는 그때.
3) 묶어세우다.
4) 널쪽, 널조각.
5) 지향指向의 오식.

여수

1

유월 어스름 때의 빗줄기는
암황색의 시골을 묶어세운 듯,
뜨며 흐르며 잠기는 손의 널쪽은
지향도 없어라, 단청의 홍문!

2

저 오늘도 그리운 바다,
건너다보자니 눈물겨워라!
조그마한 보드라운 그 옛적 심정의
분결같던 그대의 손의
사시나무보다도 더한 아픔이
내 몸을 에워싸고 휘떨며 쩔러라,
나서 자란 고향의 해 돋는 바다요.

진달내꼿

개여울의노래[1]

그대가 바람으로 생겨낫스면!
달돗는개여울[2]의 뷘들속에서
내옷의압자락을 불기나하지.

우리가 굼벙이로 생겨낫스면!
비오는저녁 캄캄한넝기슭의
미욱한[3]꿈이나 꾸어를보지.

만일에 그대가 바다난씃[4]의
벼랑에돌로나 생겨낫드면,
둘이 안고굴며 써러나지지.

만일에 나의몸이 불鬼神이면
그대의가슴속을 밤도아[5] 태와[6]
둘이함께 재되여스러지지.

---

1) 『진달래꽃』, 173~174쪽.
2) 개울의 여울목.
3) 하는 짓이나 됨됨이가 어리석고 미련하다.
4) 바다가 생겨난 끝. 바다와 만나는 육지의 끝. 『정본김소월전집』(오하근, 집문당,
   1995)에서는 '난 끝'을 '먼 끝'으로 풀이함.
5) 밤새도록.
6) 태우다.

개여울의 노래

그대가 바람으로 생겨났으면!
달 돋는 개여울의 빈 들 속에서
내 옷의 앞자락을 불기나 하지.

우리가 굼벵이로 생겨났으면!
비 오는 저녁 캄캄한 영 기슭의
미욱한 꿈이나 꾸어를 보지.

만일에 그대가 바다 난 끝의
벼랑에 돌로나 생겨났더면,
둘이 안고 굴며 떨어나지지.

만일에 나의 몸이 불귀신이면
그대의 가슴속을 밤도와 태워
둘이 함께 재 되어 스러지지.

길[1]

어제도하로밤
나그네집에
가마귀 가왁가왁 울며새엿소.

오늘은
또멧十里
어듸로 갈짜.

山으로 올나갈짜
들로 갈짜
오라는곳이업서 나는 못가오

말마소 내집도
定州郭山[2]
車가고 배가는곳이라오.

여보소 공중에
저기러기
공중엔 길잇섯서 잘가는가?

----

1) 『진달래꽃』, 175~177쪽.
2) 정주 곽산. 김소월이 태어난 곳.

여보소 공중에
저기러기
열十字복판에 내가 섯소

갈내갈내³⁾ 갈닌길
길이라도
내게 바이⁴⁾갈길은 하나업소

『문명文明』 제1호, 1925년 12월, 48쪽

길

어제도 하로밤
나그네집에
가마귀 가왁가왁 울며새엿소.

오늘은
쏘 멧十里
어듸로 갈까.

山으로 올나갈까,
들로 갈까,
오라는곳이업서 나는 못가오.

---

3) 갈래갈래.
4) 다른 도리 없이 전연. 아주.

말마소 내집도
定州郭山
車가고 배가는곳이라오.

여보소 空中에
저기레기
空中엔 길잇섯서 잘가는가

여보소 空中에
저기레기
열十字복판에 내가 섯소.

갈내갈내 갈닌길
길이라도
내게 바이갈길은 하나업소.

현대어 표기

길

어제도 하룻밤
나그네 집에
까마귀 가왁가왁 울며 새었소.

오늘은
또 몇 십 리
어디로 갈까.

산으로 올라갈까
들로 갈까

오라는 곳이 없어 나는 못 가오.

말 마소 내 집도
정주 곽산
차 가고 배 가는 곳이라오.

여보소 공중에
저 기러기
공중엔 길 있어서 잘 가는가?

여보소 공중에
저 기러기
열 십 자 복판에 내가 섰소.

갈래갈래 갈린 길
길이라도
내게 바이 갈 길은 하나 없소.

개여울[1]

당신은 무슨일로
그리합니까?
홀로히 개여울에 주저안자서

파릇한풀포기가
도다나오고
잔물[2]은 봄바람에 해적일째에

가도 아주가지는
안노라시든
그러한約束이 잇섯겟지요

날마다 개여울에
나와안자서
하염업시 무엇을생각합니다

가도 아주가지는
안노라심은
구지닛지말라는 부탁인지요

----

1) 『진달래꽃』, 178~179쪽.
2) 잔잔한 물. 또는 잔물결.

『개벽』제25호, 1922년 7월, 147~148쪽

개 여울[渚]

당신은 무슨일로
그리합닛가,
홀로 개여울에 주저안자서.

파릇한 풀포기가
돗아나오고,
잔물은 봄바람에 해적일째에.

가긴 가도 아주 가지는
안켓노라는
그러한約束이 잇섯겟지요.

날마다 개여울에
나와안자서
하욤업시 무엇을 닛자 합니다

가긴 가도 아주 가지는
안켓노라―ㅁ이
굿게굿게 닛지말나는 부탁이지요.

현대어 표기

개여울

당신은 무슨 일로
그리합니까?

홀로이 개여울에 주저앉아서

파릇한 풀포기가
돋아나오고
잔물은 봄바람에 해적일 때에

가도 아주 가지는
않노라심은
그러한 약속이 있었겠지요

날마다 개여울에
나와 앉아서
하염없이 무엇을 생각합니다

가도 아주 가지는
않노라심은
굳이 잊지 말라는 부탁인지요

가는길[1]

그립다
말을할까
하니 그리워

그냥 갈까
그래도
다시 더한番……

저山에도 가마귀, 들에 가마귀,
西山에는 해진다고
지저겹니다.

압江물, 뒷江물,
흐르는물은
어서 싸라오라고 싸라가쟈고
흘너도 넌다라[2] 흐릅디다려.[3]

----

1) 『진달래꽃』, 180~181쪽.
2) 연달아.
3) '흐릅디다 그려'와 같은 평안도 방언.

『개벽』 제40호, 1923년 10월, 141쪽

가는길

그립다
말을할까
하니 그려워

그냥갈까
그래도
다시 더한번

져山에도 가마귀, 들에 가마귀
西山에는 해진다고
지저귑니다.

압江물 뒷江물
흐르는 물은
어서싸라오라고 싸라가쟈고
흘너도 넌다라 흐릅듸다려.

현대어 표기

가는 길

그립다
말을 할까
하니 그리워

그냥 갈까

그래도
다시 더 한 번……

저 산에도 가마귀, 들에 가마귀,
서산에는 해 진다고
지저귑니다.

앞 강물, 뒷 강물,
흐르는 물은
어서 따라오라고 따라가자고
흘러도 연달아 흐릅디다 그려.

往十里[1]

비가 온다
오누나
오는비는
올지라도 한닷새 왓스면죠치.

여드래 스무날엔[2]
온다고 하고
초하로 朔望[3]이면 간다고햇지.
가도가도 往十里[4] 비가오네.

웬걸, 저새야
울냐거든
往十里건너가서 울어나다고,
비마자 나른해서 벌새[5]가 운다.

天安에삼거리 실버들도

1) 『진달래꽃』, 182~183쪽.
2) 조수潮水가 가장 낮은 '조금' 때에 해당하는 날짜. 정확히 초여드레와 스무사흘.
3) 삭망朔望. 음력 초하루과 보름. 여기서 '삭朔'은 '신월新月'을, '망望'은 '만월滿
   月'을 의미함. 조수가 가장 높은 '사리' 때에 해당하는 날짜. 『정본김소월전집』
   (오하근, 집문당, 1995)에서는 이 구절을 '삭망 중 초하루'로 풀이함.
4) 왕십리往十里의 '왕往'은 '왕往'의 속자俗字.
5) 들새.

촉촉히저젓서 느러젓다데.
비가와도 한닷새 왓스면죠치.
구름도 山마루에 걸녀서 운다.

『신천지』 제9호, 1923년 8월, 93쪽

往十里

비가 온다
오누나
오는 비는
올지라도 한닷새 왓스면 좃치.

여드래 스무날엔
온다고 하고
초하로 朔望이면 간다고 햇지.
가도가도 往十里, 비가 오네.

웬걸, 저새야
울나거든
往十里 건너가서 울어나다고,
비마자 나른해서 벌새가운다.

天安에 三거리, 실버들도
촉촉이 저저서 느러젓다데.
비가와도 한닷새 왓스면 좃치.
구름도 山마루에 걸녀서 운다.

왕십리

비가 온다
오누나
오는 비는
올지라도 한 닷새 왔으면 좋지.

여드레 스무날엔
온다고 하고
초하루 삭망이면 간다고 했지.
가도 가도 왕십리 비가 오네.

웬걸, 저 새야
울랴거든
왕십리 건너가서 울어나 다고.
비 맞아 나른해서 벌새가 운다.

천안에 삼거리 실버들도
촉촉이 젖어서 늘어졌다데.
비가 와도 한 닷새 왔으면 좋지.
구름도 산마루에 걸려서 운다.

鴛鴦枕[1]

바드득 니를갈고
죽어볼까요
窓까에 아롱아롱
달이 빗츈다

눈물은 새우잠의
팔굽벼개[2]요
봄꿩은 잠이업서
밤에 와 운다.

두동달이벼개[3]는
어듸갓는고
언제는 둘이자든 변개머리[4]에
『죽쟈 사쟈』언약도 하여보앗지.

봄메의 멧기슭에
우는접동도
내사랑 내사랑

---

1) 『진달래꽃』, 184~185쪽.
2) 팔베개.
3) 두동베개. 갓 혼인한 부부가 함께 베는 긴 베개.
4) '베개머리'의 오식.

죠히울것다.

두동달이 벼개는
어듸갓는고
窓짜에 아롱아롱
달이 빗츈다.

현대어 표기

원앙침

바드득 이를 갈고
죽어볼까요
창窓 가에 아롱아롱
달이 비친다

눈물은 새우잠의
팔굽베개요
봄 꿩은 잠이 없어
밤에 와 운다.

두동달이베개는
어디 갔는고
언제는 둘이 자던 베갯머리에
『죽자 사자』 언약도 하여보았지.

봄메의 멧기슭에

우는 접동도
내 사랑 내 사랑
조히 울것다.

두동달이베개는
어디 갔는고
창 가에 아롱아롱
달이 비춘다.

無心[1]

쉬집와서 三年
오는봄은
거츤벌난벌[2]에 왓습니다

거츤벌난벌에 픠는옷츤
졋다가도 픠노라 니릅듸다
소식업시 기다린
이태三年[3]

바로가든 압江이 간봄부터
구븨도라휘도라 흐른다고
그러나 말마소, 압여울의
물빗츤 예대로 푸르럿소

쉬집와서 三年
어느째나
터진개[4] 개여울의여울물은
거츤벌난벌에 흘넛습니다.

....
1) 『진달래꽃』, 186~187쪽.
2) 거친 벌판. 동네에서 멀리 떨어진 넓은 벌판.
3) 2~3년. '이태'는 '두 해'를 말함.
4) 개포開浦. 강, 내에 바닷물이 드나드는 곳.

『신여성』제18호, 1925년 1월, 98쪽

無心

싀집와서 三年
오는봄은
거츤벌난벌에 왓습니다.

거츤벌난벌에 피는쏫은
졋다가도 피노라이릅니다.
消息업시 기다린
이태三年.

바로가든 압江이 간봄부터
구비돌아 휘도라 흐른다고.
그러나 말마소 압여울의
물빗은 예대로 푸르럿소.

싀집와서 三年
어느째나
터진개 개여울의여울물은
거츤벌난벌에 흘넛습니다.

현대어 표기

무심

시집와서 삼 년
오는 봄은
거친 벌 난벌에 왔습니다

거친 벌 난벌에 피는 꽃은
졌다가도 피노라 이릅디다
소식 없이 기다린
이태 삼 년

바로 가던 앞 강이 간 봄부터
굽이돌아 휘돌아 흐른다고
그러나 말 마소, 앞 여울의
물빛은 예대로 푸르렀소

시집 와서 삼 년
어느 때나
터진개 개여울의 여울물은
거친 벌 난벌에 흘렀습니다.

山[1]

山새도 오리나무
우헤서 운다
山새는 왜우노, 시메山골(두메산골)
嶺넘어 갈나고 그래서 울지.

눈은나리네, 와서덥피네.
오늘도 하롯길
七八十里
도라섯서 六十里는 가기도햇소.

不歸, 不歸, 다시不歸,[2]
三水甲山[3]에 다시不歸.
사나희속이라 니즈련만,
十五年정분[4]을 못닛겟네

산에는 오는눈, 들에는 녹는눈.
山새도 오리나무

----

1) 『진달래꽃』, 188~189쪽.
2) 여기서 '불귀不歸'는 '한 번 가고는 다시 돌아오지 않음'을 뜻함.
3) 함경남도 삼수군의 군청 소재지인 삼수와 함경남도 갑산군 군청소재지인 갑산.
   두 곳 모두가 교통이 불편한 산간지역임.
4) 정분情分. 정이 넘치는 따뜻한 마음. 사귀어 정이 든 정도.

우헤서 운다.
三水甲山가는길은 고개의길.

『개벽』제40호, 1923년 10월, 142쪽

山

山새도 오리나무
우헤서 운다
山새는 왜우노, 시매山골
嶺넘어 갈나고 그래서 울지.

눈은나리네, 와서덥피네.
오늘도 하룻길은
七八十里.
도라섯서 六十里는 가기도햇소.

不歸 不歸 다시不歸
三水甲山에 다시不歸.
사나희속이라 니즈련만
十五年든정을 못닛겟네.

산에는 오는눈, 들에는 녹는눈.
山새도 오리나무
우헤서 운다.
三水甲山가는길은 고개의길.

산

산새도 오리나무
위에서 운다
산새는 왜 우노, 시메산골
영 넘어가려고 그래서 울지.

눈은 내리네, 와서 덮이네.
오늘도 하룻길
칠팔십 리
돌아서서 육십 리는 가기도 했소.

불귀, 불귀, 다시 불귀,
삼수갑산에 다시 불귀.
사나이 속이라 잊으련만,
십오 년 정분을 못 잊겠네

산에는 오는 눈, 들에는 녹는 눈.
산새도 오리나무
위에서 운다.
삼수갑산 가는 길은 고개의 길.

진달내쏫[1]

나보기가 역겨워[2]
가실째에는
말업시 고히 보내드리우리다

寧邊에藥山
진달내쏫
아름[3]짜다 가실길에 쑤리우리다

가시는거름거름[4]
노힌그쏫츨
삽분히즈려밟고[5] 가시옵소서

나보기가 역겨워
가실째에는

<hr />

1) 『진달래꽃』, 190~191쪽.
2) 역겹다. 마음에 거슬려 못마땅하다.
3) 두 팔을 벌려 안을 수 있는 부피. 한 아름.
4) '거름거름'의 오식.
5) 이기문 교수는 「소월시의 언어에 대하여」(『심상』, 1982년 12월호)에서 '즈려밟
   다'를 '지리디디다'와 같은 뜻으로 보아 '발밑에 있는 것을 힘을 주어 밟다'는 뜻
   으로 해석하였으며, 대체로 이 해석을 따르고 있다. 필자는 '즈려밟다'를 하나의
   동사로 보지 않고, '즈려'와 '밟다'라는 두 단어로 구분하여 볼 것을 제안하고자
   한다. 이 경우, '즈려'는 '지레'라는 말의 방언으로 '어떤 일이 일어나기 전' 또는
   '미리 먼저'라는 뜻이다. 여기서는 길 위에 뿌려 놓은 진달래꽃을 다른 사람이
   밟기 전에 미리 먼저 밟고 가시라는 뜻으로 해석할 수 있다. 김억이 펴낸 『소월
   시초』를 보면, 이 부분이 '지레 밟고'로 바뀌어 있다.

죽어도아니 눈물흘니우리다

『개벽』제25호, 1922년 7월, 146~147쪽

진달내씃6)

나보기가 역겨워
가실째에는 말업시
고히고히 보내들이우리다.

寧邊엔 藥山
그 진달내쏫을
한아름 짜다 가실길에 쑤리우리다.

가시는길 발거름마다
쑤려노흔 그쏫을
고히나 즈러밟고 가시옵소서.

나보기가 역겨워
가실째에는
죽어도 아니, 눈물흘니우리다.

현대어 표기

진달래꽃

나 보기가 역겨워

6) 민요시.

가실 때에는
말없이 고히 보내드리우리다

영변에 약산
진달래꽃
아름 따다 가실 길에 뿌리우리다

가시는 걸음걸음
놓인 그 꽃을
사뿐히 즈려 밟고 가시옵소서

나 보기가 역겨워
가실 때에는
죽어도 아니 눈물 흘리우리다

朔州龜城[1]

물로사흘 배사흘
먼三千里
더더구나 거러넘는 먼三千里
朔州龜城[2]은 山을넘은六千里요

물마자[3] 함쌕히저즌 제비도
가다가 비에걸녀 오노랍니다
져녁에는 놉픈山
밤에 놉픈山

朔州龜城은 山넘어
먼六千里
각금각금 쑴에는 四五千里
가다오다 도라오는길이겟지요

서로 쩌난몸이길내 몸이그리워
님을 둔곳이길내 곳이그리워
못보앗소 새들도 집이그리워

---

1) 『진달래꼿』, 192~193쪽.
2) 평안북도 삭주朔州와 구성龜城. 신의주에서 80km 떨어진 동북 지역의 산간 지
   역. 김소월은 평안북도 안주군 곽산 태생으로 알려져 있지만, 실제로는 구성군龜
   城郡 서산면西山面에 있는 그의 외가에서 태어났다.
3) 물 맞다. 비를 맞다.

南北으로 오며가며 안이합듸까

들싯테 나라가는 나는구름은
밤쯤은 어듸 바로 가잇슬텐고
朔州龜城은 山넘어
먼六千里

『개벽』제40호, 1923년 10월, 140~141쪽

朔州龜城

물로 사흘 배 사흘
먼 三千里
더더구나 거러넘는 먼 三千里
朔州龜城은 山을 넘은 六千里요.

물마자 함쌕히 저즌 제비도
가다가 비에 걸녀 오노랍니다.
져녁에는 놉픈 山
밤에 놉픈 山.

朔州龜城은 山넘어
먼 六千里
각금 각금 쑴에는 四五千里
가다오다 도라오는 길이겟지요.

서로써난 몸이길내 몸이그려워
님게신 곳이길내 곳이그려워

못보앗소 새들도 집이그려워
南北으로 오고가고 안이합듸짜

들솟테 나라가는 나는구룸은
맘쯤은 어듸바루 가잇슬텐고.
朔州龜城은 山넘어
먼 六千里.

현대어 표기

삭주구성

물로 사흘 배 사흘
먼 삼천리
더더구나 걸어 넘는 먼 삼천 리
삭주구성은 산을 넘은 육천 리요

물 맞아 함빡이 젖은 제비도
가다가 비에 걸려 오노랍니다
저녁에는 높은 산
밤에 높은 산

삭주구성은 산 넘어
먼 육천 리
가끔가끔 꿈에는 사오천 리
가다오다 돌아오는 길이겠지요

서로 떠난 몸이길래 몸이 그리워
임을 둔 곳이길래 곳이 그리워
못 보았소 새들도 집이 그리워

남북으로 오며가며 아니합디까

들 끝에 날아가는 나는 구름은
밤쯤은 어디 바로 가 있을 텐고
삭주구성은 산 넘어
먼 육천 리

널[1]

城村의 아가씨들
널뛰노나
초파일 날[2]이라고
널을뛰지요

바람부러요
바람이 분다고!
담안에는 垂楊의버드나무
彩色줄[3] 層層그네[4] 매지를마라요

담밧게는垂陽의느러진가지
느러진가지는
오오 누나!
휘젓이[5] 느러저서 그늘이깁소

죠타 봄날은
몸에겹지[6]

1) 『진달래꽃』, 194~195쪽.
2) 음력 4월 8일. 부처님 오신 날.
3) 색깔이 있는 헝겊을 대어 만든 그네 줄.
4) 층층그네. 『김소월전집』(김용직, 서울대출판부, 1996년)에서는 '그네 신을 복수로 해서 두 사람 이상이 탈 수 있게 만든 것'으로 풀이하였고,『정본김소월전집』(오하근, 집문당, 1995)에서는 '친친 그네'의 취음 표기로 설명하였다.
5) 휘젓이. 휘어지듯이.

널쀠는 城村의아가씨네들
널은 사랑의 버릇이라오

널

성촌의 아가씨들
널 뛰노나
초파일날이라고
널을 뛰지요

바람 불어요
바람이 분다고!
담 안에는 수양의 버드나무
채색줄 층층그네 매지를 말아요

담 밖에는 수양의 늘어진 가지
늘어진 가지는
오오 누나!
휘젓이 늘어져서 그늘이 깊소.

좋다 봄날은
몸에 겹지
널뛰는 성촌의 아가씨네들
널은 사랑의 버릇이라오

6) 몸에 겹다. 몸이 감당하기 어려울 정도로 힘이 겹다.

春香과 李道令[1)]

平壤에 大同江은
우리나라에
곱기로 엇듬가는[2)] 가람[3)]이지요

三千里가다가다 한가온데는
웃둑한 三角山[4)]이
숫기도햇소

그래 올소 내누님, 오오 누이님
우리나라섬기든 한옛적에는
春香과 李道令도 사랏다지요

이便에는 咸陽[5)], 저便에 潭陽[6)]
꿈에는 각금각금 山을넘어
烏鵲橋 차차차자[7)] 가기도햇소

---

1) 『진달래꽃』, 196~197쪽.
2) 으뜸가다.
3) 강.
4) 삼각산三角山. 서울 북쪽 경기도 고양군에 있는 산으로 백운대, 인수봉, 국망봉 등 세 봉우리가 있어서 삼각산이라고 함.
5) 경상남도 함양. 전라남도 남원과 인접한 지역.
6) 전라남도 담양.
7) 본문 표기를 그대로 따를 경우 '차차 찾아'로 볼 수 있으며, '서두르지 않고 천천히 찾아'의 뜻으로 풀이할 수 있다. 『정본김소월전집』(오하근, 집문당, 1995)에서는 '차차차자'를 '차자차자'의 오기로 보아 '찾아 찾아'로 고침.

그래 올소 누이니[8] 오오 내누님
해돗고 달도다 南原짱에는
成春香아가씨가 사랏다지요

현대어 표기

춘향과 이도령

평양에 대동강은
우리나라에
곱기로 으뜸가는 가람이지요

삼천리 가다가다 한가운데는
우뚝한 삼각산이
솟기도 했소

그래 옳소 내 누님, 오오 누이님
우리나라 섬기던 한 옛적에는
춘향과 이도령도 살았다지요

이편에는 함양, 저편에 담양
꿈에는 가끔가끔 산을 넘어
오작교 차차 찾아 가기도 했소

그래 옳소 누이님 오오 내 누님
해 돋고 달 돋아 남원 땅에는
성춘향 아가씨가 살았다지요

---

8) '누이님'의 오식.

접동새[1]

접동
접동
아우래비접동[2]

津頭江가람까에 살든누나는
津頭江압마을에
와서웁니다

옛날, 우리나라
먼뒤쪽의
津頭江가람까에 살든누나는
이붓어미[3]싀샘[4]에 죽엇습니다

누나라고 불너보랴
오오 불설워[5]
싀새음에 몸이죽은 우리누나는
죽어서 접동새가 되엿습니다

----

1) 『진달래꽃』, 198~199쪽.
2) 접동새의 울음소리를 흉내 낸 말. '아홉 오라비 접동'에서 비롯된 것으로 보기도
   한다.
3) 의붓어미. 계모繼母.
4) 시샘.
5) 불서럽다. 불쌍하고 섧다.

아웁[6]이나 남아되든 오랩동생[7]을
죽어서도 못니저 참아못니저
夜三更 남다자는 밤이깁프면
이山 저山 올마가며 슬퍼웁니다

『배재』 제2호, 1923년 3월, 118~119쪽

접 동

접동
접동
아우래비접동

津頭江가름가에 살든누나는
津頭江압마을에
와서웁니다.

옛날우리나라
먼뒷족의
津頭江가름가에 살든누나는
이붓어미싀새음에 죽엇습니다

누나라고 불너보랴
오오 불설위
싀새음에몸이죽은우리누나는

6) 아홉.
7) 오라비 동생. 여자의 남동생.

글세요죽어접동되엿세요.

아웁이나되던오랩동생도
죽엇스니니즈랴, 못니저서,
해지기를기다려, 밤을기다려
아우래비접동을부르며웁니다.

현대어 표기

접동새

접동
접동
아우래비 접동

진두강 가람 가에 살던 누나는
진두강 앞마을에
와서 웁니다

옛날, 우리나라
먼 뒤쪽의
진두강 가람 가에 살던 누나는
의붓어미 시샘에 죽었습니다

누나라고 불러보랴
오오 불설워
시새움에 몸이 죽은 우리 누나는
죽어서 접동새가 되었습니다

아홉이나 남아 되던 오랩동생을

죽어서도 못 잊어 차마 못 잊어
야삼경 남 다 자는 밤이 깊으면
이 산 저 산 옮아가며 슬피 웁니다

집생각[1]

山에나 올나섯서
바다를 보라
四面에 百열里, 滄波중에
客船만 중중[2]·········써나간다.

名山大刹이 그 어듸메냐
香案, 香榻[3], 대그릇에,
夕陽이 山머리넘어가고
四面에 百열里, 물소래라

『젊어서 쏫갓튼 오늘날로
錦衣로 還故鄕[4]하옵소사.』
客船만 중중······써나간다
사면에 百열里, 나어찌갈까

까토리도 山속에 색기치고
他關萬里에 와잇노라고
山중만 바라보며 목메인다

----

1) 『진달래꽃』, 200~201쪽.
2) 둥둥.
3) 향안香案과 향탑香榻. 향료나 향합을 올려두는 상.
4) 금의錦衣로 환고향還故鄕. 금의환향.

눈물이 압플가리운다고

들에나 나려오면
치어다 보라
해님과달님이 넘나든고개
구름만 첩첩……써도라간다

현대어 표기

집 생각

산에나 올라서서
바다를 보라
사면에 백열리, 창파 중에
객선만 중중……떠나간다.

명산대찰이 그 어디메냐
향안, 향탑, 대그릇에,
석양이 산머리 넘어가고
사면에 백열리, 물소리라

『젊어서 꽃 같은 오늘날로
금의로 환고향 하옵소사.』
객선만 중중……떠나간다
사면에 백열리, 나 어찌 갈까

까투리도 산 속에 새끼치고

타관만리에 와 있노라고
산 중만 바라보며 목메인다
눈물이 앞을 가리운다고

들에나 내려오면
치어다보라
해님과 달님이 넘나든 고개
구름만 첩첩……떠돌아간다

山有花[1]

山에는 쏫픠네
쏫치픠네
갈 봄 녀름업시[2]
쏫치픠네

山에
山에
피는쏫츤
저만치 혼자서[3] 피여잇네

山에서우는 적은새요
쏫치죠와
山에서
사노라네

山에는 쏫지네
쏫치지네
갈 봄 녀름업시

---

1) 『진달래꽃』, 202~203쪽.
2) 가을 봄 여름 할 것 없이 늘.
3) 필자는 '혼자서'라는 말을 '홀로 외로이'라고 읽지 말고 '저 혼자서, 저절로'의 뜻으로 읽기를 주장한다. 그래야만 자연 속에서 저절로 피어나는 꽃으로서의 '산유화'의 의미를 살려낼 수 있다.

꽃치지네

현대어 표기

산유화

산에는 꽃 피네
꽃이 피네
갈 봄 여름 없이
꽃이 피네

산에
산에
피는 꽃은
저만치 혼자서 피어 있네

산에서 우는 작은 새요
꽃이 좋아
산에서
사노라네

산에는 꽃 지네
꽃이 지네
갈 봄 여름 없이
꽃이 지네

꽂燭불 켜는밤[1]

꽂燭불켜는밤[2], 깁픈골방에 맛나라.
아직절머 모를몸, 그래도 그들은
『해달갓치 밝은맘, 저저마다 잇노라.』
그러나 사랑은 한두番만 안이라, 그들은모르고.

꽂燭불켜는밤, 어스러한[3]窓아래 맛나라.
아직압길 모를몸, 그래도 그들은
『솔대[4]갓치 구든맘, 저저마다 잇노라.』
그러나 세상은, 눈물날일 만하라,[5] 그들은 모르고.

현대어 표기

꽃 촉불 켜는 밤

꽃 촉불 켜는 밤, 깊은 골방에 만나라.
아직 젊어 모를 몸, 그래도 그들은
『해 달같이 밝은 맘, 저저마다 있노라.』

---

1) 『진달래꽃』, 207쪽.
2) 여기서는 신혼 첫날밤을 뜻함.
3) 어스레하다.
4) 송죽松竹. 솔과 대처럼 변하지 않는 굳은 지조와 절개를 의미함.
5) 많구나. 많아라.

그러나 사랑은 한두 번만 아니라, 그들은 모르고.

꽃 촉불 켜는 밤, 어스러한 창 아래 만나라.
아직 앞길 모를 몸, 그래도 그들은
『솔대같이 굳은 맘, 저저마다 있노라.』
그러나 세상은, 눈물 날 일 많아라, 그들은 모르고.

富貴功名[1]

거울드러 마주온 내얼골을
좀더 미리부터 아랏던들,
늙는날 죽는날을
사람은 다 모르고 사는탓에,
오오 오직 이것이참이라면,
그러나 내세상이 어듸인지?
지금부터 두여듧[2] 죠흔年光[3]
다시와서 내게도 잇슬말로[4]
前보다 좀더 前보다 좀더
살음즉이 살넌지[5] 모르런만.
거울드러 마주온 내얼골을
좀더 미리부터 아랏던들!

현대어 표기

부귀공명

거울 들어 마주 온 내 얼굴을

---

1) 『진달래꽃』, 208쪽.
2) 둘 여덟. 이팔 십육의 나이.
3) 연광年光 나이.
4) 있을 것 같으면. 있을 것이라면.
5) 삶음 직하게 살는지. 사는 것처럼 살는지.

좀 더 미리부터 알았던들,
늙는 날 죽는 날을
사람은 다 모르고 사는 탓에,
오오 오직 이것이 참이라면,
그러나 내 세상이 어디인지?
지금부터 두 여덟 좋은 연광
다시 와서 내게도 있을 말로
전보다 좀 더 전보다 좀 더
살음 직이 살는지 모르련만.
거울 들어 마주 온 내 얼굴을
좀 더 미리부터 알았던들!

追悔[1)]

낫븐[2)]일까지라도 生의努力,
그사람은 善事[3)]도 하엿서라
그러나 그것도 虛事라고!
나亦是 알지마는, 우리들은
싯싯내 고개를 넘고넘어
짐싯고 닷든[4)]말도 순막집[5)]의
虛廳[6)]짜, 夕陽손에[7)]
고요히 조으는[8)]한째는 다 잇나니,
고요히 조으는한째는 다 잇나니.

현대어 표기

추회

나쁜 일까지라도 생의 노력,

---

1) 『진달래꽃』, 209쪽.
2) 나쁘다.
3) 선사善事. 착한 일.
4) 닫다. 달리다.
5) 주막집.
6) 허청虛廳. 헛간.
7) 저물녘. 석양이 질 무렵.
8) 졸다.

그 사람은 선사도 하였어라
그러나 그것도 허사라고!
나 역시 알지마는, 우리들은
끝끝내 고개를 넘고 넘어
짐 싣고 닫던 말도 순막집의
허청 가, 석양 손에
고요히 조으는 한때는 다 있나니,
고요히 조으는 한때는 다 있나니.

無信[1]

그대가 도리켜 무를줄도 내가 아노라,
「무엇이 無信[2]함이잇더냐?」하고,
그러나 무엇하랴 오늘날은
야속히도 당장에 우리눈으로
볼수업는그것을, 물과갓치
흘너가서 업서진맘이라고 하면.

검은구름은 메기슭에서 어정거리며,
애처롭게도 우는山의사슴이
내품에 속속드리붓안기는[3]듯.
그러나 밀물도 쎄이고[4] 밤은어둡어
닷주엇든[5] 자리는 알길이업서라.
市井의흥졍일[6]은
外上으로 주고 밧기도하건마는.

----

1) 『진달래꽃』, 210~211쪽.
2) 신의信義가 없다.
3) 붙안다. 부둥켜안다.
4) 써다. 조수가 빠지다. 썰물.
5) 닻을 내리다.
6) 흥정 일. 물건을 사고팔고 하는 일.

『영대』제5호, 1925년 1월, 63~64쪽

無信

그대가도리켜물을줄도내가아노라,
「무엇이無信함이잇더냐?」하고.
그러나무엇하랴, 오늘날은
야속히도당장에우리눈으로
볼수업는것을, 물과갓치
흘너가서업서진맘이라고하면.

검은구룸은메씨술게서어정거리며,
애츠랍게도울것는山의사슴이
내품에속속드리붓안기는듯.
밀물은쎄고밤은어두어
닷주엇든자리는알길이업서라.
市井의흥정일은
外商으로주고밧기도하것마는.

현대어 표기

무신

그대가 돌이켜 물을 줄도 내가 아노라,
「무엇이 무신함이 있더냐?」 하고,
그러나 무엇 하랴 오늘날은
야속히도 당장에 우리 눈으로
볼 수 없는 그것을, 물과 같이
흘러가서 없어진 맘이라고 하면.

검은 구름은 멧기슭에서 어정거리며,
애처롭게도 우는 산의 사슴이
내 품에 속속들이 붙안기는 듯.
그러나 밀물도 쎄이고 밤은 어두워
닻 주었던 자리는 알 길이 없어라.
시정의 흥정 일은
외상으로 주고받기도 하건마는.

꿈길[1]

물구슬[2]의봄새벽 아득한길
하늘이며 들사이에 널븐숩
저즌香氣 붉웃한닙우의길
실그물의 바람비처 저즌숩
나는 거러가노라 이러한길
밤저녁의그늘진 그대의쭘
흔들니는 다리우 무지개길
바람조차 가을봄 거츠는[3]쭘

현대어 표기

꿈길

물구슬의 봄 새벽 아득한 길
하늘이며 들 사이에 넓은 숲
젖은 향기 붉긋한 잎 위의 길
실그물의 바람 비쳐 젖은 숲
나는 걸어가노라 이러한 길

....

1) 『진달래꽃』, 212쪽.
2) 이슬.
3) 거치다. 경유하다. 지나가다. 『정본김소월전집』(오하근, 집문당, 1995)에서는 '거칠
   다'로, 『김소월전집』(김용직, 서울대출판부, 1996)에서는 '걷히다'로 풀이함.

밤저녁의 그늘진 그대의 꿈
흔들리는 다리 위 무지개 길
바람조차 가을 봄 거치는 꿈

사노라면
사람은죽는것을[1]

하로라도 몟番식 내생각은
내가 무엇하랴고 살랴는지?
모르고 사랏노라, 그럴말로[2]
그러나 흐르는 저냇물이
흘너가서 바다로 든댈진댄[3].
일로조차[4] 그러면, 이내몸은
애쓴다고는 말부터 니즈리라.
사노라면 사람은 죽는것을
그러나, 다시 내몸,
봄빗의불붓는 사태흙에
집짓는 저개아미
나도 살려하노라, 그와갓치
사는날 그날까지
살음에 즐겁어서,
사는것이 사람의본쯧이면
오오 그러면 내몸에는
다시는 애쓸일도 더엽서라

1) 『진달래꽃』, 213~214쪽.
2) 그럴 것으로 말한다면, 그럴 것으로 친다면.
3) 든다 할진대.
4) 이것마저도.

사노라면 사람은 죽는것을.

사노라면 사람은 죽는 것을

하루라도 몇 번씩 내 생각은
내가 무엇 하랴고 살랴는지?
모르고 살았노라, 그럴 말로
그러나 흐르는 저 냇물이
흘러가서 바다로 든댈진댄.
일로조차 그러면, 이내 몸은
애쓴다고는 말부터 잊으리라.
사노라면 사람은 죽는 것을
그러나, 다시 내 몸,
봄빛의 불붙는 사태흙에
집 짓는 저 개미
나도 살려 하노라, 그와 같이
사는 날 그날까지
살음에 즐거워서,
사는 것이 사람의 본뜻이면
오오 그러면 내 몸에는
다시는 애쓸 일도 더 없어라
사노라면 사람은 죽는 것을.

하다못해
죽어달내가올나[1]

아조 나는 바랄것 더업노라
빗치랴 허공이랴,
소리만남은 내노래를
바람에나 씌워서보낼박게.
하다못해 죽어달내가올나[2]
좀더 놉픈데서나 보앗스면!

한세상 다 살아도
살은뒤 업슬것을,
내가 다 아노라 지금까지
사랏서 이만큼 자랏스니.
예전에 지나본모든일을
사랏다고 니를수잇슬진댄!

물까의 다라저널닌[3] 굴썹풀[4]에
붉은가시덤불 버더늙고
어득어득[5] 점은[6]날을

---

1) 『진달래꽃』, 215~216쪽.
2) 죽어달라고 하는 것이 옳나.
3) 닳아져 널린.
4) 굴 껍질. 굴 껍데기. 『정본김소월전집』(오하근, 집문당, 1995)에서는 '여러 겹으로 된 껍질이나 껍데기의 층'이라고 풀이함.

비바람에울지는7) 돌무덕이
하다못해 죽어달내가올나
밤의고요한째라도 직켯스면!

현대어 표기

하다못해 죽어달래가 옳나

아주 나는 바랄 것 더 없노라
빛이랴 허공이랴,
소리만 남은 내 노래를
바람에나 띄워서 보낼밖에.
하다못해 죽어달래가 옳나
좀 더 높은 데서나 보았으면!

한세상 다 살아도
살은 뒤 없을 것을,
내가 다 아노라 지금까지
살아서 이만큼 자랐으니
예전에 지내본 모든 일을
살았다고 이를 수 있을진댄!

물가의 닳아져 널린 굴 꺼풀에
붉은 가시덤불 벋어 늙고

---

5) 어둑어둑.
6) 저물다.
7) 울지다. 쉼 없이 울다. 『정본김소월전집』(오하근, 집문당, 1995)에서는 '울며 눈물 짓다'로 풀이함.

어득어득 저문 날을
비바람에 울지는 돌무더기
하다못해 죽어달래가 옳나
밤의 고요한 때라도 지켰으면!

希望[1]

날은저믈고 눈이나려라
낫서른물까으로 내가왓슬째.
山속의올뱀이[2] 울고울며
쩌러진닙들은 눈아래로 쌀녀라.

아아 蕭殺스럽은[3]風景이어
智慧의눈물을 내가 어들째!
이제금 알기는 알앗건만은!
이세상 모든것을
한갓 아름답은눈얼님[4]의
그림자쁜인줄을.

이우러[5] 香氣깁픈 가을밤에
우무주러진[6] 나무그림자
바람과비가우는 落葉우헤.

---

1) 『진달래꽃』, 217~218쪽.
2) 올빼미.
3) 소쇄蕭殺스럽다. 쓸쓸하다. 『정본김소월전집』(오하근, 집문당, 1995)에서는 '숙살
   蕭殺스러운'으로 읽고, '쌀쌀한 기운이 풀이나 나무에 스쳐 말리어 죽일 듯하다'
   라고 풀이함.
4) 눈얼림. 눈에 보기에만 그럴싸함.
5) 이울다. 점차 깊어지다.
6) 움츠러지다. 『정본김소월전집』(오하근, 집문당, 1995)에서는 '우무러지고 줄어지
   다'라고 풀이함.

희망

날은 저물고 눈이 나려라
낯설은 물가로 내가 왔을 때.
산 속의 올빼미 울고 울며
떨어진 잎들은 눈 아래로 깔려라.

아아 소쇄스러운 풍경이여
지혜의 눈물을 내가 얻을 때!
이제금 알기는 알았건마는!
이 세상 모든 것을
한갓 아름다운 눈어림의
그림자뿐인 줄을.

이울어 향기 깊은 가을밤에
우무주러진 나무 그림자
바람과 비가 우는 낙엽 위에.

展望[1]

부엿한[2] 하눌, 날도 채밝지안앗는데,
흰눈이 우멍구멍[3] 쌔운[4] 새벽,
저 남便물까우헤
이상한구름은 層層臺쩌올나라.

마을아기는
무리지어 書齋로 올나들가고,
쇠집사리하는 젊은이들은
각금각금 움물길[5] 나드러라.

蕭索한[6] 欄干우흘 건일으며
내가 볼째 온아츰, 내가슴의,
좁펴옴긴 그림張이 한녑풀,[7]
한갓 더운눈물로 어룽지게.

억개우헤 銃메인산양바치[8]
半白의머리털에 바람불며

---

1) 『진달래꽃』, 219~220쪽.
2) 부엿다.
3) 눈이 여기저기 울룩불룩하게 쌓인 모양.
4) 쌓이다.
5) 우물길.
6) 소색蕭索하다. 소조蕭條하다. 쓸쓸하다.
7) 한 겹. 한 꺼풀. 『정본김소월전집』(오하근, 집문당, 1995)에서는 '한쪽 옆을'이라
   고 풀이함.
8) 사냥꾼.

한번 다름박질. 올길 다왓서라.
흰눈이 滿山遍野[9] 쌔운아츰.

현대어 표기

전망

부엿한 하늘, 날도 채 밝지 않았는데,
흰눈이 우멍구멍 쌔운 새벽,
저 남편 물가 위에
이상한 구름은 층층대 떠올라라.

마을 아기는
무리 지어 서재로 올라들 가고,
시집살이하는 젊은이들은
가끔가끔 우물길 나들어라.

소색한 난간 위를 거닐으며
내가 볼 때 온 아침, 내 가슴의,
좁혀 옮긴 그림 장이 한 녑풀,
한갓 더운 눈물로 어룽지게.

어깨 위에 총 멘 사냥바치
반백의 머리털에 바람 불며
한번 달음박질. 올 길 다 왔어라.
흰눈이 만산편야 쌔운 아침.

---

9) 만산편야滿山遍野. 산과 들에 그들먹하게 덮여 있음.

나는
세상 모르고 사랏노라[1]

『가고 오지못한다』는 말을
철업든 내귀로 드럿노라.
萬壽山을나서서
옛날에 갈나선 그내님도
오늘날 뵈올수잇섯스면.

나는 세상모르고 사랏노라,
苦樂에 겨운입술로는
갓튼말도 죠곰더怜悧하게
말하게도 지금은 되엿건만.
오히려 세상모르고 사랏스면!

『도라서면 모심타[2]』는 말이
그무슨뜻인줄을 아랏스랴.
噴昔山붓는불은 옛날에 갈나선 그내님의
무덤엣풀이라도 태왓스면!

----

1) 『진달래꽃』, 221~222쪽.
2) 무심하고 쌀쌀하다.

나는 세상모르고 살았노라

『가고 오지 못한다』는 말을
철없던 내 귀로 들었노라.
만수산 올라서서
옛날에 갈라선 그 내 임도
오늘날 뵈올 수 있었으면.

나는 세상모르고 살았노라,
고락에 겨운 입술로는
같은 말도 조금 더 영리하게
말하게도 지금은 되었건만.
오히려 세상모르고 살았으면!

『돌아서면 모심타』는 말이
그 무슨 뜻인 줄을 알았으랴.
제석산 붙는 불은 옛날에 갈라선 그 내 임의
무덤엣 풀이라도 태웠으면!

金잔듸[1]

잔듸,
잔듸,
금잔듸,
深深山川에 붓는불은
가신님 무덤싸엣 금잔듸.
봄이 왓네, 봄빗치 왓네.
버드나무씃터도실가지에.
봄빗치 왓네, 봄날이 왓네,
深深山川에도 금잔듸에.

『개벽』 제19호, 1922년 1월, 35쪽

金 잔 듸

잔듸,
잔듸,
금잔듸.
深深山川에 바알한불빗은
가신님무덤가엣금잔듸.
봄이왓네, 버드나무씃에도

1) 『진달래꽃』, 225쪽.

봄빗이 왓네, 봄날이 왓네,
深深山川에도, 금잔듸에도.

현대어 표기

금잔디

잔디,
잔디,
금잔디,
심심산천에 붙는 불은
가신 임 무덤가에 금잔디.
봄이 왔네, 봄빛이 왔네.
버드나무 끝에도 실가지에.
봄빛이 왔네, 봄날이 왔네,
심심산천에도 금잔디에.

江村[1]

날저믈고 돗는달에
흰물은 쏴쏴……
금모래 반짝…….
靑노새 몰고가는郎君!
여긔는 江村
江村에 내몸은 홀로 사네.
말하자면, 나도 나도
느즌봄 오늘이 다 盡토록
百年妻眷[2]을 울고가네.
길쎄[3] 저믄[4] 나는 선비,
당신은 江村에 홀로된몸.

『개벽』 제25호, 1922년 7월, 150쪽

江 村

날 저믈고, 돗는달에

---

1) 『진달래꽃』, 226쪽.
2) 백년처권百年妻眷. 한 평생 딸린 처자 권속. 자기에게 평생 딸린 식구.
3) 길세. '날씨'의 방언. 『정본김소월전집』(오하근, 집문당, 1995)에서는 '길의 형세나
   형편'이라고 풀이함.
4) 저물다.

흰물은 쏼쏼,
금모래 반짝.
靑노새 몰고가는 郎君!
여긔는 江村,
나는 홀어미로세.
그러면은, 나는
느즌봄 오늘이 다 가도록
百年妻眷을 울고가네.
나는 萬年窮쌔나는5) 선배,
당신은 江村에 홀어미몸.

현대어 표기

강촌

날 저물고 돋는 달에
흰 물은 쏼쏼……
금모래 반짝…….
청노새 몰고 가는 낭군!
여기는 강촌
강촌에 내 몸은 홀로 사네.
말하자면, 나도 나도
늦은 봄 오늘이 다 진토록
백년처권을 울고 가네.
길세 저문 나는 선비,
당신은 강촌에 홀로 된 몸.

---

5) 만년萬年 궁짜 나는. 한평생 가난에 찌들어 살아가는.

첫치마[1]

봄은 가나니 저믄날에,
쏫츤 지나니 저믄봄에,
속업시 우나니, 지는쏫츨,
속업시 늣기나니 가는봄을.
쏫지고 닙진가지를 잡고
밋친듯 우나니, 집난이[2]는
해다지고 저믄봄에
허리에도 감은첫치마를
눈물로 함빡히 쥐여짜며
속업시 우노나 지는쏫츨,
속업시 늣기노나, 가는봄을.

『동아일보』, 1921년 4월 9일자

첫 치 마

봄은가나니 저문날에,
쏫츤지나니 저문봄에,
속업시 우나니, 지는쏫을,

1) 『진달래꽃』, 227쪽.
2) 출가인出嫁人. 집을 떠나 시집간 사람.

속업시 늣기나니 가는봄을.
쏫지고 입썰닌가지를 썩어들고
밋친듯 울면서 봄의저문날에
몸에 처음 감은 치마를
눈물로 적시는 저문날에
혼자서잡고 집난이는 설어하누나.

첫 치 마

봄은가나니 저믄날에,
쏫은지나니 저믄봄에,
속업시 우나니 지는쏫츨,
속업시 느끼나니 가는봄을,
쏫지고 닙썰닌가지를 붓안고
미친듯 울면서, 저믄봄날에,
몸에도 처음감은치마를
눈물로 적시는 저믄봄날에
혼자서 잡고서 어이업시도
집난이 ^{出嫁女} 설어울어라.

현대어 표기

첫 치마

봄은 가나니 저문 날에,
꽃은 지나니 저문 봄에,

속없이 우나니, 지는 꽃을,
속없이 느끼나니 가는 봄을.
꽃 지고 잎 진 가지를 잡고
미친 듯 우나니, 집난이는
해 다 지고 저문 봄에
허리에도 감은 첫 치마를
눈물로 함빡히 쥐어짜며
속없이 우노나 지는 꽃을,
속없이 느끼노나, 가는 봄을.

달마지[1]

正月대보름날 달마지,
달마지 달마중을, 가쟈고!
새라새옷[2]은 가라닙고도
가슴엔 묵은설음 그대로,
달마지 달마중을, 가쟈고!
달마중가쟈고 니웃집들!
山우헤水面에 달소슬째,
도라들가쟈고, 니웃집들!
모작별[3]삼성이 써러질째.
달마지 달마중을 가쟈고!
다니든옛동무 무덤까에
正月대보름날 달마지!

『개벽』제19호, 1922년 1월, 35~36쪽

달 마 지

正月大보름날 달마지,

----

1) 『진달래꽃』, 228쪽.
2) 새롭고 새로운 옷.
3) 저녁 무렵의 금성金星을 말함.

달마지 달마중을가자고.
새라새옷은 갈아닙고도
가슴엔 묵은설음그대로.
달마중가자 니웃사람들
山우에 水面에 달빗보일째,
돌아가자, 니웃사람들!
모작별 三星이 썰어질째.
달마지 달마중을가자고
몸이죽은 녯동무무덤가에
正月大보름날 달마중가자.

현대어 표기

달맞이

정월 대보름날 달맞이,
달맞이 달마중을, 가자고!
새라새 옷은 갈아입고도
가슴엔 묵은 설움 그대로,
달맞이 달마중을, 가자고!
달마중 가자고 이웃집들!
산 위에 수면에 달 솟을 때,
돌아들 가자고, 이웃집들!
모작별 삼성이 떨어질 때.
달맞이 달마중을 가자고!
다니던 옛 동무 무덤가에
정월 대보름날 달맞이!

엄마야 누나야[1]

엄마야 누나야 江邊살쟈,
쓸에는 반짝는 金금래빗,
뒷門박게는 갈닙의노래
엄마야 누나야 江邊살쟈.

『개벽』 제19호, 1922년 1월, 35쪽

엄마야 누나야

엄마야 누나야 江邊에살쟈,
쓸에는 반짝이는 金금래빗
뒷門박게는 갈닙의노래.
엄마야 누나야 江邊에살쟈.

현대어 표기

엄마야 누나야

엄마야 누나야 강변 살자,
쓸에는 반짝는 금모래 빛,
뒷문 밖에는 갈잎의 노래
엄마야 누나야 강변 살자.

---

1) 『진달래꽃』, 229쪽.

닭은 쇠꾸요

닭은쇠꾸요

닭은쇼쑤요[1]

닭은 쇼쑤요, 쇼쑤요 울제,
헛잡으니 두팔은 밀녀낫네.
애도타리만치 기나긴밤은……
쑴깨친뒈엔 감도록 잠아니오네.

우혜는 靑草언덕, 곳은 깁섬,[2]
엇저녁대인 南浦배싼.
몸을 잡고뒤재며[3] 누엇스면
솜솜하게도[4] 감도록 그리워오네.

아모리 보아도
밝은燈불, 어스럿한데.
감으면 눈속엔 흰모래밧,
모래에 얼인안개는 물우혜 슬제[5]

大同江뱃나루에 해도다오네.

---

1) 『진달래꽃』, 233~234쪽.
2) 대동강의 능라도綾羅島를 말함.
3) 뒤척이다.
4) '삼삼하다'의 작은 말. 잊히지 않고 눈앞에 보이는 듯 또렷하다.
5) 스치다.

『개벽』 제20호, 1922년 2월, 18쪽

닭 은 �쏘 꾸 요

닭은쏘꾸요, 쏘꾸요울제,
헛잡으니 두팔은 밀녀낫네.
애도타리만치 기나긴밤은……
꿈깨친뒤엔 감도록 잠아니오네.

우헤는청초언덕 고든깁섬,
엇저녁 대인南浦배싼.
몸을잡고뒤재며누엇스면
솜솜하게도 감도록 그려워오네.

아모리보아도
밝은등불, 어스럿한데.
감으면 눈속엔 붉은갈밧.
모래에 얼인안개는 물우 헤슬제

大同江뱃나루에 해 도다오네.

현대어 표기

닭은 꼬꾸요

닭은 꼬꾸요, 꼬꾸요 울 제,
헛잡으니 두 팔은 밀려났네.
애도 타리 만치 기나긴 밤은……
꿈 깨친 뒤엔 감도록 잠 아니 오네.

위에는 청초 언덕, 곳은 깁섬,
엊저녁 대인 남포 뱃간.
몸을 잡고 뒤재며 누웠으면
솜솜하게도 감도록 그리워오네.

아무리 보아도
밝은 등불, 어스레한데.
감으면 눈 속엔 흰 모래밭,
모래에 어린 안개는 물 위에 슬 제

대동강 뱃나루에 해 돋아오네.

제2부 『소월시초素月詩抄』(1939. 12)

『소월시초』의 목차는 다음과 같다.

이 중 『진달래꽃』에 수록되지 않은, * 표시한 작품만을 실었으며, 한시 변역 작품은 제4부에 별도로 정리하였다.

팔베개 노래調[1][2]

1) 『소월시초』, 84~93쪽.
2) 이 시의 서두에 다음과 같은 내력을 소개하고 있다.

이러구러 제 닭이 왔구나. 지난 갑자년甲子年 가을이러라. 내가 일찍이 일이
있어 영변읍寧邊邑에 갔을 때 내 성벽性癖이 맞추어 성내城內치고도 어떤 외따
른 집을 찾아 묵고 있으려니 그곳에 한낱 친화親和도 없는지라, 할 수 없이 밤
이면 추야장秋夜長 나그네방房 찬 자리에 가치어 마주 보나니 잦는 듯한 등燈불
이 그물러질까 겁나고, 하느니 생각은 근심되어 이리 뒤적 저리 뒤적 잠 못 들
어 할 제, 그 쓸쓸한 정경情境이 실로 견디어 지내기 어려웠을레라. 다만 때때로
시멋없이 그늘진 들까를 혼자 두루 거닐고는 할 뿐이었노라.
  그렇게 지나기를 며칠에 하루는 때도 짙어가는 초밤, 어둑한 네거리 잠자는 집
들은 인기人氣가 끊었고 초생初生의 갈구리달 재 넘어 걸렸으매 다만 이따금씩
지내는 한두 사람의 발자최 소리가 고요한 골목길 시커먼 밤빛을 드둘출 뿐이러
니 문득 격장隔墻에 가만히 부르는 노래노래 청원처절淸怨凄絶하여 사뭇 오는
찬 서리 밤빛을 재촉하는 듯, 고요히 귀를 기우리매 그 가사歌詞됨이 새롭고도
질박質朴함은 이른 봄의 지새는 새벽 적막寂寞한 상두狀頭의 그늘진 화병花甁에
분분芬芬하는 홍매紅梅꽃 한 가지일시 분명分明하고 율조律調의 고저高低와 단
속斷續에 따르는 풍부豊富한 풍정風情은 마치 천석泉石의 우명구명한 산山길을
허방지방 오르나리는 듯한 감感이 바이없지 않은지라. 꽤 사정事情있는 사람으
로 하여금 그윽한 눈물에 옷깃 젖음을 깨닫지 못하게 하였을레라.
  이윽고 그 한밤은 더더구나 빨리도 자최 없이 잃어진 그 노래의 여운餘韻이
외로운 벼개머리 귀밑을 울리는 듯하여 본래本來부터 꿈 많은 선잠도 슬픔에 지
치도록 밤이 밝아 먼 동이 훤하게 눈터올 때에야 비로소 고달픈 내 눈을 잠시
붙였었노라.
  두어 열흘 동안에 그 노래주인主人과 숙면熟面을 이루니 금년今年으로 하면
스물하나, 당년當年에 갓스물, 몸은 기생妓生이었을레라.
  하루는 그 기녀妓女 저녁에 찾아와 이런 이야기 저런 이야기로 밤 보내던 끝
에 말이 자기신세自己身勢에 미치매 잠간 낯을 붉히고 하는 말이, 내 고향故鄕
은 진주晋州요, 아버지는 정신精神 없는 사람 되어 간 곳을 모르고, 그러노라니
제 나이가 열세 살에 어머니가 제 몸을 어떤 호남행상湖南行商에게 팔아 당신의
후살의 미천을 삼으니 그로부터 뿌리 없는 한 몸이 청루靑樓에 영락零落하여 동
표서박東漂西泊할제 얼을 없는 종적이 남南으로 문사門司, 향항香港이며, 북北으
로 대련大連, 천진天津에 화조월석花朝月夕의 눈물 궂은 생애生涯가 예까지 구
을러온 지도 이미 반년半年 가까이 되었노라 하며 하던 말끝을 미처 거듭지 못
하고 걷잡지 못할 서름에 엎드러져 느껴가며 울었을러니, 이마치 길이 자 한치
날카로운 칼로 사나이 몸의 아홉구비 굵은 심장心臟을 끊고 찌르는 애닯은 뜬
세상世相 일의 한 가지 못 보기라고 할런가.
  있다가 이윽고 밤이 깊어 돌아갈 지음에 다시 이르된 기명妓名은 채란이로라
하였더니라.
  이 팔벼개노래조調는 채란이가 부르던 노래니 내가 영변寧邊을 떠날 임시臨時

첫날에 길동무
만나기 쉬운가
가다가 만나서
길동무 되지요.

날3)긇다4) 말어라
家長님만 님이랴
오다가다 만나도
정붙들면 님이지.

花紋席 돗자리
놋燭臺 그늘엔
七十年 苦樂을
다짐둔5) 팔벼개.

드나는6) 곁방의

하여 빌어 그의 친수親手로써 기록記錄하여 가지고 돌아왔음이라. 무슨 내가 이
노래를 가져 감敢히 제대방가諸大方家의 시적詩的 안목眼目을 욕辱되게 하고저
함도 아닐진댄 하물며 이 맛 정성위음鄭聲衛音의 현란스러움으로써 예술藝術의
신엄神嚴한 궁전宮殿에야 하마 그 문전門前에 첫발걸음을 건들어 놓아보고저 하
는 참람僣濫한 의사意思를 어찌 바늘끝만큼인들 염두念頭에 둘 리理 있으리오
마는 역시亦是 이 노래 야비野卑한 세속世俗의 부경浮輕한 일단一端을 칭도稱道
함에 지내지 못한다는 비난非難에 마출지라도 나 또한 구태여 그에 대對한 둔사
遁辭도 하지 아니 하려니와, 그 이상以上 무엇이든지 사양없이 받으려 하나니,
다만 지금只今도 매양 내 잠 아니 오는 긴 밤에와 나 홀로 거닐으는 감도는 들
길에서 가만히 이 노래를 읊으면 스스로 금禁치 못할 가련可憐한 느낌이 있음을
취取하였을 뿐이라 이에 그래도 내어버리랴 버리지 못하고 이 노래를 세상世上
에 전傳하노니 지금只今 이 자리에 지내간 그 옛날 일을 다시 한 번 끌어내어
생각하지 아니치 못하여 하노라.

3) 나를.
4) 그르다. 옳지 못하다.
5) 다짐을 두다.

미닫이 소리라
우리는 하루밤
빌어얻은 팔벼개.

朝鮮의 江山아
네가 그리 좁더냐
三千里 西道를
끝까지 왔노라.

三千里 西道를
내가 여기 웨왔나
南浦의 사공님
날 실어다 주었소.

집뒷山 솔밭에
버섯 따던 동무야
어느 뉘집 家門에
시집 가서 사느냐.

嶺南의 晋州는
자라난 내故鄉
父母없는
故鄉이라우.

오늘은 하루밤

6) 들고 나다.

단잠의 팔벼개
來日은 相思의
거문고 벼개라.

첫닭아 꼬꾸요
목놓지 말아라
품속에 있던님
길차비7) 차릴라.

두루두루 살펴도
金剛 斷髮令
고개길도 없는몸
나는 어찌 하라우.

嶺南의 晋州는
자라난 내故鄕
돌아갈 故鄕은
우리님의 팔벼개.

『삼천리』 제66호, 1935년 10월, 248~249쪽

팔벼개노래

첫날에 길동무

7) 길을 떠날 준비.

만나기 쉬운가
가다가 만나서
길동무 되지요.

家長만 님이랴
情들면 님이지
한平生 苦樂을
다짐둔 팔벼개.

첫닭아 꼬꾸요
목노치 말아라
내품에 안긴님
단꿈이 깰리라.

오늘은 하룻밤
단잠의 팔벼개
來日은 相思의
거문고 벼개라.

朝鮮의 江山아
네그리 좁드냐
三千里 西道를
끗까지 왔노라.

집뒤山 솔버섯
다토든 동무야
어느뉘 家門에
싀집을 갓느냐.

空中에 뜬새도
의지가 잇건만
이몸은 팔벼개

뜬풀로 돌지요.

현대어 표기

팔베개 노래[8]

첫날에 길동무
만나기 쉬운가
가다가 만나서
길동무 되지요.

가장만 님이랴
정들면 님이지
한평생 고락을
다짐 둔 팔베개.

첫닭아 꼬꾸요
목놓지 말아라
내 품에 안긴 임
단꿈이 깰리라.

오늘은 하룻밤
단잠의 팔베개
내일은 상사의
거문고 베개라.

조선의 강산아
네 그리 좁더냐
삼천리 서도를

----

8) 『삼천리』 발표 원문을 따름.

끝까지 왔노라.

집 뒷산 솔버섯
다투던 동무야
어느 뉘 가문에
시집을 갔느냐.

공중에 뜬 새도
의지가 있건만
이 몸은 팔베개
뜬풀로 돌지요.

次岸曙先生三水甲山韻[1][2]

三水甲山 나 웨왔노
三水甲山이 어디메냐.
오고나니 奇險타[3]
아하, 물도 많고 山疊疊이라.

내故鄕을 도루 가자
내故鄕을 내 못가네.
三水甲山 멀더라
아하, 촉도지난[4]이 예로구나.

---

1) 『소월시초』, 84~93쪽.
2) '次……韻'은 한시를 짓는 방식의 하나로서, 맨 처음 택한 운韻을 원운原韻이라
   고 하며, 차운은 그 원운을 따라 시를 지은 것을 말한다. 여기서는 안서 김억이
   지은 「삼수갑산」의 운을 따라 지었다고 밝힌 셈이다. 김억의 시 「삼수갑산」(『삼
   천리』, 1934년 8월, 178쪽)은 다음과 같다.

   三水甲山 보고지고 三水甲山 어듸메냐
   三水甲山 아득타아하 山은첩첩 흰구름만 싸인곳

   三水甲山 가고지고 三水甲山 내못가네
   三水甲山 길멀다 아하 배로사흘 물로사흘길멀다

   三水甲山 어듸메냐, 三水甲山 내못가네
   不歸不歸 이내맘 아하새드라면 날아날아가련만

   三水甲山 내故鄕을 내못가네, 내못가네,
   오락가락 無心타 아하 三水甲山그립다고 가는꿈

   三水甲山 먼먼길을 가고지고 내못가네
   不歸不歸 이내맘 아하 三水甲山 내못가는이心思
3) 기험奇險하다. 기구崎嶇하다.

三水甲山 어디메냐
내가 오고 내 못가네.
不歸로다 내故鄕을
아하, 새드라면5) 떠가리라.

님 계신곳 내故鄕을
내 못가네, 내 못가네.
오다 가다 야속타
아하, 三水甲山이 날 가둡네.6)

내故鄕을 가고지고
三水甲山 날 가둡네
不歸로다 내몸이야
아하, 三水甲山 못벗어난다.

『신인문학』제3호, 1934년 11월, 87~88쪽

三水甲山

―次岸曙三水甲山韻―

三水甲山 내웨왔노 三水甲山이 어디뇨
오고나니 奇險타 아하 물도 많고 山첩첩이라 아하하

4) 촉도지란蜀道之難. '촉도'는 중국 쓰촨성[四川省]으로 통하는 극히 험준한 길. 여기서는 처세하기 어려운 상황을 이른다.
5) 새였더라면.
6) 가두다.

내故鄕을 돌우가자 내고향을 내못가네
三水甲山 멀드라 아하 蜀道之難이 예로구나 아하하

三水甲山이 어디뇨 내가오고 내못가네
不歸로다 내故鄕 아하 새가되면 떠가리라 아하하

님게신곳 내고향을 내못가네 내못가네
오다가다 야속타 아하 三水甲山이 날가두었네 아하하

내고향을 가고지고 오호 三水甲山 날가두었네
不歸로다 내몸이야 아하 三水甲山 못버서난다 아하하

『신동아』 제40호, 1935년 2월, 152쪽

次岸曙先生三水甲山韻

三水甲山 내왜왓노 三水甲山 이 어듸뇨
오고나니 奇險타 아아 물도 만코 山 첩첩이라 아하히

내故鄕을 돌우가쟈 내고향을 내 못가네
三水甲山 멀드라 아아 蜀道之難이 예로구나 아하하

三水甲山 이 어듸뇨 내가 오고 내 못가네
不歸로다 내故鄕아 새가되면 써가리라 아하하

님게신곳 내고향을 내못가네 왜못가네
오다 가다 야속타 아아 三水甲山이 날 가둡엇네 아하하

내고향을 가고지고 오호 三水甲山 날 가둡엇네
不歸로다 내몸이야 아아 三水甲山 못버서난다 아하하

차안서선생삼수갑산운[7]

삼수갑산 내 왜 왔노 삼수갑산 이 어디뇨
오고 나니 기험타 아아 물도 많고 산첩첩이라 아하하

내 고향을 도로 가자 내 고향을 내 못가네
삼수갑산 멀더라 아아 촉도지란이 예로구나 아하하

삼수갑산 이 어디뇨 내가 오고 내 못 가네
불귀로다 내 고향아 새더라면 떠가리라 아하하

임 계신 곳 내 고향을 내 못 가네 왜 못 가네
오다 가다 야속타 아아 삼수갑산이 날 가두었네 아하하

내 고향을 가고지고 오호 삼수갑산 날 가두었네
불귀로다 내 몸이야 아아 삼수갑산 못 벗어난다 아하하

---

7) 『신동아』 발표 원문을 따름.

제비[1]

오늘아침 먼 동 틀 때
江南의 더운 나라로
제비가 울며불며 떠났습니다.

잘 가라는듯이
살살 부는 새벽의
바람이 불때에 떠났습니다.

어이[2]를 離別하고
떠난 故鄕의
하늘을 바라보던 제비이지요.

길까에서 떠도는 몸이길래
살살 부는 새벽의
바람이 부는데도 떠났습니다.

『개벽開闢』 제25호, 1922년 7월, 150쪽

제 비

오늘아츰 먼동 틀때

---

1) 『소월시초』, 104~105쪽.
2) 짐승의 어미.

江南의더운나라로
제비가 울고불며 써낫습니다.

잘 가라는듯시
살살 부는 새벽의
바람이 불째에써낫습니다.

어이를 離別하고
써난 故鄕의
하늘을 바라보든 제비이지오.

길가에서 써도는 몸이길내,
살살 부는 새벽의
바람이 부는데도 써낫습니다.

현대어 표기

제비3)

오늘 아침 먼 동 틀 때
강남의 더운 나라로
제비가 울고불며 떠났습니다.

잘 가라는 듯이
살살 부는 새벽의
바람이 불 때에 떠났습니다.

어이를 이별하고
떠난 고향의

....

3) 『개벽』 발표 원문을 따름.

하늘을 바라보던 제비이지요.

길가에서 떠도는 몸이길래,
살살 부는 새벽의
바람이 부는 데도 떠났습니다.

將別里[1]

연분홍 저고리 빨갛게 불 붙는
平壤에도 이름 높은 將別里,
金실 銀실의 가는 실비는
비스듬이 내리네, 뿌리네.

털털한 배암문의[2] 돋은 洋傘에
내리는 가는 실비는
우에랴 아래랴 내리네, 뿌리네.

흐르는 大同江 한복판에
울며 돌던 벌새[3]의 떼무리,
당신과 離別하던 한복판에
비는 쉴틈 없이 내리네, 뿌리네.

『개벽開闢』제25호, 1922년 7월, 149쪽

將 別 里

軟粉紅저고리, 쌁안불부튼

---
1) 『소월시초』, 105~106쪽.
2) 뱀무늬.
3) 들새.

平壤에도 이름놉흔將別里,
金실銀실의 가는비는
비스틈이도 내리네 쑤리네.

털털한 배암紋徵돗은洋傘에
나리는 가는비는
우에나 아레나 나리네, 쑤리네.

흐르는大同江, 한복판에
울며돌든 벌새의쎄무리,
당신과離別하든 한복판에
비는 쉴틈도업시 나리네, 쑤리네.

현대어 표기

장별리[4]

연분홍 저고리, 빨간 불 붙은
평양에도 이름 높은 장별리,
금실 은실의 가는 실비는
비스듬히도 내리네, 뿌리네.

털털한 배암 무늬 돋은 양산에
내리는 가는 실비는
위에나 아래나 내리네, 뿌리네.

흐르는 대동강 한복판에

---
4) 『개벽』 발표 원문을 따름.

울며 돌던 벌새의 떼 무리,
당신과 이별하던 한복판에
비는 쉴 틈도 없이 내리네, 뿌리네.

孤寂한날[1]

당신님의 편지를
받은 그날로
서러운 風說[2]이 돌았습니다.

물에 던져달라 하신 그 뜻은
언제나 꿈꾸며 생각하라는
그 말슴인줄 압니다.

흘려 쓰신 글씨나마
諺文글자로
눈물이라 적어 보내셨지요

물에 던져달라 하신 그 뜻은
뜨거운 눈물 방울방울 흘리며
맘 곱게 읽어달라는 말슴이지요

---

1) 『소월시초』, 106~107쪽.
2) 풍설風說. 실상이 없이 떠돌아다니는 말. 풍문風聞.

『개벽』 제25호, 1922년 7월, 149~150쪽

孤寂한날

당신님의 便紙를
바든 그날로
서러운風說이 돌앗습니다.

물에 던저달나고 하신 그뜻은
언제나 꿈꾸며 생각하라는
그말슴인줄 압니다.

흘려 쓰신 글씨나마
諺文글자로
눈물이라고 적어보내섯지요.

물에 던저달나고하신 그뜻은
쓰거운 눈물 방울방울 흘리며,
맘곱게 읽어달나는 말슴이지오.

현대어 표기

고적한 날3)

당신님의 편지를
받은 그날로
서러운 풍설이 돌았습니다.

---

3) 『개벽』 발표 원문을 따름.

물에 던져달라고 하신 그 뜻은
언제나 꿈꾸며 생각하라는
그 말씀인 줄 압니다.

흘려 쓰신 글씨나마
언문 글자로
눈물이라 적어 보내셨지요.

물에 던져달라고 하신 그 뜻은
뜨거운 눈물 방울방울 흘리며,
맘 곱게 읽어달라는 말씀이지요.

信仰[1]

눈을 감고 잠잠이 생각하라.
무거운 짐에 우는 목숨에는
받아가질 安息을 더 하랴고
반듯이 힘 있는 도음의 손이
그대들을 위하여 내밀어지리니.

그러나 길은 다 하고 날이 저무는가,
애처러운 人生이어,
鐘소리는 배바삐[2] 흔들리고
앳궂은 弔歌는 비껴 울때
머리 숙으리며 그대 歎息하리.

그러나 꿇어앉아 고요히
빌라, 힘있게 敬虔하게.
그대의 맘가운데
그대를 지키고 있는 아름다운 神을
높이 우러러 敬拜하라.

멍에는 괴롭고 짐은 무거워도
두다리든 門은 멀지않아 열릴지니,

---

1) 『소월시초』, 128~131쪽.
2) '분주히'의 평북 방언.

가슴에 품고있는 明滅의 그 燈盞을
부드러은 叡智의 기름으로
채우고 또 채우라.

그러하면 목숨의 봄두던의
살음을 감사하는 높은 가지
잊었던 眞理의 몽어리3)에 잎은 피며,
信仰의 불 붙는 고은 잔디
그대의 헐벗은 靈을 싸덮으리

『개벽』 제55호, 1925년 1월, 34~35쪽

信 仰

눈을감고잠잠히생각하라
묵업은짐에우는목숨에는
바다가질安息을더하랴고
반드시힘잇는도음의손이
그대들을위하야기다릴지니.

그러나, 길은다하고날이저므는가.
애처럽은人生이어
鐘소리는배밧비흔들리고

----

3) 몽오리. 작고 동글동글하게 뭉쳐진 것. '몽올'이라고도 함. 『정본김소월전집』(오
   하근, 집문당, 1995)과 『김소월전집』(김용직, 서울대출판부, 1996)에서는 모두 '봉
   우리'라고 풀이함.

애구즌弔歌는빗겨올째,
머리숙으리며그대歎息하리.

그러나, 꾸러안저고요히
빌라, 힘잇게敬虔하게.
그대의맘가운데
그대를직키고잇는아름답은神을
놉히우럴어敬拜하라.

멍에는괴롭고짐은무겁어도
두다리든門은멀지안아열릴지니,
가슴에품고잇는明滅의그燈盞을
부드럽은叡智의기름으로
채우고쏘채우라.

그러하면, 목슴의봄두던의
살음을感謝하는놉흔가지
니것든眞理의봉우리에닙흔피며
信仰의불붓는고흔잔듸
그대의헐버슨靈을싸덥흐리.

『신여성』, 1924년 6월, 12~13쪽

信仰

눈을 감고 잠잠이 생각하라
무거운 짐에 우는목슴에는
밧어가질 安息을 더하랴고
반듯이 힘잇는 도음의손이
그대들을 위하야 기다릴지니.
그러나 길은 다 하고 날이 저므는가.

애처럽은 人生이어
鐘소리는 배밧비 흔들니고
애끄즌 弔歌는 빗겨올째
머리 숙으리며 그대 歎息하리.

그러나 꾸러안저 고요히
빌라 힘잇게 敬虔하게.
그대의 맘가운데
그대를 지키고 잇는 아름답은 神을
노피 우러러 敬拜하라.

멍에는 괴롭고 짐은 무거워도
두다리든 門은 멀지안아 열릴지니
가슴에품고잇는 明滅의 그등잔을
부드럽은 叡智의 기름으로
채우고 쏘 채우라.

그러하면 목숨의 봄두던의
살음을 感謝하는 노픈가지
니젓든眞理의 봉우리에 닙흔피여
信仰의 불붓는 고은잔듸
그대의 헐벗은 靈을 싸덥흐리
                        —舊作에서—

현대어 표기

신앙4)

눈을 감고 잠잠히 생각하라.

....

4) 『개벽』 발표 원문을 따름.

무거운 짐에 우는 목숨에는
받아 가질 안식을 더하려고
반듯이 힘 있는 도움의 손이
그대들을 위하여 기다릴지니.

그러나 길은 다 하고 날이 저무는가,
애처러운 인생이어,
종소리는 배 바삐 흔들리고
애꿎은 조가는 빗겨올 때
머리 수그리며 그대 탄식하리.

그러나 꿇어앉아 고요히
빌라, 힘 있게 경건하게.
그대의 맘 가운데
그대를 지키고 있는 아름다운 신을
높이 우러러 경배하라.

멍에는 괴롭고 짐은 무거워도
두드리든 문은 멀지 않아 열릴지니,
가슴에 품고 있는 명멸의 그 등잔을
부드러운 예지의 기름으로
채우고 또 채우라.

그러하면 목숨의 봄 두던의
살음을 감사하는 높은 가지
잊었던 진리의 몽우리에 잎은 피며,
신앙의 불붙는 고운 잔디
그대의 헐벗은 영을 싸 덮으리.

고만두풀노래를 가져 月灘에게 드립니다.[1][2]

1

즌퍼리[3]의 물까에
우거진 고만두
고만두풀[4] 꺾으며
「고만두라」합니다.

두손길 맞잡고
우두커니 앉았소
잔즈르는[5] 愁心歌[6]
「고만두라」합니다.

1) 『소월시초』, 104~105쪽.
2) 잡지 『가면』(1926년 7월호)에 발표된 원문은 확인이 불가능하지만 그 제목은 「고만두풀노래」로 되어 있는데, 김억에 의해 『소월시초』에 수록되면서 제목이 바뀌었다.
3) 진펄이. 물기가 항상 차서 곡식을 심지 못하는 땅. 습지.
4) 고만이풀. 물가나 강기슭에 나는 마디풀과의 풀.
5) 잔주르다. 『정본김소월전집』(오하근, 집문당, 1995)에서는 '흩으러진 것을 차곡차곡 가리고 가지런하게 거두다'라고 풀이하였으며, 『김소월전집』(김용직, 서울대출판부, 1996)에서도 이를 그대로 따르고 있다. 필자는 이 말을 이와 달리 풀이하고자 한다. 북한에서 나온 『조선말대사전』(제2권, 61쪽)에는 '잔주르다'와 '잔즈리다'라는 비슷한 두 개의 단어가 등재되어 있다. '잔주르다'라는 말은 '조심스럽게 더듬적거리며 벼르거나 머뭇거리다'라는 뜻으로, '잔즈리다'는 '흩어진 것을 차곡차곡 가리고 가지런하게 거두다'라는 뜻으로 풀어놓고 있다. 이를 보면, 이 시의 '잔즈르는 수심가'는 『조선말대사전』의 '잔주르다'로 읽어야만 '조심스럽게 더듬적거리거나 머뭇거리며 부르는 수심가'라고 그 뜻이 분명해진다.
6) 수심가愁心歌. 구슬픈 가락의 서도西道 민요의 하나로, 인생의 무상함을 한탄하는 사설로 됨.

슬그머니 일면서
「고만갑소」하여도
앉은대로 앉아서
「고만두고 맙시다」고.

고만두 풀숲에
풀버러지 날을 때
둘이 잡고 번갈아
「고만두고 맙시다.」

2

「어찌 하노 하다니」
중어리는[7] 혼잣말
나도 몰라 왔어라
입버릇이 된줄을.

쉬일때나 있으랴
生時엔들 꿈엔들
어찌하노 하다니
뒤재이는[8] 생각을.

하지마는 「어찌노」

---

7) 중얼거리다.
8) 뒤척이다. 뒤바꾸거나 뒤집어놓다.

중어리는 혼잣말
바라나니 人間에
봄이 오는 어느날.

돋히어나 주과저
마른 나무 새 엄[9]을,
두들겨나 주과저
소리 잊은 내 북을.

현대어 표기

고만두풀 노래를 가져 월탄에게 드립니다.

1

즌퍼리의 물가에
우거진 고만두
고만두풀 꺾으며
「고만두라」 합니다.

두 손길 맞잡고
우두커니 앉았소
잔즈르는 수심가
「고만두라」 합니다.

....

9) 움, 새싹.

슬그머니 일면서
「고만 갑소」하여도
앉은 대로 앉아서
「고만두고 맙시다」고.

고만두 풀숲에
풀버러지 날을 때
둘이 잡고 번갈아
「고만두고 맙시다.」

2

「어찌 하노 하다니」
중얼이는 혼잣말
나도 몰라 왔어라
입버릇이 된 줄을.

쉬일 때나 있으랴
생시엔들 꿈엔들
어찌하노 하다니
뒤재이는 생각을.

하지마는 「어찌노」
중얼이는 혼잣말
바라나니 인간에
봄이 오는 어느 날.

돋히어나 주과저
마른 나무 새 엄을,
두들겨나 주과저
소리 잊은 내 북을.

해넘어가기前한참은[1][2]

해 넘어 가기前 한참은
하염 없기도 그지 없다,
연주홍물 엎지른 하늘위에
바람의 흰 비들기 나돌으며 나무가지는 운다.

해 넘어 가기前 한참은
조미조미 하기도[3] 끝없다,
저의 맘을 제가 스스로 느꾸는[4] 이는 福있나니
아서라, 피곤한 길손은 자리 잡고 쉴지어다.

가마귀 좇닌다[5]
鐘소리 비낀다.
송아지가 「음마」하고 부른다
개는 하늘을 쳐다보며 짖는다.

해 넘어 가기前 한참은

---

1) 『소월시초』, 134~137쪽.
2) 잡지 『가면』 제5호(1926년 5월호)에 발표된 원문은 확인이 불가능함.
3) 조마조마하다. 마음이 초조하고 긴장이 되다.
4) 느꾸다. '눅다'의 사역형인 '눅이다'의 방언. 마음을 풀리게 하고 성질을 너그럽
   게 하다. 『정본김소월전집』(오하근, 집문당, 1995)에서는 '늦구는'으로 바꾸었다.
5) 좇니다. 서로 좇거니 따르거니 하며 노닐다.

처량하기도 짝 없다
마을앞 개천까의 體肢6)큰 느티나무 아래를
그늘진데라 찾아 나가서 숨어 울다 올꺼나.

해 넘어 가기前 한참은
귀엽기도 더하다.
그렇거든 자네도 이리 좀 오시게
검은 가사로 몸을 싸고 念佛이나 외우지 않으랴.

해 넘어 가기前 한참은
유난히 多情도 할세라
고요히 서서 물모루7) 모루모루
치마폭 번쩍 펼쳐들고 반겨 오는 저달을 보시오.

현대어 표기

해 넘어 가기 전 한참은

해 넘어 가기 전 한참은
하염없기도 그지없다,
연주홍물 엎지른 하늘 위에
바람의 흰 비둘기 나돌으며 나뭇가지는 운다.

---

6) 체지體地 나무의 그루터기.
7) 물모루. 강물이 흘러가다가 모가 져서 굽이도는 곳.

해 넘어 가기 전 한참은
조미조미하기도 끝없다,
저의 맘을 제가 스스로 느꾸는 이는 복 있나니
아서라, 피곤한 길손은 자리 잡고 쉴지어다.

가마귀 좇닌다
종소리 비낀다.
송아지가 「음마」 하고 부른다
개는 하늘을 쳐다보며 짖는다.

해 넘어가기 전 한참은
처량하기도 짝 없다
마을 앞 개천가의 체지 큰 느티나무 아래를
그늘진 데라 찾아 나가서 숨어 울다 올꺼나.

해 넘어가기 전 한참은
귀엽기도 더하다.
그렇거든 자네도 이리 좀 오시게
검은 가사로 몸을 싸고 염불이나 외우지 않으랴.

해 넘어 가기 전 한참은
유난히 다정도 할세라
고요히 서서 물모루 모루모루
치마폭 번쩍 펼쳐들고 반겨오는 저 달을 보시오.

生과돈과死[1]

1

설으면 우올 것을, 우섭거든 웃을 것을,
울자해도 잦는[2]눈물, 웃자해도 싱거운 맘,
허거픈[3] 이 심사를 알리 없을까 합니다.

한벼개 잠 자거든, 한솥밥 먹는 님께,
허거픈 이 심사를 傳해 볼까 할지라도,
마차운[4]말 없거니와, 그亦 누될까 합니다.

누된들 心情만이 타고날께 무엇인고,
四五月 밤중만 해도 울어새는 저머구리,
차라리 그 身勢를 나는 부러워합니다.

2

슬픔과 괴로움과 기쁨과 즐거움과
사랑 미움까지라도, 지난뒤 꿈 아닌가!

---

1) 『소월시초』, 137~140쪽.
2) 잦다. 줄어들어 밑바닥에 깔리다. 스며들어 줄어들다. 『김소월전집』(김용직, 서울
   대출판부, 1996)에서는 '많은 눈물', '자주 나오는 눈물'이라고 풀이했다.
3) 허거프다. 허전하고 어이없다.
4) '마땅하다'의 평북 방언.

그러면 그 무엇을 제가 산다고 합니까?

꿈이 만일 살았으면, 삶이 亦是 꿈일 께라!
잠이 만일 죽엄이면, 죽어 꿈도 살은듯하리.
자꾸 끝끝내 이렇다해도 이를 또 어찌합니까?

살았던 그 記憶이 죽어 만일 있달질댄,
죽어하던 그 記憶이 살아 어째 없습니까?
죽어서를 모르오니 살어서를 어찌 안다고 합니까

3

살아서 그만인가, 죽으면 그뿐인가,
살죽는 길어름5)에 잊음바다6) 건넜든가,
그렇다 하고라도 살아서만이라면 아닌줄로 압니다

살아서 못 죽는가, 죽었다는 못사는가,
아무리 살지락도 알지못한 이세상을,
죽었다 살지락도 또 모를줄로 압니다.

이 세상 산다는 것, 나 도무지 모르갔네
어데서 예 왔는고? 죽어 어찌 될것인고,
도무지 이 모르는데서 어째 이러는가 합니다.

----

5) 길어름. 길이 서로 갈라지는 지점.
6) 망각의 바다.

『삼천리』 제53호, 1934년 8월, 174~175쪽

生과돈과死

1

설으면 우울것을, 웃업거든 우슬것을,
울쟈해도 갓는눈물, 웃쟈해도 싱겁은맘,
허겁픈 이심사를 알니 업슬까합니다.

한벼개 잠 자거든, 한솟밥 먹는님쎄,
허거픈 이심사를 傳해볼까 할지라도,
맛찹은말 업거니와, 그亦 누될까합니다.

누된달 心情만이 타고날쎄 무엇인고ㅡ,
四五月 밤중만해도 우러새는 져 머구리,
차라로 그 身勢를 나는 부러워합니다.

2

슬픔과 괴롭음과 깁븜과 즐거움과
사랑 미움까지라도, 지난뒤 꿈아닌가!
그러면 그무엇을, 제가 산다고합니까?

꿈이 만일 살앗서면 살미 亦是 꿈일게라!
잠이 만일 죽엄이면, 죽어쑴도 사라듯하리.
잡고 낫낫내 이럿타해도 이를 또 어찌합니까?

사랏든 그記憶이 죽어 만일 잇달진댄,
죽어하든 그 記憶이 살어 어찌 업습니까?

죽어서를 모르오니 살아서를 어찌 안다고합니까?

3

사라서 그만인가? 죽으면 그쭌인가?
살죽는 길얼음에 니즘바다 건넛든가?
그럿타하고라도, 사랏서만이라면, 아닌줄로 압니다.

살아서 못죽는가, 죽엇다는 못사든가?
암만이 살지락도 알지못할 이세상을,
죽엇다 살지락도 쏘모를줄로 압니다.

이세상 산다는것, 나도무지 모르갓네.
어듸서 예 왔는고? 죽어 어찌 될것인고?
도무지 이 모르는데서, 어쎄 이러는가합니다.

현대어 표기

생과 돈과 사[7]

1

섫으면 우울 것을, 우습거든 웃을 것을,
울자 해도 잦는 눈물, 웃자 해도 싱거운 맘,
허거픈 이 심사를 알 리 없을까 합니다.

한 베개 잠자거든, 한 솥밥 먹는 임께,
허거픈 이 심사를 전해 볼까 할지라도,
마차운 말 없거니와, 그 역 누될까 합니다.

....
7) 『삼천리』 발표 원문을 따름.

누뇐들 심정만이 타고 날게 무엇인고,
4·5월 밤중만 해도 울어 새는 저 머구리,
차라리 그 신세를 나는 부러워합니다.

2

슬픔과 괴로움과 기쁨과 즐거움과
사랑 미움까지라도, 지난 뒤 꿈 아닌가!
그러면 그 무엇을, 제가 산다고 합니까.

꿈이 만일 살았으면, 삶이 역시 꿈일께라!
잠이 만일 죽음이면, 죽어 꿈도 살은 듯하리.
자꾸 끝끝내 이렇다 해도 이를 또 어찌합니까.

살았던 그 기억이 죽어 만일 있달질댄,
죽어 하던 그 기억이 살아 어째 없습니까,
죽어서를 모르오니 살아서를 어찌 안다고 합니까.

3

살아서 그만인가? 죽으면 그뿐인가,
살죽는 길어름에 잊음바다 건넜든가,
그렇다 하고라도 살아서만이라면 아닌 줄로 압니다.

살아서 못 죽는가, 죽었다는 못 사는가,
아무리 살지라도 알지 못한 이 세상을,
죽었다 살지라도 또 모를 줄로 압니다.

이 세상 산다는 것, 나 도무지 모르겠네
어데서 예 왔는고? 죽어 어찌될 것인고,
도무지 이 모르는데서 어째 이러는가 합니다.

돈타령[1]

1

요 닷돈을 누를[2] 줄꼬? 요마음.
닷돈 가지고 甲紗댕기 못끊갔네[3]
은가락지는 못사갔네. 아하!
마코[4])를 열개 사다가 불을 옇자[5] 요 마음.

2

되려니 하니 생각.
滿洲 갈까? 鑛山엘 갈까?
되갔나 안되갔나 어제도 오늘도
이러 저러 하면 이리저리 되려니 하는생각.

3

있을때에는 몰랐더니
없어지니까 네로구나.
있을때에는 몰랐더니

---

1) 『소월시초』, 140~146쪽.
2) 누구를.
3) 끊다. 옷감이나 천을 사다.
4) 일본 식민지 시대의 담배 상표의 하나. 'マコ'
5) '넣다'의 방언.

없어지니까 네로구나.

몸에 값진것 하나도 없네
내 남은 밑천이 本心이라.

있던것이 병발⁶⁾이라
없드니편만⁷⁾ 못하니라.

가는법이 그러니라
靑春아울러⁸⁾ 가지고 갔네.

술고기를 안 먹으랴고
밥 먹고 싶을줄 네 몰랐지.

색씨와 친구는 붙은게라고
네 처권⁹⁾ 없을줄 네 몰랐지.

人格이 잘나서 제로라고¹⁰⁾
무엇이 난줄을 네 몰랐지.

千金散盡 還復來¹¹⁾는
없어진 뒤애는 아니니라.

6) 병발. 병통. 병이 생기고 덧이 남.
7) 없느니 편만. 없는 편만.
8) 청춘을 함께 더불어
9) 처권妻眷. 아내와 딸린 식구.
10) 자기이로다 하고.
11) 천금산진千金散盡 환복래還復來 천금이 모두 흩어져도 다시 돌아온다.

상감님이 되어서락도
발은12)것이 나드니라.13)

人生不得 更少年14)은
내가 있고서 할말이다.

漢江水라 人道橋가
낮고 높음을 았았드냐.

가는법이 그러니라
勇氣 아울러 가지고 간다.

내가 누군줄 네 알겠느냐
내가 곧장 네 세상이라.

내가 가니 네 세상 없다
세상이 없이 네 살아보라.

내 賤待를 네가 하고
누 賤待를 네 받나보랴.

---

12) 바라다. 생각대로 되기를 원하다. 『정본김소월전집』(오하근, 집문당, 1995)에서는
  '바르다'로 풀이함.
13) 나드니라. 전체적으로 '상감님이 되어서락도/발은것이 나드니라'라는 구절은 앞
  뒤 연과의 의미 관계를 생각해보면, '천금이 모두 흩어진다 하더라도 다시 돌아
  온다고 하지만, 모두 없어진 뒤에는 그렇지 않다. 상감님이 되어서라도 바라는
  것은 바로 나(돈)더니라'라고 풀이할 수 있다.
14) 인생부득人生不得 갱소년更少年. 사람은 다시 젊은 시절을 얻지 못한다.

나를 다시 받드는것이
네 세상을 받드는게니라.

따라만 보라 내 또 오마
따라만 보라 내 또 오마.

아니 온다고 아니 온다고
아니 올理가 있겠느냐.

있어야 하겠기 따르지만
있고보니 네로구나.

있어야 한다고 따르지만
있고보면 네로구나.

『삼천리』제53호, 1934년 8월, 175~176쪽

돈타령

1

요닷돈을 누를줄꼬? 요마음.
닷돈 가지고 甲紗당기 못끊 캇네
은가락지는 못사갓네. 아하!
막코를 열個 사다가, 불을넛챠 요마음.

2

되려니 하니생각
滿洲갈까? 鑛山엘갈까?
되갓나 안되갓나, 어제도 오늘도,
이러 저리하면 이리져리 되려니하는생각.

3

잇슬째에는 몰낫드니
업서지니까 네로구나

잇슬째에는 몰낫드니
업서지니까 네로구나

몸에 갑진것 하나도 업네
내 남은 밋쳔이 本心이라

잇든것이 병발이라
업드니편만 못하니라

가는법이 그러니라
靑春아울너 가지고갓네

술고기를 안먹으랴고
밥 먹고 십플줄 네 몰낫지

색시와 친구는 붓튼게라고
네쳐권 업슬줄 네몰낫지

人格이 잘나서 제로라고
무엇이 난줄을 네 몰낫지

千金散盡 還復來는
업서진 뒤에는 아니니라

상감님이 되여서락도
발은것이 나드니라

人生不得 更少年은
내가 잇고서 할말이라

漢江水라 人道橋가
낫고 놉픔을 아럿드냐

가는법이 그러니라
勇氣아울너 가지고간다

내가 누군줄 네 알겟느냐
내가 곳쟝 네 세상이라

내가 가니 네세상 업다
세상이 업시 네 사라보라

내 천대를 네가 하고
누 賤待를 네 밧나보랴

나를 다시 밧드는것이
네 세상을 밧드는게니라

쌀나만 보라 내 쏘오마
쌀나만 보라 내 쏘오마

아니온다고 아니온다고
아니올 理가 잇겟느냐

잇서야 하겟기 짤으지만
잇고보니 네로구나

잇서야 한다고 짤으지만
잇고보면 네로구나

현대어 표기

돈타령[15]

1

요 닷돈을 누를 줄꼬? 요 마음.
닷돈 가지고 갑사 댕기 못 끊갔네
은가락지는 못 사갔네. 아하!
마코를 열 개 사다가, 불을 옇자 요 마음.

2

되려니 하니 생각.
만주 갈까? 광산엘 갈까?
되갔나 안 되갔나, 어제도 오늘도,
이러 저러 하면 이리저리 되려니 하는 생각.

3

있을 때에는 몰랐더니
없어지니까 네로구나

---

15) 『삼천리』 발표 원문을 따름.

있을 때에는 몰랐더니
없어지니까 네로구나

몸에 값진 것 하나도 없네
내 남은 밑천이 본심이라

있던 것이 병발이라
없드니 편만 못하니라

가는 법이 그러니라
청춘 아울러 가지고 갔네

술 고기를 안 먹으려고
밥 먹고 싶을 줄 네 몰랐지

색씨와 친구는 붙은 게라고
네 처권 없을 줄 네 몰랐지

인격이 잘나서 제로라고
무엇이 난 줄을 네 몰랐지

천금산진 환복래는
없어진 뒤에는 아니니라

상감님이 되어서락도
발은 것이 나드니라

인생부득 갱소년은
내가 있고서 할 말이다.

한강수라 인도교가
낮고 높음을 알았더냐

가는 법이 그러니라
용기 아울러 가지고 간다

내가 누군 줄 네 알겠느냐
내가 곧장 네 세상이라

내가 가니 네 세상 없다
세상이 없이 네 살아보라

내 천대를 네가 하고
누 천대를 네 받나 보랴

나를 다시 받드는 것이
네 세상을 받드는 게니라

딸라만 보라 내 또 오마
딸라만 보라 내 또 오마

아니 온다고 아니 온다고
아니 올 리가 있겠느냐

있어야 하겠기 따르지만
있고 보니 네로구나

있어야 한다고 따르지만
있고 보면 네로구나

氣分轉換[1]

땀, 땀, 여름볕에 땀 흘리며
호미 들고 밭고랑 타고 있어도,
어디선지 종달새 울어만 온다,
헌출한[2] 하늘이 보입니다요 보입니다요

사랑, 사랑, 사랑에, 어스름을 맞은님
오나 오나 하면서, 젊은 밤을 한소시[3] 조바심 할때,

밟고 섰는 다리아래 흐르는 江물!
江물에 새벽빛이 어립니다요, 어립니다요

『삼천리』 제56호, 1934년 11월, 204쪽

氣分轉換

쌈, 쌈, 녀름볏체 쌈흘니며
호미들고 밧고랑 타고잇서도,
어듸선지 종달새 우러만온다,

---

1) 『소월시초』, 146~147쪽.
2) 헌출하다. 헌칠하다. 몸집과 키가 크고 늘씬하다.
3) 한솟이. 대체로. 일의 중요한 부분만으로. 여기서는 '거의 다' 라는 뜻으로 볼 수 있다.

헌츨한 하눌이 보입니다요, 보입니다요.

사랑, 사랑, 사랑에, 어스름을 맛춘님
오나 오나하면서, 졂은밤을 한솟이 조바심할때,
밟고섯는 다리아래 흐르는 江물!
江물에 새벽빗치 어립니다요, 어립니다요,

현대어 표기

기분전환[4]

땀, 땀 여름 볕에 땀 흘리며
호미 들고 밭고랑 타고 있어도,
어디선지 종달새 울어만 온다,
헌출한 하늘이 보입니다요, 보입니다요.

사랑, 사랑, 사랑에, 어스름을 맞은 임
오나 오나 하면서, 젊은 밤을 한솟이 조바심 할 때,
밟고 섰는 다리 아래 흐르는 강물!
강물에 새벽빛이 어립니다요, 어립니다요.

----

4) 『삼천리』 발표 원문을 따름.

제이·엠·에쓰[1]

平壤서 나신 人格의 그 당신님, 제이·엠·에쓰[2]
德없는 나를 미워하시고
才操있던 나를 사랑하셨다
五山 계시던 제이·엠·에쓰
十年봄만에 오늘아침 생각난다
近年 처음 꿈없이 자고 일어나며.

얽은 얼굴에 자그만 키와 여윈 몸매는
달은 쇠끝같은 志操가 튀어날듯
타듯하는 눈瞳子만이 유난히 빛나셨다.
民族을 위하여는 더도 모르시는 熱情의 그 님.

素朴한 風采, 仁慈하신 옛날의 그 모양대로,
그러나 아아 술과 계집과 利慾에 헝클어져
十五年에 허주한[3] 나를
웬 일로 그 당신님
맘속으로 찾으시오? 오늘 아침.
아름답다, 큰 사랑은 죽는 법 없어,

---

1) 『소월시초』, 147~148쪽.
2) 소월이 공부했던 정주 오산학교 교장을 지낸 조만식曺晩植의 영문자 머리글자
   표기. J. M. S.
3) 허수하다. 허술하다.

記憶되어 恒常 내 가슴 속에 숨어있어,
미쳐 거치르는 내良心을 잠 재우리,
내가 괴로운 이 세상 떠날 때까지.

제이·엠·에쓰

平壤서 나신 人格의 그당신님 제이·엠·에쓰,
德업는 나를 미워하시고
才操잇든 나를 사랑하섯다,
五山게시든 제이·엠·에쓰
十年봄만에 오늘아츰 생각난다

近年 처음 쑴업시 자고 니러나며.
얼근얼골에 쟈그만키와 여윈몸매는
달은 쇠뭇갓튼 志操가 튀여날듯
타듯하는 눈 瞳子만이 유난히 빗나섯다,
민족을 위하야는 더도 모르시는 熱情의그님,

素朴한風采, 仁慈하신 녯날의 그모양대로,
그러나, 아―술과 게집과 利慾에 헝클러져
十五年에 허주한나를
웬일로 그당신님
맘속으로 차즈시오? 오늘아츰.
아름답다, 큰사량은 죽는법업서,
記憶되어 恒常 내가슴속에 숨어잇서,

밋쳐 거츠르는 내 良心을 잠재우리,
내가 괴롭은 이세상 써날 째까지.

현대어 표기

제이·엠·에쓰[4]

평양서 나신 인격의 그 당신님 제이·엠·에쓰
덕 없는 나를 미워하시고
재주 있던 나를 사랑하셨다
오산 계시던 제이·엠·에쓰
10년 봄 만에 오늘 아침 생각난다

근년 처음 꿈 없이 자고 일어나며.
얽은 얼굴에 자그만 키와 여윈 몸매는
달은 쇠끝 같은 지조가 튀어날 듯
타듯 하는 눈동자만이 유난히 빛나셨다,
민족을 위하여는 더도 모르시는 열정의 그 임.

소박한 풍채, 인자하신 옛날의 그 모양대로,
그러나 아 술과 계집과 이욕에 헝클어져
15년에 허주한 나를
웬 일로 그 당신님
맘속으로 찾으시오? 오늘 아침.
아름답다, 큰 사랑은 죽는 법 없어,
기억되어 항상 내 가슴속에 숨어 있어,
미쳐 거치르는 내 양심을 잠재우리,
내가 괴로운 이 세상 떠날 때까지.

---

4) 『삼천리』 발표 원문을 따름.

祈願[1]

저 행길을 사람하나 차츰 걸어온다, 너풋너풋,
힌 적삼 힌 바지다, 빨간 줄 센 타올 목에 걸고
오는건만 보고라도 누군고 누군고 관심하던
그 행여나 인저는 없다, 아아 내가 웨 이렇게 되었노!

오는 공일날 테니스 試合, 半空日날 밤은 雄辯會
더워서 땀이 쫄쫄 난다고 여름날 水泳 춥고추운 겨울登山,
그 무서운 이야기만 골라가며 듣고는 위야[2] 집으로 돌아오는
試膽會[3]의 밤!
好奇도 勇氣도 인제는 없다, 아아 내가 왜 이렇게 되었노!

東洋도 도오교오의 긴자[4]는 밤의 귓속 잘하는[5] 네온싸인 눈띠
조차[6] 까고[7] 싶어,
아무렇게라도 해서 발편하고 볼씨있는[8] 여름신 한 켤레 사야
만 된다

---

1) 『소월시초』, 149~150쪽.
2) 우야. '어찌하여 그렇게, 또는 일부러'를 구어적으로 이르는 말.
3) 시담회試膽會. 담력을 시험하는 모임. 일종의 오리엔테이션에 해당함.
4) 동경東京 긴자[銀座].
5) 귀엣말을 잘하다. 잘 소곤거리다.
6) 눈띠. '눈망울' '눈매' 또는 '눈길'의 방언. 눈길을 따라. 눈매를 좇아.
7) '가고'의 오식. 『삼천리』(제56호, 1934년 11월)의 원문과 대조하면 이를 확인할
   수 있다.
8) 볼씨 있다. 신발이나 구두의 옆면과 옆면 사이의 간격이 넉넉하다. 『정본김소월
   전집』(오하근, 집문당, 1995)에서는 '볼품 있다'로 풀이하고 있다.

벌어서 땀 흘리고 남은 돈, 그만이나, 친구 위해 아끼우고 말던
웃기기도 선뜻도 인제는 없다, 아아 내가 왜 이렇게 되었노!

컵에는 부랏슈와 라이옹, 대야에 사봉 담아들고[9]
뒷뜰을 나서면, 저 봐! 우물지붕에 새벽달, 몸 깨끗이 깨끗이
씻고,
端正히 꿇어앉아 눈감고 빌고 빌던, 해 뜨도록
그 비난를[10] 내 마음에다 도루 줍소사! 아아 내가 왜 이렇게 되
었노!

『삼천리』 제56호, 1934년 11월, 202~203쪽

祈 願

져행길을사람하나 차츰 걸어온다, 너풋너풋
흰적삼 흰바지다, 짧한 줄센 타올 목에걸고
오는것만 보고라도 누군고 누군고 관심하든
그 행여나 인저는 업다, 아아내가 왜이럿케 되엿노!

오는공일날 테니쓰시아이, 半공일날밤은 雄辯會
쩌워서 쌈이 쏠쏠난다고 녀름날水泳 춥지추운 겨울登山,
그무섭은 니야기만 골나가면 듯고는 위야 집으로 도라오는 試膽會의 밤!
好奇도勇氣도 인저는업다, 아아 내가 왜이럿케되엿노!

---

9) '부랏슈'는 칫솔, '라이옹'은 라이온 치분齒紛, '사봉'은 비누를 뜻함.
10) '비난수를'의 오식. 『삼천리』(제56호, 1934년 11월)의 원문과 대조하면 이를 확
   인할 수 있다.

동양 도ー교ー의긴자는 밤의 귀ㅅ속잘하는 네온싸인 눈쯰좃차 가고십퍼,
아무럿케라도해서 발편하고 볼씨잇는 녀름신한켜레 사야만된다
벌어서 쌈홀리고 남은 돈, 그만이나, 친구 위해 앗기우고 말든
우ㅆㅣㅆㅣ도 선뜻도 인저는업다, 아아 내가왜 이럿케되엿노!

컵에는부랏슈와 라이옹, 대야에 사봉 담아들고
뒷쓸을 나서면, 져봐! 움물집웅에 새벽달, 몸깨씻시쌔긋시 씻고,
端正히 꾸러안자 눈감고 빌고 빌든 해쓰도록
그비난수를 내마음에다 도로줍소사! 아아 내가 왜이럿케 되엿노!

현대어 표기

기원[11]

저 행길을 사람 하나 차츰 걸어온다, 너풋너풋,
흰 적삼 흰 바지다, 빨간 줄 센 타올 목에 걸고
오는 것만 보고라도 누군고 누군고 관심하던
그 행여나 인제는 없다, 아아 왜 이렇게 되었노!

오는 공일날 테니스 시아이, 반공일날 밤은 웅변회
더워서 땀이 쭐쭐 난다고 여름날 수영 춥지 추운 겨울 등산,
그 무서운 이야기만 골라가며 듣고는 위야 집으로 돌아오는 시담회의 밤!
호기도 용기도 인제는 없다, 아아 내가 왜 이렇게 되었노!

동양도 도쿄의 긴자는 밤의 귓속 잘하는 네온사인 눈띠 좇아가고 싶어,
아무렇게라도 해서 발 편하고 볼씨 있는 여름신 한 켤레 사야만 된다
벌어서 땀 흘리고 남은 돈, 그만이나, 친구 위해 앗기우고 말던
웃기기도 선뜻도 인제는 없다, 아아 내가 왜 이렇게 되었노!

---

11) 『삼천리』 발표 원문을 따름.

컵에는 부랏슈와 라이옹, 대야에 사봉 담아 들고
뒤뜰을 나서면, 저 봐! 우물 지붕에 새벽달, 몸 깨끗이 깨끗이 씻고,
단정히 꿇어앉아 눈 감고 빌고 빌던, 해 뜨도록
그 비난수를 내 마음에다 도로 줍소사! 아아 내가 왜 이렇게 되었노!

健康한잠[1]

상냥한 太陽이 씻은듯한 얼굴로
山속의 고요한 거리우를 쓴다.[2]
봄아침 자리에서 갓 일어난 몸에
홋것[3]을 걸치고 들에 나가 거닐면
산뜻이 살에 숨는 바람이 좋기도 하다.
뾪족뾪족한 풀 엄[4]을
밟는가바 저어[5]
발도 사분히 가려 놓을때
過去의 十年 記憶은 머릿속에 鮮明하고 오늘날의 보람 많은 計劃
이 확실히 선다.
마음과 몸이 아울러 유쾌한 간밤의 잠이어.

『삼천리』 제56호, 1934년 11월, 23쪽

健康한 잠

삭냥한 太陽이 씨슨듯한 얼굴로
山속 고요한 거리우흘 쓴다

1) 『소월시초』, 150~151쪽.
2) 쓸다. 바닥을 스치다. 쓰다듬다.
3) 홑것. 홑옷. 한 겹으로 된 옷.
4) 움. 새싹.
5) 밟는가 봐 걱정이 되어. '저어'는 '저어하다'를 기본형으로 하며, '걱정하다', '두
   려워하다' 등의 뜻을 지님.

봄아츰 거리에서 가주닐은 다는몸에[6]
훗것을 걸치고 들에나가 거닐면
산쓰시 살에 숨는 바람이 좃키도하다.
쏐죽 쏐죽한 풀엄을
밟는가바 저어
발도 사분히 가려 노흘째,
過去의 十年 記憶은 머릿속에 鮮明하고
오늘날의 보람 만흔計劃이 확실히 선다.
마음과 몸이 아울너 유쾌한 간밤의 잠이어.

현대어 표기

건강한 잠[7]

상냥한 태양이 씻은 듯한 얼굴로
산 속의 고요한 거리 우를 쓴다
봄 아침 자리에서 갓일은 다는 몸에
홑것을 걸치고 들에 나가 거닐면
산뜻이 살에 숨는 바람이 좋기도 하다.
뾰족뾰족한 풀 엄을
밟는가 봐 저어
발도 사뿐히 가려 놓을 때,
과거의 10년 기억은 머릿속에 선명하고
오늘날의 보람 많은 계획이 확실히 선다.
마음과 몸이 아울러 유쾌한 간밤의 잠이여.

---

6) 갓 일어나 약간 열기가 있는 몸에. 여기서 '다는'은 '열이 나거나 하여 몸의 일
   부가 뜨거워진'의 뜻으로 풀이한다. 『소월시초』에서는 이 대목이 '갓 일어난 몸
   에'라고 바뀌었다.
7) 『삼천리』 발표 원문을 따름.

爽快한아츰[1]

무연한[2] 벌위에 들어다 놓은듯한 이 집
또는 밤새에 어디서 어떻게 왔는지 아지못할 이 비.
新開地[3]에도 봄은 와서 가냘픈 빗줄은
뚝가의 아슴푸레한[4] 갯버들 어린 엄[5]도 추기고,[6]
난벌[7]에 파릇한 뉘 집 파밭에도 뿌린다.
뒷 가시나무밭에 깃들인 까치떼 좋아 짖거리고
개울까에서 오리와 닭이 마주앉아 깃을 다듬는다.
무연한 이 벌 심거서[8] 자라는 꽃도 없고 멧꽃[9]도 없고
이 비에 장차 이름 모를 들꽃이나 필는지?
壯快한 바닷물결, 또는 丘陵의 微妙한 起伏도 없이
다만 되는대로 되고 있는대로 있는, 무연한 벌!
그러나 나는 내버리지 않는다, 이 땅이 지금 쓸쓸타고,
나는 생각한다, 다시금, 시언한[10] 빗발이 얼굴에 칠때,
예서뿐[11] 있을 앞날의, 많은 變轉의 후에

---

1) 『소월시초』, 152~153쪽.
2) 무연無緣하다. 아무 인연이나 연고가 없다. 작품의 제3행에 '신개지新開地'라는 말로 미루어 볼 때 새로 개간하여 만들어놓은 토지 위에 집을 지어놓은 상태임을 알 수 있다. 『정본김소월전집』(오하근, 집문당, 1995년)에서는 이 말을 '아득하게 너르다'라고 풀이하고 있다.
3) 신개지新開地. 새로 개간하여 만들어놓은 땅 또는 시가지.
4) 아슴푸레하다. 먼 곳에 있는 물건이 보기에 희미하다.
5) 움, 새싹.
6) 축이다. 적시다.
7) 탁 트인 넓은 벌판.
8) 심다.
9) 산꽃.
10) 시원하다.
11) 오직 여기에만.

이땅이 우리의 손에서 아름답아질것을! 아름답아질것을!

『삼천리』 제56호, 1934년 11월, 203~204쪽

爽快한아즘

무연한 벌우헤 드러다 노흔듯한 이집
쏘는 밤새에 어듸서 어쓰케 왓는지 아지못할 이비.
新開地에도 봄은 와서, 간열픈 빗줄은
쑥짜의 아슴푸러한 개버들 어린엄도 축이고,
난벌에 파릇한 누집파밧테도쑤린다.
뒷가시나무밧테 깃드린 까치쎄 죠화짓거리고
개굴짜에서 오리와 닭이 마주안자 깃을다듬는다.
무연한이벌, 심거서 자라는 곳도없고 멧곳도업고
이비에 장차 일흠몰을 들곳치나 필는지?
壯快한 바닷물결, 쏘는 丘陵의 微妙한 起伏도업시
다만 되는대로되고 잇는대로잇는, 무연한벌!
그러나 나는 내쌔 리지안는다, 이짱이 지금 쓸쓸타고,
나는생각한다, 다시금, 시언한비쌀이 얼굴을 칠째,
예서쑨 잇슬 압날의, 만흔變轉의후에
이짱이 우리의손에서 아름답아질것을! 아름답아질것을!

현대어 표기

상쾌한 아침[12]

무연한 벌 위에 들어다 놓은 듯한 이 집

---

12) 『삼천리』 발표 원문을 따름.

또는 밤새에 어디서 어떻게 왔는지 알지 못할 이 비.
신개지에도 봄은 와서, 간열픈 빗줄은
둑 가의 아슴푸레한 갯버들 어린 엄도 축이고,
난벌에 파릇한 뉘 집 파밭에도 뿌린다.
뒷 가시나무 밭에 깃들인 까치 떼 좋아 지껄이고
개울가에서 오리와 닭이 마주앉아 깃을 다듬는다.
무연한 이 벌, 심어서 자라는 꽃도 없고 메꽃도 없고
이 비에 장차 이름 모를 들꽃이나 필는지?
장쾌한 바다 물결, 또는 구릉의 미묘한 기복도 없이
다만 되는 대로 되고 있는 대로 있는, 무연한 벌!
그러나 나는 내버리지 않는다, 이 땅이 지금 쓸쓸타고,
나는 생각한다, 다시금, 시원한 빗발이 얼굴에 칠 때,
예서뿐 있을 앞날의, 많은 변전의 후에
이 땅이 우리의 손에서 아름다워질 것을! 아름다워질 것을!

機會[1]

江우에 다리는 놓였던것을!
건너가지 않고서 바재는[2] 동안
「때」의 거친 물결은 볼새도 없이
다리를 문어치고[3] 흘렀습니다.

몬저 건넌 당신이 어서 오라고
그만큼 부르실때 왜 못갔던가!
당신과 나는 그만 이편 저편서,
때때로 울며 바랄[4] 뿐입니다려.

『삼천리』 제56호, 1934년 11월, 205쪽

機　會

江우헤 다리는 노혓든것을!
건너가지안코서 저볏는[5]동안
「재」의 거츤물결은 볼새도업시

---

1) 『소월시초』, 153~154쪽.
2) 바재다. 주저주저하다. 주저하며 머뭇거리다.
3) 무너지다. 무너뜨리다.
4) 바라다. 어떤 것을 향하여 보다.
5) 저빗거리다. 저빗대다. 어떻게 하면 좋을지 몰라 자꾸 머뭇거리며 망설이다.

다리를 문허치고 흘넛습니다.

몬저 건넌 당신이 어서오라고
그만큼 부르실째 왜못갓든가!
당신과 나는그만 이편 저편서.
째째로 울며 바랄 뿐입니다려.

현대어 표기

기회[6]

강 위에 다리는 놓였던 것을!
건너가지 않고서 저볏는 동안
「때」의 거친 물결은 볼 새도 없이
다리를 무너치고 흘렀습니다.

먼저 건넌 당신이 어서 오라고
그만큼 부르실 때 왜 못 갔던가!
당신과 나는 그만 이편저편서,
때때로 울며 바랄 뿐입니다려.

---

6) 『삼천리』 발표 원문을 따름.

故鄕[1]

1

즘생은 모르나니 고향이나마
사람은 못잊는것 고향입니다
생시에는 생각도 아니하던것
잠 들면 어느덧 고향입니다.

조상님 뼈가서 묻힌곳이라
송아지 동무들과 놀던곳이라
그래서 그런지도 모르지마는
아아 꿈에서는 항상 고향입니다.

2

봄이면 곳곳이 山새소리
진달래 花草 滿發하고
가을이면 골짜구니 물드는 丹楓
흐르는 샘물우에 떠나린다.

바라보면 하늘과 바닷물과

---

1) 『소월시초』, 155~157쪽.

차 차 차 마주 붙어 가는 곳에
고기잡이 배 돛그림자
어기여차 디엇차 소리 들리는 듯.

3

떠도는 몸이거든
故鄕이 탓이 되어
부모님 記憶 동생들 생각
꿈에라도 恒常 그곳서 뵈옵니다

고향이 마음속에 있습니까
마음속에 고향도 있습니다
제 넋이 고향에 있습니까
고향에도 제 넋이 있습니다

4

물결에 떠내려간 浮萍줄기
자리잡을 새도 없네
제자리로 돌아갈날 있으랴마는!
괴로운 바다 이 세상의 사람인지라 돌아가리

고향을 잊었노라 하는 사람들
나를 버린 고향이라 하는 사람들

죽어서마는 天涯一方[2] 헤매지 말고
넋이라도 있거들랑 고향으로 네 가거라

『삼천리』 제56호, 1934년 11월, 205~207쪽

故 鄕

1

즘생은 모를는지 고향인지라
사람은 몸닛는것 고향입니다
생시에는 생각도 아니하든것
잠들면 어느덧 고향입니다

조상님 뼈가서 뭇친곳이라
송아지 동무들과 놀든곳이라
그래서 그런지도 모르지마는
아아 꿈에서는 항상 고향입니다

2

봄이면 곳곳이 山새소래
진달래 花草 滿發하고
가을이면 골쟈구니 물드는 丹楓
흐르는 샘물우에 써나린다

---

2) 천애일방天涯一方. 하늘 끝의 한 귀퉁이라는 뜻으로, 고국이나 고향에서 아주 멀리 떨어져 있음을 이르는 말.

바라보면 하늘과 바닷물과
차 차 차 마주붓터 가는곳에
고기잡이 배 돗그림자
어긔엇차 듸엇차소리 들니는 듯

3

써도는 몸이거든
故鄕이 탓이되어
부모님記憶, 동생들생각
꿈에라도 恒常 그곳서 뵈옵니다

고향이 마음속에 잇습니까
마음속에 고향도 잇습니다
제넉시 고향에 잇습니까
고향에도 제넉시 잇습니다

마음에 잇스니까 꿈에 뵈지요
꿈에보는 고향이 그립습니다
그곳에 넉시잇서 꿈엣가지요
꿈에 가는 고향이 그립습니다

4
물결에 써나려간 浮萍ㅅ줄기
자리잡을 새도업네
제자리로 도라갈날 잇스랴마는!
괴롭은 바다 이세상에 사람인지라 도라가리

고향을 니젓노라 하는 사람들
나를 버린 고향이라 하는 사람들
죽어서만은 天涯一方 헤매지말고
넉시라도 잇거들낭 고향으로 네 가거라

고향³⁾

1

짐승은 모를는지 고향인지라
사람은 못 잊는 것 고향입니다
생시에는 생각도 아니 하던 것
잠들면 어느덧 고향입니다.

조상님 뼈 가서 묻힌 곳이라
송아지 동무들과 놀던 곳이라
그래서 그런지도 모르지마는
아아 꿈에서는 항상 고향입니다.

2

봄이면 곳곳이 산새 소래
진달래 화초 만발하고
가을이면 골짜구니 물드는 단풍
흐르는 샘물 위에 떠나린다.

바라보면 하늘과 바닷물과
차 차 차 마주 붙어 가는 곳에
고기잡이배 돛 그림자
어기여차 디엇차 소리 들리는 듯.

3

떠도는 몸이거든

---

3) 『삼천리』 발표 원문을 따름.

고향이 탓이 되어
부모님 기억 동생들 생각
꿈에라도 항상 그곳서 뵈옵니다

고향이 마음속에 있습니까
마음속에 고향도 있습니다
제 넋이 고향에 있습니까
고향에도 제 넋이 있습니다

마음에 있으니까 꿈에 뵈지요
꿈에 보는 고향이 그립습니다
그곳에 넋이 있어 꿈에 가지요
꿈에 가는 고향이 그립습니다

4

물결에 떠내려간 부평 줄기
자리 잡을 새도 없네
제 자리로 돌아갈 날 있으랴마는!
괴로운 바다 이 세상의 사람인지라 돌아가리

고향을 잊었노라 하는 사람들
나를 버린 고향이라 하는 사람들
죽어서마는 천애일방 헤매지 말고
넋이라도 있거들랑 고향으로 네 가거라

苦樂[1]

무거운 짐지고서 닫는[2]사람은
崎嶇한 발부리[3]만 보지말고서
때로는 고개들어 四方山川의
시언한[4] 세상風景 바라보시오.

먹이의 달고씀은 입에딸리고
榮辱의 苦와樂도 맘에딸렸소
보시오 해가져도 달이뜬다오
그믐밤 날궂거든 쉬어가시오.

무거운 짐지고서 닫는사람은
숨차다 고갯길을 탏지[5]말고서
때로는 맘을 눅여[6] 坦坦大路의
이제도 있을것을 생각하시오.

便安이 괴로움의 씨도되고요
쓰림은 즐거움의 씨가됩니다
보시오 火田망정 갈고심그면
가을에 黃金이삭 수북달리오.

---

1)『소월시초』, 158~163쪽.
2) 닫다. 빨리 가다. 내닫다.
3) 발끝.
4) 시원하다.
5) 탄하다.
6) 눅이다. 마음을 풀리게 하다.

칼날우에 춤추는 人生이라고
물속에 몸을던진 몹슬계집애
어찌면 그럴듯도 하긴하지만
그렇지 않은줄은 왜몰랐던고

칼날우에 춤추는 人生이라고
自己가 칼날우에 춤을춘게지
그누가 미친춤을 추라했나요
얼마나 비꼬이운[7] 계집애던가

야말로[8] 제고생을 제가사서는
잡을데 다시없어 엄나무[9]지요
무거운짐 지고서 닫는사람은
길가의 청풀밭에 쉬어가시오.

무거운짐 지고서 닫는사람은
崎嶇한 발뿌리만 보지말고서
때로는 春夏秋冬 四方山川의
뒤바뀌는 세상을 바라보시오.

무겁다 이짐을랑 벗을겐가요
괴롭다 이길을랑 아니걷겠나
무거운짐 지고서 닫는사람은

---

7) 비꼬이다.
8) 이야말로.
9) 두릅나뭇과의 낙엽 활엽 교목으로 가지는 굵고, 날카로운 가시가 많으며 잎자루
   가 길다.

보시오 시내우의 물한방울을.

한방울 물이라도 모여흐르면
흘러가서 바다의 물겹됩니다
하늘로 올라가서 구름됩니다
다시금 땅에나려 비가됩니다.

비되어 나린물이 모둥켜지면[10]
山間엔 瀑布되어 水力電氣요
들에선 灌漑되어 萬鐘石[11]이요
매말라 타는땅에 기름입니다.

어여쁜꽃 한가지 이울어[12]갈제
밤에 찬이슬되어 추겨도[13]주고
외로운 어느길손 창자조릴[14]제
길가의 찬샘되어 누꿔도[15]주오.

시내의 여지없는 물한방울도
흐르는 그만뜻이 이러하거든
어느人生 하나이 저만저라고
崎嶇하다 이길을 타발켔나요.[16]

---

10) 모둥켜지다. 모여서 한데 뒤섞여 얽혀지다. 그러모아 움켜쥐다.
11) 만종석萬鐘石. 많은 곡식.
12) 이울다. 꽃이나 잎이 시들다.
13) 축이다. 물을 주거나 묻혀 축축하게 하다.
14) 창자 주리다. 배곯다.
15) 성질 따위를 누그러지게 하다.
16) 무엇을 불평스레 여겨 투덜거림.

이짐이 무거움에 뜻이있고요
이짐이 괴로움에 뜻이있다오
무거운짐 지고서 닫는사람이
이세상 사람다운 사람이라오

『삼천리』제56호, 1934년 11월, 208~211쪽

苦 樂

무겁은짐 지고서 닷는사람은
崎嶇한 발쑤리만 보지말고서
째로는 고개드러 四方山川의
시언한 세상風景 바라보시오

먹이의 달고씀은 입에 짤니고
榮辱의 苦와樂도 맘에 짤녓소
보시오 해가저도 달이 뜬다오
그믐밤 날궂거든 쉬어가시오

무겁은짐 지고서 닷는사람은
숨차다 고갯길을 탄치말고서
째로는 맘을눅여 坦坦大路의
이제도 잇슬것슬 생각하시오

便安이 괴롭음의 씨도되고요
쓰림은 즐겁음의 씨가됩니다
보시오 火田망정 갈고심그면
가을에 黃金이삭 수북달니오

칼날우혜 춤추는 人生이라고
물속에 몸을던진 몹쓸게집애
어쩌면 그럴듯도 하긴하지만
그럿치 안은줄은 왜몰낫든고

칼날우에 춤추는 人生이라고
自己가 칼날우혜 춤을춘게지
그누가 밋친춤을 추라햇나요
얼마나 빗쏘이운 게집애든가

야말로 재고생을 제가사서는
잡을데 다시업서 엄낭기지요
무겁은짐 지고서 닷는사람은
길까의 청풀밧테 쉬어가시오

무겁은짐 지고서 닷는사람은
崎嶇한 발싸리만 보지말고서
째로는 春夏秋冬 四方山川의
뒤밧귀는 세상도 바라보시오

무겁다 이짐일낭 버슬겐가요
괴롭다 이길일낭 아니것겟나
무겁은짐 지고서 닷는사람은
보시오 시내우헤 물한방울을

한방울 물이라지 모여흐르면
흘러가서 바다의 물결됩니다
하눌로 올라가서 구름됩니다
다시금 땅에나려 비가됩니다

비되여 나린물이 모둥켜지면
山間엔 瀑布되어 水力電氣요
들에선 灌漑되어 萬鐘石이오

매말러 타는 쌍엔 기름입니다

어엽분 꼿한가지 이울어갈제
밤에찬 이슬되여 축여도주고
외롭은 어느길손 창자조릴제
갈싸의 찬샘되여 눅궈도주오

시내의 여지업는 물한방울도
흐르는 그만뜻이 이러하거든
어느人生 하나이 저만저라고
崎嶇하다 이길을 타발켓나요

이짐이 무겁음에 뜻이잇고요
이짐이 괴로움에 뜻이잇다오
무겁은짐 지고서 닷는사람이
이세상 사람답은 사람이라오

현대어 표기

고락17)

무거운 짐 지고서 닫는 사람은
기구한 발부리만 보지 말고서
때로는 고개 들어 사방산천의
시원한 세상 풍경 바라보시오.

먹이의 달고 씀은 입에 딸리고
영욕의 고와 낙도 맘에 딸렸소
보시오 해가 져도 달이 뜬다오
그믐밤 날 궂거든 쉬어 가시오.

....

17)『삼천리』 발표 원문을 따름.

무거운 짐 지고서 닫는 사람은
숨차다 고갯길을 탄치 말고서
때로는 맘을 눅여 탄탄대로의
이제도 있을 것을 생각하시오.

편안이 괴로움의 씨도 되고요
쓰림은 즐거움의 씨가 됩니다
보시오. 화전망정 갈고 심으면
가을에 황금 이삭 수북 달리오.

칼날 위에 춤추는 인생이라고
물속에 몸을 던진 몹쓸 계집애
어찌면 그럴 듯도 하긴 하지만
그렇지 않은 줄은 왜 몰랐던고.

칼날 위에 춤추는 인생이라고
자기가 칼날 위에 춤을 춘 게지
그 누가 미친 춤을 추라 했나요
얼마나 비꼬이운 계집애던가.

야말로 제 고생을 제가 사서는
잡을 데 다시없어 엄나무지요
무거운 짐 지고서 닫는 사람은
길가의 청풀 밭에 쉬어 가시오.

무거운 짐 지고서 닫는 사람은
기구한 발부리만 보지 말고서
때로는 춘하추동 사방산천의
뒤바뀌는 세상을 바라보시오.

무겁다 이 짐일랑 벗을 겐가요
괴롭다 이 길일랑 아니 걷겠나
무거운 짐 지고서 닫는 사람은

보시오 시내 위의 물 한 방울을.

한 방울 물이라지 모여 흐르면
흘러가서 바다의 물결 됩니다
하늘로 올라가서 구름 됩니다
다시금 땅에 내려 비가 됩니다.

비 되어 나린 물이 모둥커지면
산간엔 폭포 되어 수력전기요
들에선 관개 되어 만종석이요
메말라 타는 땅에 기름입니다.

어여쁜 꽃 한 가지 이울어갈 제
밤에 찬 이슬 되어 축여도 주고
외로운 어느 길손 창자 조릴 제
길가의 찬샘 되어 누궈도 주오.

시내의 여지없는 물 한 방울도
흐르는 그만 뜻이 이러하거든
어느 인생 하나이 저만 저라고
기구하다 이 길을 타발켓나요.

이 짐이 무거움에 뜻이 있고요
이 짐이 괴로움에 뜻이 있다오
무거운 짐 지고서 닫는 사람이
이 세상 사람다운 사람이라오.

義와正義心[1]

1

합태돈[2] 무엇이며 자리는 무엇인고(地位, 爵綠)
죽어서 있고 없고 그조차야 알랴마는
한세상 정코[3] 못할것도 분명 있다합니다

욕심도 아니라우 위해함도 아닐께라
그야 꼭 죽은뒤도 하고서야 말리란 마음!
정코 못할 그와 함께 할것 또한 있는줄로 압니다

된다든 안된다든 그 상관을 하는게며
한몸이 어찌됨을 처음부터 몰랐어라
그 마음 하라는대로 하는것이 사람이라합니다

2

있다던 그 넋이야 하마 어찌 났[出]으랴만?
없다하든 그 行身[4]이 생긴줄을 뉘 알으랴
안듯이 남모를제 저 또한 몰랐던 그 마음을 웁니다

---

1) 『소월시초』, 163~165쪽.
2) 합盒 속에 넣어둔 돈.
3) 꼭, 진정코
4) 행신行身. 처신處身.

아흔날 좋은봄5)에 볼씨있는6) 桃李花야
雜풀속 저 소낡7)을 철不知라 웃지 마라
千百年 그렇듯한 아름드리 큰 낡을 네가 어찌 알소냐

『삼천리』 제56호, 1934년 11월, 211~212쪽

義와 正義心

1

합태돈 무엇이며 자리는 무엇인고(地位, 爵綠)
죽어서 잇고업고 그조차도 알냐마는
한세상 정코 못할것도 분명 잇다합니다

욕심도 아니라우 위해함도 아닐쎄라
그야 꼭 죽은뒤도 하고서야 말니란 마음!
정코 못할 그와함쎄 할것쯔한 잇는줄로 압니다

된다든 안된다든 그상관을 하는게며
한몸이 어찌뜀을 처음부터 몰낫서라
그마음 하라는대로 하는것이 사람이라 합니다

2

잇다든 그녁시야 하마어찌 낫[出]스랴만?
업다하든 그行身이 생길줄을 뉘알으랴

5) 아흔 날 좋은 봄. 봄철 석 달 동안을 말함.
6) 보기좋다.
7) 소나무.

안드시 남모를제 저쏘한 몰낫든 그마음을 웁니다

아흔날 조흔봄에 볼씨잇는桃李花야
雜풀속 겨소남글 철不知라웃지마라
千百年 그럿튼한[如一] 아름드리 큰남글 네가 어찌 알소냐

현대어 표기

의와 정의심[8]

1

합태돈 무엇이며 자리는 무엇인고(지위, 작록)
죽어서 있고 없고 그조차야 알랴마는
한세상 정코 못할 것도 분명 있다 합니다

욕심도 아니라우 위해함도 아닐께라
그야 꼭 죽은 뒤도 하고서야 말리란 마음!
정코 못할 그와 함께 할 것 또한 있는 줄로 압니다

된다든 안 된다든 그 상관을 하는 게며
한 몸이 어찌됨을 처음부터 몰랐어라
그 마음 하라는 대로 하는 것이 사람이라 합니다

2

있다던 그 넋이야 하마 어찌 났으랴만?
없다 하든 그 행신이 생긴 줄을 뉘 알으랴
안듯이 남 모를 제 저 또한 몰랐던 그 마음을 웁니다

----

8) 『삼천리』 발표 원문을 따름.

아흔 날 좋은 봄에 볼써 있는 도리화야
잡풀 속 저 소나무를 철부지라 웃지 마라
천백년 그렇듯한 아름드리 큰 나무를 네가 어찌 알소냐

제3부 『진달래꽃』·『소월시초』 미수록 작품

浪人의봄[1][2]

휘둘니[3]산을넘고,
구비진물을건너,
푸른플붉은곳에
길것기[4]시름[愁]이어,

닙누른시닥나무,
철이른푸른버들,
해벌서夕陽인데
불슷는(부러스치는)바람이어.

골작이니는煙氣
뫼틈에잠기는데,
山모루[5]도는손의
슬지는(스러지는)그림자여.

山길가외론주막,
어이그, 쓸쓸한데,
몬져든짐쟝사[6]의

----

1) 『창조』제5호, 1920년 3월, 77쪽.
2) 낭인浪人. 떠돌이 나그네.
3) '휘둘린'의 오식.
4) 길 걷다.
5) 산모퉁이.

곤한7)말한소래여.

지는해그림지니,
오늘은어데까지,
어둔뒤아모대나,
가다가묵을네라.

풀숩에물김8)쓰고,
달빗에새놀내는,
고흔봄夜半에도,
내사람생각이어.

현대어 표기

낭인의 봄

휘둘린 산을 넘고,
구비진 물을 건너,
푸른 풀 붉은 꽃에
길 걷기 시름이어,

잎 누른 시닥나무,

....

6) 봇짐이나 등짐을 메고 다니는 장사꾼.
7) 곤하다. 힘을 많이 써서 기운이 없고 나른하다.
8) 아지랑이.

철 이른 푸른 버들,
해 벌써 석양인데
블숫는 바람이어.

골짜기 이는 연기
뫼 틈에 잠기는데,
산모루 도는 손의
슬지는 그림자여.

산길가 외론 주막,
어이그, 쓸쓸한데,
먼저 든 짐장사의
곤한 말 한 소리여.

지는 해 그림지니,
오늘은 어디까지,
어둔 뒤 아무데나,
가다가 묵을네라.

풀숲에 물김 뜨고,
달빛에 새 놀라는,
고흔 봄 야반에도,
내 사람 생각이어.

夜의雨滴[1][2]

어데로도라가랴,
　　내의身勢는,
내身勢가엽시도
　　물과가타라.

험구진[3]山막지면[4]
　　도라서가고,
모지른[5]바위이면
　　넘쳐흐르랴.

그러나그리해도
　　헤날길엄서,[6]
가엽슨서름만은
　　가슴눌러라.

그아마그도가치
　　夜의雨滴,

---

1) 『창조』제5호, 1920년 3월, 77쪽.
2) 우적雨滴. 빗방울.
3) 험궂다. 험하고 거칠다.
4) 산이 막지르다. 산이 가파르다.
5) 모지르다. 모지다. 모양이 둥글지 않고 모가 나 있다.
6) 헤어날 길이 없어.

그가치지향업시
　헤메임이라.

야의 우적

어디로 돌아가랴,
　내의 신세는,
내 신세 가엾이도
　물과 같아라.

험궂은 산 막지면
　돌아서 가고,
모지른 바위이면
　넘쳐흐르랴.

그러나 그리해도
　헤날 길 없어,
가엾은 설움만은
　가슴 눌러라.

그 아마 그도 같이
　야의 우적,
그같이 지향 없이
　헤메임이라.

午過의 泣[1][2]

노란꼿에수노힌[3]
　　푸른뫼우에,
볼새업시옴기는
　　해그늘이어.

나물그릇녑폐씬
　　어린짜님의,
가는나뷔바라며,
　　눈물짐이어.

압길가에버들닙,
　　벌서푸르고,
어제보든진달내
　　흐터짐이어.

느즌봄의농사집,
　　쓸쓸도해라,
지갯문[4]만닥기고,

----

1) 『창조』 제5호, 1920년 3월, 77~78쪽.
2) 오과午過는 오후. 읍泣은 눈물. 오후의 눈물.
3) 수繡 놓인.
4) 지게문. 마루에서 방으로 드나드는 곳에 안팎을 두꺼운 종이로 바른 외짝문.

달게소래여.5)

벌에부는바람은
　　해를보내고,
골에우는새소래
　　여터감이어.6)

누은곳이차차로,
　　누거워오니,7)
이름모를시름에,
　　해느즘이어.8)

오과의 읍

노란 꽃에 수놓인
　　푸른 뫼 우에,
볼 새 없이 옮기는
　　해 그늘이어.

나물그릇 옆에 낀

---

5) 닭의 울음소리.
6) 열어가다.
7) 점차 눅눅해지다.
8) 해늦다. 저물녘이 되다.

어린 따님의,
　가는 나비 바라며,
　눈물짐이어.

앞길 가에 버들잎,
　벌써 푸르고,
어제 보던 진달래
　흩어짐이어.

늦은 봄의 농사 집,
　쓸쓸도 해라,
지게문만 닫기고,
　닭의 소리여.

벌에 부는 바람은
　해를 보내고,
골에 우는 새소리
　옅어감이어.

누운 곳이 차차로,
　누거워오니,
이름 모를 시름에,
　해 늦음이어.

그리워[1]

봄이다가기젼,
　이꼿이다흣기[2]젼
그린님오실가구
쓰는해지기젼에.

열게흰안개새에
바람은무겁거니,
밤샌달지는양자,[3]
어제와그리가치.

붓칠길업는맘세,[4]
그린님언제뵐련,
우는새다음소랜,
는함ㅅ긔듯사오면.[5]

1) 『창조』 제5호, 1920년 3월, 78쪽.
2) 흩다. 흩어지다.
3) 모양.
4) 마음새. 마음의 상태.
5) 늘 함께 듣사오면. '는'은 오식.

그리워

봄이 다 가기 전,
이 꽃이 다 흩기 전
그린 임 오실가구
뜨는 해 지기 전에.

열게 흰 안개 새에
바람은 무겁거니,
밤 샌 달 지는 양자,
어제와 그리 같이.

붙일 길 없는 맘세,
그린 임 언제 뵐런,
우는 새 다음 소린,
늘 함께 듣사오면.

春崗[1]

속닙푸른고흘잔듸
소래라도내려는듯,
쟁쟁하신[2]고흔햇볏
눈뜨기에바드랍네.[3]

자쥬드린적은옷과[4]
놀안물든[5]山菊花엔,
달고여튼인새[6]흘너
나뷔버리[7]잠재우네.

복솨나무[8]살구나무,
붉으스레醉하엿고,
개창버들[9]팔한가지
길게느려어리이네.

일에갓든파린[10]소는

---

1) 『창조』제5호, 1920년 3월, 78쪽.
2) 쟁쟁하다. 햇볕이 내리쬐는 모양을 말함.
3) 빠듯하게 위태하다.
4) 자주색이 든 적은 꽃.
5) 노란 물 들다.
6) 『정본김소월전집』(오하근, 집문당, 1995)에서는 '인새'를 '꿀'로 풀이함.
7) 나비와 벌.
8) 복숭아나무.
9) 갯버들.

서른듯이길게울고,
모를시름조든11)개는
다리썻고하펌하네.12)

靑草靑草옭어진곳.
송이송이붉은쏫숨,
꿈가치그우리님과
손목잡고놀든델세.

현대어 표기

춘강

속잎 푸른 고운 잔디
소리라도 내려는 듯,
쟁쟁하신 고운 햇볕
눈 뜨기에 바드랍네.

자주 들인 적은 꽃과
노란 물든 산국화엔,
달고 옅은 인새 흘러
나비 벌이 잠재우네.

---

10) 팔린. 팔려버린. 『정본김소월전집』(오하근, 집문당, 1995)에서는 '파린'을 '파리하다'의 뜻으로 풀이하여 '몸이 마르고 해쑥하다'라고 하였음. 여기서는 바로 뒤에 오는 행의 '설운 듯이 길게 울고'와 연결하여 '팔려버린 소'로 봄.
11) 졸다.
12) 하품하다.

복사나무 살구나무,
불그스레 취하였고,
개창버들 파란 가지
길게 늘여 어리이네.

일에 갔던 팔린 소는
설운 듯이 길게 울고,
모를 시름 조던 개는
다리 뻗고 하품하네.

청초청초 우거진 곳.
송이송이 붉은 꽃숨,
꿈같이 그 우리 님과
손목잡고 놀던 델세.

거츤플허트러진모래동으로[1]

거츤플허트러진모래동[2]으로
맘업시거러가면놀래는蜻蛉.[3]

들꽃풀보드라운香氣마트면
어린적놀돈동무새[4]그리운맘.

길다란쑥대끗을三角에메워
거메줄감아들고蜻蛉을쫏던,[5]

늘함께이동우에이플숩에셔
놀든그동무들은어데로갓노!

어린적내노리터이동마루는
지금내흐터진벗생각의나라.

먼바다바라보며우둑히섯서
나지금蜻蛉짜라웨가지안노.

---

1) 『학생계』 제2호, 1920년 7월, 42쪽.
2) 모래가 쌓여 생긴 둑.
3) 청령蜻蛉. 잠자리.
4) 친구처럼 함께 놀던 새. 『정본김소월전집』(오하근, 집문당, 1995)에서는 '새'를
'새로'라는 부사로 풀이함.
5) 기다란 쑥대 끝의 가지가 삼각으로 갈라진 부분에 거미줄을 쳐서 잠자리채를 만
들어 들고 잠자리를 쫓던.

거친 풀 흐트러진 모래동으로

거친 풀 흐트러진 모래동으로
맘 없이 걸어가면 놀래는 청령.

들꽃 풀 보드라운 향기 맡으면
어린 적 놀던 동무 새 그리운 맘.

길다란 쑥대 끝을 삼각에 메워
거미줄 감아들고 청령을 쫓던,

늘 함께 이 동 우에 이 풀숲에서
놀던 그 동무들은 어데로 갔노!

어린 적 내 놀이터 이 동마루는
지금 내 흩어진 벗 생각의 나라.

먼 바다 바라보며 우둑히 서서
나 지금 청령 따라 왜 가지 않노.

죽으면?[1]

죽으면? 죽으면 도로흙되지.
흙이되기前, 그것이사롭.
사롭. 물에물탄것. 그것이살음.
서름. 이는맥물에돌을살믄셈.
보아라, 갈바롬[2]에 나무입한아!

현대어 표기

죽으면?

죽으면? 죽으면 도로 흙 되지.
흙이 되기 전, 그것이 사람.
사람. 물에 물 탄 것. 그것이 살음.
설음. 이는 맹물에 돌을 삶은 셈.
보아라, 갈바람에 나뭇잎 하나!

---

1) 『학생계』 제5호, 1920년 7월, 52쪽.
2) 가을바람.

이한밤[1]

大同江흐르는물, 다시금밤중,
다시금배는흘너대이는깁섬.[2]
실비는흔들니며어듬의속에
새캄한그네의눈, 저저서울때,
허트러진머리씰[3], 손에는감겨,
두입김오고가는朦朧한香氣.
훗날, 가난한나는, 먼나라에서
이한밤을꿈갓치생각하고는
그만큼서름에차서, 엇더케도, 너
하늘로올나서는저달이되여
밤마다벼개우혜窓가에와서
내잠을째운다고歎息을하리.

현대어 표기

이 한 밤

대동강 흐르는 물, 다시금 밤중,

---

1) 『학생계』 제6호, 1921년 1월, 44쪽.
2) 대동강에 있는 능라도綾羅島.
3) 머리카락.

다시금 배는 흘러 대이는 깁섬.
실비는 흔들리며 어둠의 속에
새카만 그네의 눈, 젖어서 울 때,
흐트러진 머리낄, 손에는 감겨,
두 입김 오고가는 몽롱한 향기.
훗날, 가난한 나는, 먼 나라에서
이 한밤을 꿈같이 생각하고는
그만큼 설움에 차서, 어떻게도, 너
하늘로 올라서는 저 달이 되어
밤마다 베개 위에 창가에 와서
내 잠을 깨운다고 탄식을 하리.

莎鷄月[1][2]

夢事[3]는何由런고자던잠을깨우치니 膚薰이繞凝軟玉屛[4]에臙脂는冷
冷鎖金帳[5]인데 알괘라이어내곳고[6]庭中莎鷄만泣月色[7]을 하소라

현대어 표기

사계월莎鷄月

몽사는 하유런고 자던 잠을 깨우치니 부훈이 요응연옥병에 연지는 냉랭
쇄금장인데 알괘라 이 어내 곳고 정중사계만 읍월색을 하소라

---

1) 『동아일보』, 1921년 4월 27일자.
2) 사계莎鷄는 베짱이. '사계월'은 베짱이 우는 달밤.
3) 몽사夢事. 꿈에 나타난 일.
4) 부훈膚薰이 요응연옥병繞凝軟玉屛. 부드러운 살결의 향기는 옥병에 엉키어 연연
하다.
5) 연지臙脂는 냉랭쇄금장冷冷鎖金帳. 아름다운 연지는 금수를 놓은 휘장에 닫혀
냉랭하다.
6) 이 어느 곳인고.
7) 정중사계庭中莎鷄만 읍월색泣月色. 뜰 안의 베짱이 소리 달빛 아래 울다.

銀臺燭[1]

洞房[2]에 달이지고 入珠簾曉星[3]토록 님의靑衫[4]一夜中에[5]스을고[6] 난몸이
어다 오히려銀臺雙柄[7]은稀微하게붓나니[8]

현대어 표기

은대촉

동방에 달이 지고 입주렴효성토록 님의 청삼 일야중에 스을고 난 몸이
어다 오히려 은대 쌍병은 희미하게 붓나니

---

1) 『동아일보』, 1921년 4월 27일자.
2) 동방洞房. 침실. '동방화촉洞房華燭'의 준말.
3) 입주렴효성入珠簾曉星토록. 주렴에 샛별이 비칠 때까지. 새벽이 될 때까지.
4) 청삼靑衫. 조복朝服의 안에 받쳐 입던 옷. 남빛 바탕에 검은빛으로 가를 꾸미고
   큰 소매가 달렸음.
5) 일야중一夜中에. 하룻밤 동안에.
6) 스치다.
7) 은대銀臺 쌍병雙柄. 은촉대 두 자루.
8) 붙다. 불이 붙어 타다.

門犬吠[1][2]

柳色은靑靑비개이쟈映窓前에달이로다　님조차오실말로[3]　봄뜻一時分明할손, 門犬吠소리를留心하여[4]듯나니

현대어 표기

문견폐

유색은 청청 비 개이자 영창전에 달이로다 임조차 오실 말로 봄 뜻 일시 분명할손, 문견폐 소리를 유심하여 듣나니

---

1) 『동아일보』, 1921년 4월 27일자.
2) 문견폐門犬吠. 문간에서 개 짖는 소리.
3) 오신다고 할 것이면.
4) 유심留心하다. 유의하다. 마음을 두다.

春菜詞[1][2]

春菜春菜푸르럿네 桑닙속닙골나짜서郎君님부터먹여지라[3]郎君님부터먹여지라나뷔나뷔오누나

현대어 표기

춘채사

춘채춘채 푸르렀네 꽃잎 속잎 골라 따서 낭군님부터 먹여지라 낭군님부터 먹여지라 나비 나비 오누나

---

1) 『동아일보』, 1921년 4월 27일자.
2) 춘채사春菜詞. 봄나물 뜯기 노래.
3) 먹이고 싶구나.

緘口[1][2]

月色은生翡翠요雨聲은轉琉璃라[3]
입을못고[4]안젓스니그지업슨心事로다
내리우는水晶簾에자던바람만놀내라

현대어 표기

함구

월색은 생비취요 우성은 전류리라
입을 물고 앉았으니 그지없는 심사로다
내리우는 수정렴에 자던 바람만 놀래라

---

1) 『동아일보』, 1921년 4월 27일자.
2) 함구緘口. 입을 다물고 아무 말도 하지 않음.
3) 월색月色은 생비취生翡翠요 우성雨聲은 전류리轉琉璃라. 달빛은 비취빛을 드러
내고 빗소리는 유리창에 구르듯 하네.
4) 입을 물다. 입을 다물다. 『정본김소월전집』(오하근, 집문당, 1995년)에서는 '묻다'
로 풀이함.

一夜雨[1]

놀나쌔친새벽쑴에窓을밀고썩나서니 闌干에달이로다 江山一夜雨에[2]실실히洞口柳는 憙微할손春色인데[3] 雞犬은짓거리고[4] 東天이밝아온다 조화라조화라 房中에는多情郎[5]

현대어 표기

일야우

놀라 깨친 새벽 꿈에 창을 밀고 썩 나서니 난간에 달이로다 강산일야우에 실실히 동구류는 희미할손 춘색인데 계견은 짓거리고 동천이 밝아온다 조화라 조화라 방중에는 다정랑

---

1) 『동아일보』, 1921년 4월 27일자.
2) 강산일야우江山一夜雨에. 강산에 하룻밤 비 내리어.
3) 실실이 동구류洞口柳는 희미稀微할손 춘색春色인데. 동구에 실버들가지마다 봄빛이 희미하구나.
4) 지껄이다.
5) 방중房中에는 다정랑多情郎. 방 안에 다정한 임이여.

하눌[1]

놉고도푸른저하눌!
날마다처다보이는저하눌!
하눌을바라보며
나는한숨지노라

현대어 표기

하늘

높고도 푸른 저 하늘!
날마다 쳐다보이는 저 하늘!
하늘을 바라보며
나는 한숨지노라

---

[1] 『동아일보』, 1921년 6월 8일자.

燈불과마조안젓스랴면[1]

寂寂히
다만 밝은燈불과 마조 안젓스랴면
아못생각도업시 그저 울고만십습니다.
웨 그런지야 알사람이 업겟습니다만은.

어둡은밤에 홀로이 누엇스랴면
아못생각도업시 그저 울고만십습니다,
웨 그런지야 알사람도 업겟습니다만은,
탓을하자면 무엇이라 말할수는잇겟습니다만은.

현대어 표기

등불과 마주 앉았으려면

적적히
다만 밝은 등불과 마주 앉았으려면
아무 생각도 없이 그저 울고만 싶습니다.
웨 그런지야 알 사람이 없겠습니다만은.

어두운 밤에 홀로이 누웠으려면

....

1) 『개벽』 제22호, 1922년 4월, 48쪽.

아무 생각도 없이 그저 울고만 싶습니다,
웨 그런지야 알 사람도 없겠습니다만은,
탓을 하자면 무엇이라 말할 수는 있겠습니다만은.

公園의밤[1)]

白楊가지에 우는電燈은 깁흔밤의못물에
어렷하기도[2)]하며 어득하기도[3)]하여라,
어듭게 쏘는 소리업시 가늘게
줄줄의버드나무[4)]에서는 비가싸힐째.

푸른그늘은 나즌듯이 보이는 긴닙알에로
마주안저고요히 내려쌀리던 그보들어운[5)]눈쌀!
인제, 검은내[6)]는 써돌아올라 비구룸이되여라
아아 나는우노라『그녯적의내사람!』

현대어 표기

공원의 밤

백양 가지에 우는 전등은 깊은 밤의 못물에

----

1) 『개벽』제24호, 1922년 6월, 39쪽.
2) 어렷하다. 물이나 거울에 비친 그림자가 자꾸 어른거리며 흔들리다. 『정본김소월
   전집』(오하근, 집문당, 1995년)과 『김소월전집』(김용직, 서울대출판부, 1996년)에서
   모두 '확실하지 않고 흐릿하다'로 풀이함.
3) 어둑하다.
4) 가지가 줄줄이 늘어진 버드나무.
5) 보드랍다.
6) 검은 연기.

어렷하기도 하며 어득하기도 하여라,
어둡게 또는 소리 없이 가늘게
줄줄이 버드나무에서는 비가 싸일 때.

푸른 그늘은 낮은 듯이 보이는 긴 잎 아래로
마주앉아 고요히 내려깔리던 그 보드라운 눈길!
인제, 검은 내는 떠돌아 올라 비구름이 되어라
아아 나는 우노라『그 옛적의 내 사람!』

맘에속잇사람[1]

니칠듯이[2] 볼듯이 늘보던듯이
그럽기도그려운[3] 참말 그려운
이 나의맘에 속에 속모를곳에
늘 잇는그사람을 내가압니다.

인제도 인제라도 보기만해도
다시업시 살틀할[4] 그 내사람은
한두번만 아니게 본듯하엿서
나쟈부터[5] 그립은 그 사람이요

남은 다 어림업다 이를지라도
속에깁히 잇는것, 어찌하는가.
하나진작 낫모를 그 내사람은
다시업시 알뜰한 그 내사람은……

나를 못니저하여 못니저하여
애타는그사랑이 눈물이되어,
한곳[6] 맛나리 하는 내몸을 가져

---

1) 『개벽』 제24호, 1922년 6월, 40쪽.
2) 잊힐 듯이.
3) 그립기도 그리운.
4) 살뜰하다. 남을 위하는 마음이 자상하고 지극하다.
5) 태어나자부터.

464_김소월시전집

몹쓸음7)을 둔사람, 그 나의 사람?

현대어 표기

맘에 속의 사람

잊힐 듯이 볼 듯이 늘 보던 듯이
그립기도 그리운 참말 그리운
이 나의 맘에 속에 속모를 곳에
늘 있는 그 사람을 내가 압니다.

인제도 인제라도 보기만 해도
다시없이 살뜰할 그 내 사람은
한두 번만 아니게 본 듯하여서
나자부터 그리운 그 사람이요.

남은 다 어림없다 이를지라도
속에 깊이 있는 것, 어찌하는가.
하나 진작 낯모를 그 내 사람은
다시없이 알뜰한 그 내 사람은······

나를 못 잊어 하여 못 잊어 하여
애타는 그 사랑이 눈물이 되어,
한껏 만나리 하는 내 몸을 가져
몹쓸음을 둔 사람, 그 나의 사람?

---

6) 한도에 이르는 데까지. 한껏.
7) 몹쓸 것. 악독하고 고약한 것. 『김소월전집』(김용직, 서울대출판부, 1996년)에서는
'몹시 생각이 나는 사람'으로 풀이함.

가을[1]

검은가시의 서리마즌긴덩굴들은
시닥나무[2]의 씁을어진가지우에,
灰色인 蜜峰의구멍에도[3] 버더말라서[4]
압히는가을[5]은 더쓰리게 왔서라.

서러라, 印눌린[6]우리의가슴아!
거츠로는[7] 사랑의꿈의 발알에
아! 나의아름다운 붉은물가의,
새롭은밀물만 시처가며[8] 밀려와라.

현대어 표기

가을

검은 가시의 서리 맞은 긴 덩굴들은

....

1) 『개벽』 제26호, 1922년 8월, 26쪽.
2) 단풍나뭇과의 작은 낙엽 활엽 교목. 잎은 마주 나고 달걀 모양임. 여름에 황색
   꽃이 피고 시과翅果는 가을에 익음.
3) 회색의 꿀벌통 구멍에도.
4) 벋어 말라서.
5) 아프게 하는 가을.
6) 도장이 찍힌 것처럼 가슴에 깊이 새겨진.
7) 겉으로는. 『정본김소월전집』(오하근, 집문당, 1995년)에서는 '거칠어지는'으로 풀
   이함.
8) 씻어가며.

시닥나무의 꾸부러진 가지 위에,
회색인 밀봉의 구멍에도 벌어 말라서
압히는 가을은 더 쓰리게 왔어라.

서러라, 인 눌린 우리의 가슴아!
겉으로는 사랑의 꿈의 발 아래
아! 나의 아름다운 붉은 물가의,
새로운 밀물만 스쳐가며 밀려와라.

가는봄三月[1]

가는봄三月, 三月은 삼질[2]
江南제비도 안닛고왓는데.
아무렴은요
설게[3]이째는 못닛게, 그립어.

니즈시기야, 햇스랴, 하마어느새,
님부르는 꾀꼬리소리.
울고십흔바람은 점도록[4]부는데
설리도[5] 이째는
가는봄三月, 三月은삼질.

현대어 표기

가는 봄 삼월

가는 봄 삼월, 삼월은 삼질

....

1) 『개벽』 제26호, 1922년 8월, 26쪽.
2) 음력 3월 3일. 삼짇날.
3) 서럽게.
4) 저물도록. 날이 저물 때까지.
5) 서러울 리도 『정본김소월전집』(오하근, 집문당, 1995년)와 『김소월전집』(김용직,
   서울대출판부, 1996년)에서는 모두 '서럽게도'라고 풀이함.

강남 제비도 안 잊고 왔는데.
아무렴은요
설게 이때는 못 잊게, 그리워.

잊으시기야, 했으랴, 하마 어느새,
임 부르는 꾀꼬리소리.
울고 싶은 바람은 점도록 부는데
설리도 이때는
가는 봄 삼월, 삼월은 삼질.

숨자리[1]

오오내님이어? 당신이 내게 주시랴고 간곳마다 이 자리를 깔아노하두시지 안흐섯서요. 그러켓서요 確實히 그러신줄을알겟서요. 간곳마다 저는 당신이 펴노하주신 이자리속에서 恒常살게됨으로 당신이 미리 그러신줄을 제가 알앗서요.

오오내님이어! 당신이 깔아노하주신 이자리는 맑은못밋[2]과가티 고조곤도하고[3] 안윽도 햇서요.[4] 홈싹홈싹[5] 숨치우는[6] 보들압은[7] 모래바닥과 가튼 긴길이恒常 외롭고 힘업슨 제의 발길을 그립은 당신한테로 引導하여주겟지요. 그러나 내님이어! 밤은 어둡구요 찬바람도 불겟지요. 닭은 울엇서도 여태도록 빗나는새벽은 오지안켓지요. 오오 제몸에 힘되시는 내 그립은 님이어! 외롭고 힘업슨 저를 부둥켜 안으시고永遠히당신의 미듬성스럽은[8] 그품속에서 저를 잠들게 하여주서요.

당신이 깔아노하주신 이자리는 외로웁고 쓸쓸합니다 마는 제가 이자리속에서 잠자고 놀고 당신만을 생각할 그때에는 아무러한 두려움도 업고 괴로움도 니저버려지고 마는대요.

그러면 님이어! 저는 이자리에서 종신토록 살겟서요.

---

1) 『개벽』 제29호, 1922년 11월, 57~58쪽.
2) 못 밑바닥.
3) 고조곤하다. 한가롭고 고요하다.
4) 아늑하다.
5) 흠썩흠썩. 조금도 남김없이 푹푹 젖은 모양.
6) 숨치우다. '숨키다'의 방언. 『정본김소월전집』(오하근, 집문당, 1995년)에서는 '훔치다'로 보아 '물기 같은 것을 닦아 깨끗하게 하다'라고 풀이함.
7) 보드랍다.
8) 믿음성스럽다.

오오 내님이어! 당신은 하로라도 저를 이세상에 더 묵게 하시
랴고 이자리를 간곳마다 쌀아노하두섯서요 집업고 孤單한 제몸
의蹤跡을 불상히 생각하셔서 검소한 이자리를 간곳마다 제所有로
작막하여 두섯서요 그리고 쏘 당신은 제 엷은 목숨의줄을 온전
히 붓잡아주시고 외롭히 一生을 제가 危險업슨 이자리속에 살게
하여주섯서요.

오오 그러면 내님이어! 슷슷내 저를 이자리속에 두어주셔요
당신이 손소 당신의 그힘되고 미듬성부른⁹⁾ 품속에다 고요히 저
를 잠들려주시고 저를 쏘 이자리속에 당신이 손소¹⁰⁾ 무더주셔요.

현대어 표기

꿈자리

오오 내 임이여? 당신이 내게 주시려고 간 곳마다 이 자리를 깔아놓아
두시지 않으셨어요. 그렇겠어요 확실히 그러신 줄을 알겠어요. 간 곳마다
저는 당신이 펴놓아 주신 이 자리 속에서 항상 살게 됨으로 당신이 미리
그러신 줄을 제가 알았어요.

오오 내 임이여! 당신이 깔아놓아 주신 이 자리는 맑은 못 밑과 같이 고
조곤도하고 아늑도 했어요. 흠싹흠싹 숨치우는 보드라운 모래바닥과 같은
긴 길이 항상 외롭고 힘없는 제의 발길을 그립은 당신한테로 인도하여 주
겠지요. 그러나 내 임이여! 밤은 어둡구요 찬바람도 불겠지요. 닭은 울었어
도 여태도록 빛나는 새벽은 오지 않겠지요. 오오 제 몸에 힘 되시는 내 그
리운 임이여! 외롭고 힘없는 저를 부둥켜안으시고 영원히 당신의 믿음성

---

9) 믿음성 부르다. 믿음성 싶다.
10) 손수. 남의 힘을 빌리지 않고 직접 자기 손으로.

스러운 그 품속에서 저를 잠들게 하여주셔요.

당신이 깔아놓아 주신 이 자리는 외로웁고 쓸쓸합니다마는 제가 이 자리 속에서 잠자고 놀고 당신만을 생각할 그때에는 아무러한 두려움도 없고 괴로움도 잊어버려지고 마는대요.

그러면 임이여! 저는 이 자리에서 종신토록 살겠어요.

오오 내 임이여! 당신은 하로라도 저를 이 세상에 더 묵게 하시려고 이 자리를 간 곳마다 깔아놓아 두셨어요. 집 없고 고단한 제 몸의 종적을 불쌍히 생각하셔서 검소한 이 자리를 간 곳마다 제 소유로 장만하여 두셨어요. 그리고 또 당신은 제 엷은 목숨의 줄을 온전히 붙잡아주시고 외로이 일생을 제가 위험 없는 이 자리 속에 살게 하여주셨어요.

오오 그러면 내 임이여! 끝끝내 저를 이 자리 속에 두어주셔요. 당신이 손수 당신의 그 힘 되고 믿음성 부른 품속에다 고요히 저를 잠들려 주시고 저를 또 이 자리 속에 당신이 손수 묻어주셔요.

집흔구멍[1]

그 歲月이 지나가고볼것가트면 뒤에 오는 모든記憶이 지나간그것들은 모두다 無意味한것갓기도 하리다마는 確實히 그러치안흡니다.

글세 여보서요! 어느틈에 당신은 내가슴속에 들어와잇든가요? 아무리하여도 모르겟는걸요.

오! 나의愛人이어!

인제보니까, 여태 나의부즈런과 참아오고 견듸어온것이며 甚至於 조그마한 苦痛들싸지라도 모두 다당신을爲하는 心誠으로 나온것이엇겟지요. 어쩌면 그것이 갑업슨것이 되고말理야 잇겟서요.

오! 나의愛人이어.

그러나 당신이 그동안 내가슴속에 숨어게서서 무슨 그리소삽스럽은[2] 일을 하섯는지 나는 벌서 다알고 잇지요. 일로압날 당신을 쩌나서는 다만 한時刻이라도 살아잇지못하게끔 된것일지라도 말하자면 그것이 까닭이 될것밧게업서요.

밉살스럽은사람도 잇겟지! 그러케 크다란 검으죽죽한 집흔구멍을 남의 平和롭든 가슴속에다 쑬허노코 깃버하시면 무엇이 그래 조하요.

오! 나의 愛人이어.

---

1) 『개벽』 제29호, 1922년 11월, 58쪽.
2) 소삽스럽다. 소삽小澁하다. 어렵고 분명하지 아니하다. 『정본김소월전집』(오하근, 집문당, 1995년)에서는 '낯설고 막막하다'로 풀이하였고, 『김소월전집』(김용직, 서울대출판부, 1996년)에서는 '쓸쓸하고 거칠다'로 풀이함.

당신의손으로 지으신 그구멍의 深淺3)을 당신이 알으시리다. 그러면 날마다 날마다 그구멍이 가득키차서 빈틈이 업도록 당신의 맑고도 香氣롭은 그 봄아츰의 아즈랑이 수풀속에 파무친꽂이슬의 香氣보다도 더 貴한 입김을 쉬일새 업시 나의 조그만가슴숙4)으로 불어너허주세요

현대어 표기

깊은 구멍

그 세월이 지나가고 볼 것 같으면 뒤에 오는 모든 기억이 지나간 그것들은 모두다 무의미한 것 같기도 하리다마는 확실히 그렇지 않습니다.
글쎄 여보세요! 어느 틈에 당신은 내 가슴속에 들어와 있든가요? 아무리 하여도 모르겠는 걸요.
오! 나의 애인이여!
인제 보니까, 여태 나의 부지런과 참아오고 견디어온 것이며 심지어 조그마한 고통들까지라도 모두 다 당신을 위하는 심성으로 나온 것이었겠지요. 어찌면 그것이 값없는 것이 되고 말 리야 있겠어요.
오! 나의 애인이여.
그러나 당신이 그동안 내 가슴속에 숨어 계셔서 무슨 그리 소삽스러운 일을 하셨는지 나는 벌써 다 알고 있지요. 일로 앞날 당신을 떠나서는 다만 한 시각이라도 살아 있지 못하게끔 된 것일지라도 말하자면 그것이 까닭이 될 것밖에 없어요.
밉살스러운 사람도 있겠지! 그렇게 커다란 거무죽죽한 깊은 구멍을 남의 평화롭던 가슴속에다 뚫어놓고 기뻐하시면 무엇이 그래 좋아요.

----

3) 심천深淺. 깊고 얕음.
4) 가슴속.

오! 나의 애인이어.

당신의 손으로 지으신 그 구멍의 심천을 당신이 알으시리다. 그러면 날마다 날마다 그 구멍이 가득히 차서 빈틈이 없도록 당신의 맑고도 향기로운 그 봄 아침의 아지랑이 수풀 속에 파묻힌 꽃이슬의 향기보다도 더 귀한 입김을 쉬일 새 없이 나의 조그만 가슴속으로 불어넣어 주세요.

길손[1]

얼굴횔쑴한[2] 길손[3]이어,
지금막, 지는해도그림자조차
그대의묵업은[4] 발아래로
여지도업시스러지고마는데

둘너보는그대의눈길을막는
쌈죽쌈죽한멧봉오리
긔여오르는구룸씃테도
빗긴놀은붉어라, 압피밝게.

쳔쳔히밤은외로히
근심스럽게딋터[5] 나리나니
물소래쳐량한냇물가에,
잠간, 그대의발길을멈추라.

길손이어,
별빗체푸르도록푸른밤이고요하고
맑은바람은쌍을씨처라.[6]

---

1) 『배재』제2호, 1923년 3월, 115쪽.
2) 희끗하다. 약간 희다.
3) 길을 가는 손님. 나그네.
4) 무겁다.
5) 짙다.

그대의씨달픈[7)]마음을가다듬을지어다.

현대어 표기

길손

얼굴 힐끔한 길손이여,
지금 막, 지는 해도 그림자조차
그대의 무거운 발 아래로
여지도 없이 스러지고 마는데

둘러보는 그대의 눈길을 막는
뾰죽뾰죽한 멧봉우리
기어오르는 구름 끝에도
비긴 놀은 붉어라, 앞이 밝게.

천천히 밤은 외로이
근심스럽게 짙어 내리나니
물소리 처량한 냇물 가에,
잠깐, 그대의 발길을 멈추라.

길손이여,
별빛에 푸르도록 푸른 밤이 고요하고
맑은 바람은 땅을 스쳐라.
그대의 씨달픈 마음을 가다듬을지어다.

---

6) 스치다.
7) 시달프다. 마음에 마뜩잖고 시들하다.

달밤1)

져달이나다려소삭입니다
당신이오늘밤에니즈신다고.2)

낫갓치밝은그달밤의
흔들녀머러오는물노래고요,
그노래는넘어도3)외롭음에
근심이사뭇되여4)빗깁니다.5)

부승기는6)맘에갈기는7)쯧에
그지업시씨달픈8)이내녁을,
쥬님한테온견히당신한테
모아묵거밧칩니다.

....
1)『배재』제2호, 1923년 3월, 116~117쪽.
2) 잊다.
3) 너무도
4) 사뭇 되어.『김소월전집』(김용직, 서울대출판부, 1996년)에서는 '사뭇되다'라는 한
    단어로 풀이했다. '사뭇'은 '거리낌 없이 마구. 마음대로 마냥'의 뜻을 가진 부사
    이다. 이 구절은 '사뭇 근심이 되어'로 바꾸어 읽으면 의미가 분명해진다.
5) 빗기다. 비스듬히 놓이거나 늘어지다.
6) 부승기다. '부슷그리다' 또는 '부슷기다'의 방언. 한숨 쉬다. 탄식하다.『정본김소
    월전집』(오하근, 집문당, 1995년)과『김소월전집』(김용직, 서울대출판부, 1996년)에
    서는 모두 이 말을 '버성기다'로 보아 '벌어져 틈이 있다'라고 풀이함.
7) 갈기다. 갈리다. 여러 갈래로 나누어지다.
8) 마음에 마뜩잖고 시들하다.

그러나괴롭은가슴에쩌안기는달은
속속드리당신을쏘라냅니다……9)
당신이당신이오늘밤에니즈신다고
내맘에미욱함이10)불서럽다고.11)

현대어 표기

달밤

저 달이 나더러 소삭입니다
당신이 오늘밤에 잊으신다고.

낮같이 밝은 그 달밤의
흔들려 멀어오는 물노래고요,
그 노래는 너무도 외로움에
근심이 사뭇 되어 빗깁니다.

부승기는 맘에 갈기는 뜻에
그지없이 씨달핀 이내 넋을,
주님한테 온전히 당신한테
모아 묶어 받칩니다.

그러나 괴로운 가슴에 껴안기는 달은
속속들이 당신을 쏟아냅니다……

---

9) 쏠다. 쥐나 좀이 들어 짓씹어서 구멍을 내다.
10) 미욱하다. 어리석고 미련하다.
11) 불쌍하고 서글픈 느낌을 주다.

당신이 당신이 오늘밤에 잊으신다고
내 맘에 미욱함이 불서럽다고.

눈물이 쉬루르 흘러납니다[1]

눈물이 수루르 흘레납니다,
당신이 하도 못닛게 그립어서.
그리 눈물이 수루르 흘레납니다.

닛치지도 안는 그사람은
아주나 내바린것이 아닌데도,
눈물이 수루르 흘레납니다.

갓득히나 설흔맘이
쩌나지못할運에 쩌난것도 갓타서,
생각하면 눈물이 수루르 흔레납니다.

현대어 표기

눈물이 수루르 흘러납니다.

눈물이 수루르 흘러납니다,
당신이 하도 못 잊게 그리워서.
그리 눈물이 수루르 흘러납니다.

---

1) 『개벽開闢』 제35호, 1923년 5월, 141쪽. 「사욕절思欲絶」이라는 표제 아래 수록됨.

잊히지도 않는 그 사람은
아주 나 내버린 것이 아닌데도,
눈물이 수루르 흘러납니다.

가뜩이나 설운 맘이
떠나지 못할 운에 떠난 것도 같아서,
생각하면 눈물이 수루르 흘러납니다.

어려듯고자라배와내가안것은[1]

이것이 어렵은일인줄은 알면서도,
나는 아득이노라,[2] 지금 내몸이
도라서서 한거름만 내어노흐면!
그위엔 모든 것이 꿈되고 말련마는.
그도보면 업드러친[3]물은 흘러바리고
山에서 始作한 바람은 벌에 불더라.

타다남은 燭불의 지는불꼿츨
오히려 쓰겁은 입김으로 부러가면서
빗추어볼일이야 잇스랴, 오오 잇스랴
참아 그대의 두렵움에 썰리는 가슴의속을,
째에 자리잡고잇는 낫모를 그한사람이
나더러「그만하고 갑시사」하며, 말을하더라.

붉게닉은 댕추[4]의씨로 가득한 그대의눈은
나를 가르켜주엇서라, 열스무番 가르켜 주엇서라.
어려듯고 자라배와 내가안것은
문엇이랴 오오 그무엇이랴!
모든일은 할대로 하여보아도

---

1) 『신천지』 제9호, 1923년 8월, 92쪽.
2) 아득이다. 힘에 겹고 괴로워 요리조리 애쓰며 고심하다.
3) 엎뜨리치다. 물 같은 것이 그릇 밖으로 흘러나오게 하다.
4) 당초. 고추.

얼마만한데서 말것이더라.[5]

어려 듣고 자라 배워 내가 안 것은

이것이 어려운 일인 줄은 알면서도,
나는 아득이노라, 지금 내 몸이
돌아서서 한 걸음만 내어놓으면!
그 위엔 모든 것이 꿈 되고 말련마는
그도 보면 엎뜨리친 물은 흘러버리고
산에서 시작한 바람은 벌에 불더라.

타다 남은 촉불의 지는 불꽃을
오히려 뜨거운 입김으로 불어가면서
비추어 볼 일이야 있으랴, 오오 있으랴
차마 그대의 두려움에 떨리는 가슴의 속을,
때에 자리 잡고 있는 낯모를 그 한 사람이
나더러 「그만하고 갑시사」 하며, 말을 하더라.

붉게 익은 대추의 씨로 가득한 그대의 눈은
나를 가르쳐주었어라, 열스무 번 가르쳐주었어라.
어려 듣고 자라 배워 내가 안 것은
무엇이랴 오오 그 무엇이랴!
모든 일은 할 대로 하여보아도
얼마만 한 데서 말 것이더라.

----

5) 얼마만큼 하면 그 정도에서 그만두는 것이라.

나무리벌노래[1]

新載寧[2]에도 나무리벌[3]
물도만코
쌍조흔곳
滿洲奉天은 못살곳.

왜 왓느냐
왜 왓드냐
자고자곡[4]이 피땀이라
故鄕山川이 어듸메냐.

黃海道
新載寧
나무리벌
두몸이 김매며 살엇지요.

올벼[5]논에 다은물은
츨엉츨엉[6]

---

1) 『백치』 제2호, 1928년 7월, 54~55쪽.
2) 신재령新載寧. 황해도 재령군에 있는 읍. 교통 요충지이며, 재령 철산의 철, 은적 광산의 아연·납, 형석 광산의 청석 따위가 유명하다. 명승지로 장수산이 있다. 군청 소재지이다.
3) 나무리 들판. 재령평야의 중심이며 품질 좋은 쌀의 산지로 유명함.
4) 자국자국, 자국마다.
5) 철 이르게 자란 벼.
6) 칠렁칠렁. 많이 괸 물 따위가 물결을 이루며 넘칠 듯 흔들리는 소리. 또는 그 모양.

벼잘안다[7)
新載寧에도 나무리벌.

『동아일보』, 1924년 11월 24일자

나무리벌노래[8)

新載寧에도 나무리벌
물도만코
쌍조흔곳
滿洲나 奉天은 못살고쟝

왜 왓느냐
왜 왓드냐
자곡자곡이 피쌈이라
故鄕山川이 어듸메냐

黃海道
新載寧
나무리벌
두몸이김매며사랏지요

올벼논에 다은물은
츠렁츠렁

---

7) 벼가 자란다.
8) '흰달'이라는 필명으로 발표.

벼자란다
新載寧에도 나무리벌

현대어 표기

나무리벌 노래

신재령에도 나무리벌
물도 많고
땅 좋은 곳
만주 봉천은 못 살 곳.

왜 왔느냐
왜 왔더냐
자곡자곡이 피땀이라
고향산천이 어디메냐.

황해도
신재령
나무리벌
두 몸이 김매며 살았지요.

올벼 논에 다은 물은
츠렁츠렁
벼 자란다
신재령에도 나무리벌.

車와船[1]

車타고
서울가면
금상님[2] 게시드냐

車타고 배타고
東京가서
금상님 게신곳에 뵈옵시다.

이제다시 타게되면
北으로北으로 露西亞의
옷과밥參拜次 가보리라

현대어 표기

차와 선

차 타고
서울 가면
금상님 계시드냐

차 타고 배 타고

1) 『동아일보』, 1924년 11월 24일자. '흰달'이라는 필명으로 발표.
2) 현재 왕위에 앉아 있는 임금을 일컫는 말.

동경 가서
금상님 계신 곳에 뵈옵시다.

이제 다시 타게 되면
북으로 북으로 노서아의
옷과 밥 참배차 가보리라

俚謠[1][2]

감장치마 흰저구리
씨름[3]에큰 맛딸아기[4]
움물길[5]에 나지마라
鮒魚색기[6] 놀라리라
감장치마 힌저고리
오막집에 맛메구리[7]
밤물일낭 깃지[8]마라
중그마리[9] 놀나리라

현대어 표기

이요

감장 치마 흰 저고리
시름에 큰 맏딸 아기
우물 길에 나지 마라

....

1) 『동아일보』, 1924년 11월 24일자. '흰달'이라는 필명으로 발표.
2) 이요俚謠. 속요. 민요.
3) 시름.
4) 맏딸아기.
5) 우물 길.
6) 붕어 새끼.
7) 맏며느리.
8) (물을)긷다.
9) '미꾸라지'의 방언.

붕어 새끼 놀라리라
감장 치마 흰 저고리
오막집에 맏메구리
밤물일랑 긷지 마라
중그마리 놀라리라

巷傳哀唱명쥬짤기[1][2]

一

짤기짤기명쥬짤기
집집이다자란맛짤아기
짤기짤기는다닉엇네
내일은열하루싀집갈날

일모창산[3]날져문다
월출동경[4]에달이솟네
오호로배씌어라
범녀[5]도님싯고써나간길

노던벌에
오는비는
숙낭자[6]의
눈물이라

---

1) 『영대』제4호, 1924년 12월, 45~47쪽.
2) 항전애창巷傳哀唱. 서민들에게 전해져 오며 슬프게 노래함.
3) 일모日暮 창산蒼山. 창산에 해가 지다.
4) 월출月出 동정洞庭. 동정호에 달이 떠오르다.
5) 범여范蠡. 중국 춘추시대 월越나라의 공신. 오吳나라의 부차夫差를 치는 데에 공을 세웠으나 뒤에 버슬을 모두 버리고, 오나라를 치기 위해 계략으로 오 왕에게 바쳤던 미인 서시西施와 함께 오호五湖에 은거하며 자연에 묻혀 지냄.
6) 양귀비楊貴妃를 일컬음.

이얼씌구밤이간다
내일은열하루씌집갈날

二

흰씃흰씃흰나뷔와
흰니마흰눈물검은머리.
흰씃흰씃나붓는데
흰니마흰눈물검은머리.

三

뫼에서보면바다이죠코
바다에서는뫼가죠코
온듸간듸⁷⁾다죠와도
어듸다내집을지어둘고.

四

잇다고잇는척못할일이
업다고부러워안할일이
세상에못난이업는것이
저잘난성수⁸⁾에사라보리.

---

7) 어느 곳이든지 모두.
8) 성수星數. 운수運數.

五

죽어간님을님이래랴⁹⁾
뚤어진신짝을신이래랴.
압남산에불탄둥걸¹⁰⁾
님뛰든자국에좀이드네.

현대어 표기

항전애창 명주 딸기

1

딸기 딸기 명주 딸기
집집이 다 자란 맏딸아기
딸기 딸기는 다 익었네
내일은 열하루 시집갈 날

일모창산 날 저문다
월출동정에 달이 솟네
오호로 배 띄어라
범여도 임 싣고 떠나간 길

노던 벌에

---

9) 님이라 하랴.
10) 둥걸. 줄기를 잘라 낸 나무의 밑동. 나뭇둥걸.

오는 비는
숙낭자의
눈물이라

이 얼씨구 밤이 간다
내일은 열하루 시집갈 날

2

흰끗흰끗 흰나비와
흰 이마 흰 눈물 검은 머리.
흰끗흰끗 나붓는데
흰 이마 흰 눈물 검은 머리.

3

뫼에서 보면 바다이 좋고
바다에서는 뫼가 좋고
온 데 간 데 다 좋아도
어디다 내 집을 지어 둘고.

4

있다고 있는 척 못할 일이
없다고 부러워 안 할 일이
세상에 못난이 없는 것이
저 잘난 성수에 살아보리.

5

죽어간 임을 임이래랴
뚫어진 신짝을 신이래랴.

앞 남산에 불탄 등걸
잎 피던 자국에 좀이 드네.

不稱錘枰[1)][2)]

그대가平壤서울고잇슬째
나는서울잇섯서노래불넛네
人生은물과구름구름이라고
노래노래부르며歡息하엿네.

洪陵에넓은동산풀이마르고
故鄉의江두던[3)]에쟈개[4)]널니니
지금은속속드리생각이나며
그대그대부르며나는우노라.

그대는오늘날에써도는게집!
人生은물과구름구름일너라.
쳐다보니가을의느린하로는
山건너져기겨便해가지누나.

1) 『영대』제4호, 1924년 12월, 48쪽.
2) 불칭추칭不稱錘枰. 저울이 맞지 않음. 평형을 이루지 못함. 『정본김소월전집』(오
   하근, 집문당, 1995)과 『김소월전집』(김용직, 서울대출판부, 1996)에서는 모두 이
   작품의 제목을 「불칭추평不稱錘枰」으로 적었고, 그 의미도 '저울질 하지 마라',
   '재단하지 마라'라고 풀이함.
3) 강언덕. 둔덕.
4) '자갈'의 방언.

불청추청

그대가 평양서 울고 있을 때
나는 서울 있어서 노래 불렀네
인생은 물과 구름 구름이라고
노래 노래 부르며 탄식하였네.

홍릉에 넓은 동산 풀이 마르고
고향의 강 두던에 자개 널리니
지금은 속속들이 생각이 나며
그대 그대 부르며 나는 우노라.

그대는 오늘날에 떠도는 계집!
인생은 물과 구름 구름일러라.
쳐다보니 가을의 느린 하루는
강 건너 저기 저편 해가 지누나.

녯님을짜라가다가 꿈쌔여歎息함이라[1]

붉은해西山우헤걸니우고
쌀못염근[2]사슴이의무리는슬퍼울째,
둘너보면써러져안즌山과거츠른들이
차례업시[3]어우러진외짜롭은길을
나는홀로아득이며[4]거럿노라,
불설업게도모신그女子의祠堂에
늘한자루燭불이타붓틈으로.

우득키섯서내가볼째
모라가는말은원암소래[5]댕그랑거리며
唐朱紅漆[6]에 藍絹[7]의휘쟝을달고
얼는얼는[8]지나든가마한채.
지금이라도이름불너차즐수잇섯스면!
어느째나心中에남아잇는한마듸말을
사람은마자하지못하는것을.

1) 『영대』제5호, 1925년 1월, 62~63쪽.
2) 쌀 못 여문. 뿔이 아직 채 여물지 못한, 아직 어린.
3) 차례 없이.
4) 아득이다. 힘에 겹고 괴로워 요리조리 애쓰며 고심하다.
5) 워낭 소리. 말이나 소의 턱 밑으로 달아주는 방울 소리.
6) 당주홍칠唐朱紅漆. 당주홍색의 칠.
7) 남견藍絹. 남색 비단.
8) 얼른얼른. 늦지 않도록 빠르게.

오오내집의허러진門樓우혜
자리잡고안잣는그女子의
畵像은나의가슴속에서물조차날것마는!9)
오히려나는울고잇노라
생각은꿈쑌을지어주나니.
바람이나무가지를슷치고가면
나도바람결에붓쳐버리고마랏스면.

현대어 표기

옛 임을 따라가다가 꿈 깨어 탄식함이라

붉은 해 서산 위에 걸리우고
뿔 못 여문 사슴이의 무리는 슬피 울 때,
둘러보면 떨어져 앉은 산과 거츤른 들이
차례 없이 어우러진 외따로운 길을
나는 홀로 아득이며 걸었노라,
불서럽게도 모신 그 여자의 사당에
늘 한 자루 촉불이 타 붙음으로.

우두키 서서 내가 볼 때
몰아가는 말은 워낭소리 댕그랑거리며
당주홍칠에 남견의 휘장을 달고
얼른얼른 지나든 가마 한 채.
지금이라도 이름 불러 찾을 수 있었으면!

---

9) 물색(빛깔)조차 날아가 변색이 되건마는.

어느 때나 심중에 남아 있는 한 마디 말을
사람은 마저 하지 못하는 것을.

오오 내 집의 헐어진 문루 위에
자리 잡고 앉았는 그 여자의
화상은 나의 가슴속에서 물조차 날건마는!
오히려 나는 울고 있노라
생각은 꿈뿐을 지어주나니.
바람이 나뭇가지를 스치고 가면
나도 바람결에 부쳐버리고 말았으면.

옷[1]

술냄새 담배냄새 물걸닌[2] 옷
이옷도 그대의 닙혀주심
밤비에 밤이슬에 물걸닌옷
이옷도 그대의 닙혀주심

그대가 내몸에 닙히신옷
저하늘갓기를 바랏더니
갈수록 물낡는[3] 그대의옷
저하눌갓기를 바랏더니

현대어 표기

옷

술 냄새 담배 냄새 물 걸린 옷
이 옷도 그대의 입혀주심
밤비에 밤이슬에 물 걸린 옷

---

1) 『동아일보』, 1925년 1월 1일자.
2) 물 그을리다. 햇볕·연기 등을 오랫동안 쐬어 빛이 검게 되다. 『정본김소월전집』(오
하근, 집문당, 1995)에서는 '빨래할 때를 거른'이라고 풀이하였고, 『김소월전집』(김
용직, 서울대출판부, 1996)에서는 '제철을 잃은 또는 빨래할 때를 놓친'으로 풀이함.
3) 물 낡다. 빛깔이 변색되어 낡아지다.

이 옷도 그대의 입혀주심

그대가 내 몸에 입히신 옷
저 하늘 같기를 바랐더니
갈수록 물 낡는 그대의 옷
저 하늘 같기를 바랐더니

배[1]

개여울에 닷준[2]배는
來日이라도
順風만 불말로[3] 써나간다고.
개여울에 닷준배는
이밤이라도
밀물만 밀말로[4] 써나간다고.

물밀고 바람불어
째가 될말로
개여울에 닷준배는 써나갈테지.

───────────────────────────────

『동아일보』, 1925년 1월 1일자

───────────────────────────────

배

개여울에 닷준배는
내일이락도

....

1) 『백치』 제2호, 1928년 7월, 54쪽.
2) 닻을 주다. 닻을 내리다.
3) 불기만 하면 곧바로. 불자마자.
4) 물이 들어오기만 하면 곧바로.

순풍만 불말로 써나간다고

개여울에 닷준배는
이밤에락도
밀물만 밀말로 써나간다고

물밀고 바람부러
때가 될말로
개여울에 닷준배는 써나갈테지

현대어 표기

배

개여울에 닻 준 배는
내일이라도
순풍만 불 말로 떠나간다고.
개여울에 닻 준 배는
이 밤이라도
밀물만 밀 말로 떠나간다고.

물 밀고 바람 불어
때가 될 말로
개여울에 닻 준 배는 떠나갈 테지.

가막덤불[1]

山에 가시나무
가막덤불[2]은
덤불덤불 山마루로
버더올낫소

山에는 가랴해도
가지못하고
바로말로[3]
집도잇는 내몸이라오
길에는 혼잣몸의
홋옷[4]자락은
하로밤 눈물에는
젓기도햇소

山에는 가시나무
가막덤불은
덤불덤불 山마루로
버더올낫소

----

1) 『동아일보』, 1925년 1월 4일자.
2) 어수선하게 엉클어진 얕고 검은 수풀.
3) 바로 말하자면.
4) 홑옷.

가막덤불

산에 가시나무
가막덤불은
덤불덤불 산마루로
벋어 올랐소

산에는 가랴 해도
가지 못하고
바로 말로
집도 있는 내 몸이라오
길에는 혼잣몸의
홑옷자락은
하룻밤 눈물에는
젖기도 했소

산에는 가시나무
가막덤불은
덤불덤불 산마루로
벋어 올랐소

옷과밥과自由[1]

空中에 써단니는
저긔 저새여
네몸에는 털잇고 짓[2]이잇지.
밧헤는 밧곡석[3]
눈에 물베.[4]
눌하게 닉어서 숙으러젓네.
楚山지나 狄踰嶺
넘어선다.
짐실은저나귀는 너왜넘늬?

『동아일보』, 1925년 1월 1일자[5]

서도여운西道餘韻

공중에 써다니는
저기저새요
네몸에는 털이고 것치잇지

---

1) 『백치』 제2호, 1928년 7월, 53쪽.
2) 깃. 날개 또는 깃털.
3) 밭곡식.
4) 논에 물벼.
5) 신문 발표 원문의 제목은 「서도여운西道餘韻—옷과밥과자유自由」라고 표시됨.

밧테는 밧곡셕
논에 물베
눌하게⁶⁾ 닉어서 숙으러젓네!

楚山지나 狄踰嶺⁷⁾
넘어선다
짐실은 저나귀는 너왜넘늬?

현대어 표기

옷과 밥과 자유

공중에 떠다니는
저기 저 새여
네 몸에는 털 있고 짓이 있지.
밭에는 밭곡식
논에 물벼.
눌하게 익어서 수그러졌네.
초산 지나 적유령
넘어선다.
짐 실은 저 나귀는 너 왜 넘니?

---

6) 누렇게.
7) 초산楚山 지나 적유령狄踰嶺 평안북도 초산을 지나 강계 근처에 있는 큰 고개
인 적유령을 넘어.

벗마을[1]

흰솣닙쪼각 쪼각 흐터지는데
줄로선 버드나무 洞口압헤서
달밤에 눈마즈며 놋키어렵어
붓잡고 울들일도 잇섯드니라

三年後 다시보자 서로말하고
어듭은 물결우에 몸을 맛기며
埠頭의 너플리는[2] 붉은旗쌜을
어이는[3] 맘으로도 넉엿드니라

손의집單間房에밤이깁헛고
젊음의불심지가마자그므는[4]
사람의잇는서름말을다하는
참아할相面까지보앗더니라

쓸쓸한고개고개아웁고개를
비로소넘어가서쌍에뭇치는
한줌의흙집우에쌕리는비를

---

1) 『동아일보』, 1925년 2월 2일자.
2) 너풀거리다.
3) 어이다. '에다'의 방언. 마음을 몹시 아프게 하다. 『정본김소월전집』(오하근, 집문
   당, 1995)에서는 '칼 따위로 도려내듯 베다'라고 풀이함.
4) 그믈다. 꺼지다.

모두다로보기도하엿더니라

곳곳내첫相從을미덧든것이
모두다지금와서내가슴에는
무덕이쏘무덕이그한구석의
거츨은두던5)만을지을쑨이라

지금도고요한밤자리숙6)에서
즌쌈7)에쩌서서8)듯는窓紙소래9)는
갈대말타고10)노든예전그날에
어둡은그림자가나리더니라

현대어 표기

벗 마을

흰 꽃잎 조각조각 흩어지는데
줄로 선 버드나무 동구 앞에서

----

5) 둔덕.
6) 자리 속.
7) 진땀.
8) 떨다. 진땀에 떨면서. 『정본김소월전집』(오하근, 집문당, 1995)에서는 '눈을 떠서'
   라고 풀이함.
9) 창지窓紙 소리. 문풍지 우는 소리.
10) 갈대밭에서 가랑이 사이에 갈대를 휘어 깔아 끼고 이리저리 돌아다니며 노는
    것. 또는 잎과 꽃이 달린 갈대를 베어 가지고 가랑이 사이에 놓고 끌고 다니며
    노는 것.

달밤에 눈 맞으며 놓기 어려워
붙잡고 울던 일도 있었더니라

3년 후 다시 보자 서로 말하고
어두운 물결 위에 몸을 맡기며
부두의 너풀리는 붉은 깃발을
어이는 맘으로도 여겼더니라

손의 집 단간방에 밤이 깊었고
젊음의 불심지가 마저 그므는
사람의 있는 설움 말을 다하는
차마 할 상면까지 보았더니라

쓸쓸한 고개고개 아홉 고개를
비로소 넘어가서 땅에 묻히는
한줌의 흙집 위에 뿌리는 비를
모두다로 보기도 하였더니라

끝끝내 첫 상종을 믿었던 것이
모두다 지금 와서 내 가슴에는
무더기 또 무더기 그 한구석의
거칠은 두던만을 지을 뿐이라

지금도 고요한 밤 자리 속에서
진땀에 떠서 듣는 창지 소리는
갈대말 타고 놀던 예전 그날에
어두운 그림자가 내리더니라

自轉車[1]

밤에는밤마다
자리를펴고
누어서당신을 그리워라고

잘근잘근니불깃[2]
깨무러가며
누어서당신을 그리워라고

다말고[3]후닥닥
떨치고나쟈
금時로가보고[4] 말노릇이지

가보고말아도 조흐련만
여보우당신도 생각을하우
가자가자 못가는몸이라우

내일모래는
일耀일[5]

---

1) 『동아일보』, 1925년 4월 13일자.
2) 이불 깃. 덮을 때 사람의 얼굴 쪽에 오는 이불의 윗부분.
3) 그러다가 말고. 또는 모두 다 그만두고.
4) 지금 가서 보고.
5) '일曜일'의 오식.

일요일은 노는날

노는날다치면6)
두루두루루
自轉車타고서 가우리다

뒷山에솔숲페
우는새도
당신의집뒷山 새라지요

새소래법국
법국법국
여긔서법국 저긔서법국

나제는7)갓다가
밤에와울면
당신이날그리는소래라지요

來日모래는일요일
두루두루두루루
自轉車타고서가우리다

---

6) 노는 날 닥치면.
7) 낮에는.

자전거

밤에는 밤마다
자리를 펴고
누워서 당신을 그리워 라고

잘근잘근 이불깃
깨물어가며
누워서 당신을 그리워 라고

다 말고 후닥닥
떨치고 나자
금시로 가보고 말 노릇이지

가보고 말아도 좋으련만
여보우 당신도 생각을 하우
가자가자 못 가는 몸이라우

내일 모레는
일요일
일요일은 노는 날

노는 날 닥치면
두루두루루
자전거 타고서 가우리다

뒷산에 솔 숲에
우는 새도
당신의 집 뒷산 새라지요

새소리 법국
법국법국
여기서 법국 저기서 법국

낮에는 갔다가
밤에 와 울면
당신이 날 그리는 소리라지요

내일 모레는 일요일
두루두루두루루
자전거 타고서 가우리다

불탄자리[1]

시냇물소리들니며,
맑은바람 슷쳐라.
우거진 나무입새속에 츰줏한[2] 人家들.
드러봐 사람은 한둘식모혀서서 숙은여라.[3]

나려안즌석가래 여긔저긔널니고,
타다남은 네기둥은
주춤주춤 쩌질듯 그러나 나는 그中에
불길이 할터운[4] 花草밧물쓰럼이섯구나.[5]

짓싸불든말성과 외마디소래와
성마른[6]꾸지람 다시는위로와하소연도,
불쎨[7]과갓치 스러진자리
여봐라 이마음아 자려며[8]불안을 내바려라.

다시는 來日날

---

1) 『조선문단』 제12호, 1925년 10월, 121쪽.
2) 침짓하다. 침침하다. 『정본김소월전집』(오하근, 집문당, 1995)과 『김소월전집』(김용직, 서울대출판부, 1996)에서는 모두 '머츰하다', '잠깐 그쳐 뜸하다'로 풀이함.
3) 수군거리다.
4) 핥다.
5) 화초밭에 물끄러미 섰구나.
6) 성마르다. 참을성이 없고 성질이 조급하다.
7) 불길.
8) 자다.

맑게개인하늘이먼동터올째
쌔끗한心情과더튼한⁹⁾솜씨로
이자리에 일잡자¹⁰⁾ 내남은勞力을!

더욱 더욱 이것을 이러고보니,
싀원한내세상이 내가슴에오누나.
안이나¹¹⁾ 밤바람건드리며¹²⁾ 별눈이 쓸째에는
온이세상에도 내한몸쑌感激에넘처라

현대어 표기

불 탄 자리

시냇물 소리 들리며,
맑은 바람 스쳐라.
우거진 나무 잎새 속에 침짓한 인가들.
들어봐 사람은 한둘씩 모여서서 수군거려라.

나려 앉은 서까래 여기저기 널리고,
타다 남은 네 기둥은
주춤주춤 꺼질듯 그러나 나는 그중에
불길이 핥어운 화초밭 물끄러미 섰구나.

....
9) 더튼하다. 깐깐하고 알뜰하다.
10) 일잡다. 일을 잘하려고 단단히 각오하다.
11) 아니나.
12) 밤바람이 건들 불며.

짓까불던 말썽과 외마디 소리와
성마른 꾸지람 다시는 위로와 하소연도,
불길과 같이 스러진 자리
여봐라 이 마음아 자려며 불안을 내버려라.

다시는 내일날
맑게 개인 하늘이 먼동 터 올 때
깨끗한 심정과 더튼한 솜씨로
이 자리에 일 잡자 내 남은 노력을!

더욱더욱 이것을 이러고 보니,
시원한 내 세상이 내 가슴에 오누나.
아니나 밤바람 건드리며 별 눈이 뜰 때에는
온 이 세상에도 내 한 몸뿐 감격에 넘쳐라

五日밤散步[1]

초여드래 넘으며
밤마다도 달빛은 밝아오는데,
이제 스므날까가지는밤마다밤마다도
들에건일기조흐리라 바로지금이로쳐[2].

논드렁좁은길 엇득엇득하지만[3]
우거진아카시아숩아레 배여오는香氣는
건드리는[4]바람에 빗겨라 풀숩사이로,
밤일하는農夫의 담배불 쌈쌕일째.

희슴프스레보이는것 달빗에 번듯이며,
저허넘엇便[5] 치다라[6] 버든고개로
네활개치면서
졈은길손[7] 지내는구나.

도라가는좁은길은 꼿곳차업는데,
가다가는 멈추고웃득서서

---

1) 『조선문단』 제12호, 1925년 10월, 121~122쪽.
2) 지금 이대로.
3) 어뜩어뜩하다. 그림자가 어른거리다. 『정본김소월전집』(오하근, 집문당, 1995)에서
   는 '어둑어둑하다'로 풀이함.
4) 건들건들 부는.
5) 저 너머 편.
6) 치닫다.
7) 날이 저문 길손. 혹은 젊은 나그네.

넉업시 풀벌레소리를드러라,
프른하늘아레의밤은희고밝은데.

아주 밤은점점깁느냐,
人間보다도 달빗이 더 갓갑아오누나8)
외롭은몸에는 지어바린9)世上이어,
企待나잇드냐 希望이나 잇드냐 이제조차.

수여가자10) 더욱 이靑풀판이 좃쿠나,
프롯스럼한문의여11) 얼는12)달빗에
번득이는 이슬방울은 벌서도채엇구나,13)
그저그저 이대로건일다가 드러가나잠자자.

현대어 표기

5일 밤 산보

초여드레 넘으며
밤마다도 달빛은 밝아오는데,
이제 스무날까지는 밤마다 밤마다도

---

8) 가까워오다.
9) 저버리다.
10) 쉬어 가자.
11) 무늬여.
12) 어리다.
13) 돋치다. 맺히다. 이 구절은 '벌써 돋쳤구나' 또는 '벌써 맺혔구나'의 뜻임. 『정본 김소월전집』(오하근, 집문당, 1995)에서는 '벌써도 채었구나'로 띄어쓰기를 달리 하여 풀이함.

들에 거닐기 좋으리라 바로 지금이로쳐.

논두렁 좁은 길 어뜩어뜩하지만
우거진 아카시아 숲 아래 배어오는 향기는
건드리는 바람에 빗겨라 풀숲 사이로,
밤일하는 농부의 담뱃불 깜빡일 때.

희슴프스레 보이는 것 달빛에 번듯이며,
저어 넘어 편 치달아 벋은 고개로
네 활개 치면서
저문 길손 지내는구나.

돌아가는 좁은 길은 꽃조차 없는데,
가다가는 멈추고 우뚝 서서
넋 없이 풀벌레 소리를 들어라,
푸른 하늘 아래의 밤은 희고 밝은데.

아주 밤은 점점 깊느냐,
인간보다도 달빛이 더 가까워오누나
외로운 몸에는 지어버린 세상이어,
기대나 있더냐 희망이나 있더냐 이제조차.

쉬어가자 더욱 이 청풀판이 좋구나,
푸르스름한 무늬여 얼는 달빛에
번득이는 이슬방울은 벌써 돋치었구나,
그저그저 이대로 거닐다가 들어가나 잠자자.

비소리[1]

수수수수 수수……쑤우
수수수수……쑤우……
밤깁도록 無心히누어
비오는 소리 드러라.

앗갑지도 안은몸이라 世上事니럿고,
오직 쯧하나니 나에게 뉘우츰과발원이
아 이믜더럽핀心靈을
쌔끗하게하과져 나날이한가지식이라도.

쑥 쑥 쑥……쑥 쑥
비와한가지로 싀진한[2]맘이어 드러안즌몸에는
다만 비쯧는[3]이소래가 굵은눈물과 달지안어,[4]
쓴칠줄을몰나라 부드럽은중에도

하 몰아라 人情은 불붓는것젊음.[5]
하로밤매즌쑴이면 오직사람되는 제길을!

---

1) 『조선문단』제12호, 1925년 10월, 122쪽.
2) 시진하다. 힘이나 세력이 점점 약해지다. 기운이 빠져 힘이 없어지다.
3) 비 듣다. 비 떨어지다.
4) 다르지 않아.
5) 불붙는 것 젊음. 이 구절은 '젊음은 불붙는 것'으로 어순을 바꾸어 읽어보면 의미가 분명해진다. 『정본김소월전집』(오하근, 집문당, 1995)에서는 '젊음'을 '짧음'으로 풀이함.

수수수수 수수······쑤우
이윽고 비는다시내리기始作할째.

비 소리

수수수수 수수······쑤우
수수수수······쑤우······
밤 깊도록 무심히 누워
비 오는 소리 들어라.

아깝지도 않은 몸이라 세상사 잊었고,
오직 뜻하나니 나에게 뉘우침과 발원이
아 이미 더럽힌 심령을
깨끗하게 하과져 나날이 한 가지씩이라도.

뚝 뚝 뚝 ······ 뚝 뚝
비와 한가지로 시잔한 맘이어 들어앉은 몸에는
다만 비 듣는 이 소리가 굵은 눈물과 달지 않아,
끊일 줄을 몰라라 부드러운 중에도.

하 몰라라 인정은 불붙는 것 젊음.
하루 밤 맺은 꿈이면 오직 사람 되는 제 길을!
수수수수 수수······쑤우
이윽고 비는 다시 내리기 시작할 때.

돈과밥과맘과들[1]

一

얼골이면거울에빗추어도보지만하로에도몃번식빗추어도보지만
엇제랴그대여 우리들의쯧갈[2]은百을산들한번을빗츨곳이잇스랴

二

밥먹다죽엇스면그만일것을가지고
잠자다죽엇스면 그만일것을가지고서로가락그럿치[3]어쩌면우리
는쯕하면[4]제몸만을내세우려하드냐호믜잡고들에나려서곡식이나
길으자

三

순즉한[5]사람은죽어하늘나라에가고

---

1) 『동아일보』, 1926년 1월 1일자.
2) 뜻갈. 『정본김소월전집』(오하근, 집문당, 1995)에서는 '뜻의 형세나 성질'로, 『김소월
   전집』(김용직, 서울대출판부, 1996)에서는 '성깔과 비슷한 말'로 풀이함.
3) 서로 가려고(하려고) 그렇지.
4) 쩍하면, 걸핏하면, 툭하면.
5) 순직하다. 마음이 순진하고 곧다.

모질든사람은죽어지옥간다고하여라
　우리나사람들아그쑌아라둘진댄아무런괴롭음도다시업시살것을
머리숙우리고안잣든그대는
　다시「돈!」하며건넌山을건느다보게되누나

四

　등잔불그무러지고6)닭소래는자즌데7)
　엿태자지안코잇드냐다심도하지8)그대요밤새면내일날이쏘잇지
안우

五

　사람아나다려말성을마소
　거슬너예는물을거슬인다고
　말하는사람부터어리석겟소

　가노라가노라나는가노라
　내성품싯는대로9)나는가노라

---

6) 그물어지다. 꺼지다.
7) 잦다. 거듭 되풀이되어 횟수가 많다.
8) 다심도 하다. 마음이 안 놓여 지나치게 생각하거나 걱정함이 많다.
9) 끌다. 끄는 대로.

526_김소월시전집

열두길물이라도나는가노라
달내여아니듯는10)어린즉맘이11)
닐너서아니듯는오늘날맘의
장본이되는줄을몰낫드늬

六

아니면아니라고
말을하오
소라도움마하고울지안소

기면기라고락도
말을하오
저울축은한곳에노힌다오

기라고한대서깁버쒸고
아니라고한대서눈물흘니고
단념하고도라설내가아니오

七

금전반짝
은전반짝
금전과은전이반짝 반짝

여보오
서방님
그런말마오
넘어가요
넘어를가요
두손길마주잡고넘어나가세
여보오
서방님
저긔를보오

엇저녁넘든山마루에
쏫치 쏫치
픠엿구러

三年을사라도
몇三年을
닛지를말라는쏫치라오

그러나세상은
내집길도

한길이안이고열갈내라
여보오서방님이세상에
낫다가금전은내못써도
당신위해千兩을쓰오리다

현대어 표기

돈과 밥과 맘과 들

1

얼굴이면 거울에 비추어도 보지만 하루에도 몇 번씩 비추어도 보지만
어쩌랴 그대여 우리들의 뜻갈은 백을 산들 한 번을 비출 곳이 있으랴

2

밥 먹다 죽었으면 그만일 것을 가지고
잠자다 죽었으면 그만일 것을 가지고 서로 가락 그렇지 어쩌면 우리는 찍
하면 제 몸만을 내세우려 하드냐 호미 잡고 들에 나려서 곡식이나 기르자

3

순직한 사람은 죽어 하늘나라에 가고
모질던 사람은 죽어 지옥 간다고 하여라
우리나라 사람들아 그뿐 알아둘진댄 아무런 괴로움도 다시없이 살 것을
머리 수그리고 앉았던 그대는

제3부『진달래꽃』·『소월시초』미수록 작품_529

다시 「돈!」 하며 건넌산을 건너다보게 되누나

4

등잔불 그무러지고 닭소리는 잦은데
여태 자지 않고 있더냐 다심도 하지 그대요 밤새면 내일 날이 또 있지
않우

5

사람아 나더러 말썽을 마소
거슬러 예는 물을 거슬린다고
말하는 사람부터 어리석겠소

가노라 가노라 나는 가노라
내 성품 끗는 대로 나는 가노라
열두 길 물이라도 나는 가노라

달래여 아니 듣는 어린 적 맘이
일러서 아니 듣는 오늘날 맘의
장본이 되는 줄을 몰랐더니

6

아니면 아니라고
말을 하오
소라도 움마 하고 울지 않소

기면 기라고락도
말을 하오

저울축은 한 곳에 놓인다오

기라고 한대서 기뻐 뛰고
아니라고 한대서 눈물 흘리고
단념하고 돌아설 내가 아니오

7

금전 반짝
은전 반짝
금전과 은전이 반짝 반짝

여보오
서방님
그런 말 마오

넘어가요
넘어를 가요
두 손길 마주잡고 넘어나 가세
여보오
서방님
저기를 보오

엊저녁 넘던 산마루에
꽃이 꽃이
피었구려

3년을 살아도
몇 3년을
잊지를 말라는 꽃이라오

그러나 세상은
내 집 길도
한 길이 아니고 열 갈래라

여보오 서방님 이 세상에
낫다가 금전은 내 못 써도
당신 위해 천냥을 쓰오리다

잠[1]

생각하는머리에
누어보는글줄에
갓겁게도너는늘
숨어드네쩌도네.

일곱별의밤하눌
번쩍이는깁그믈[2]
내나래를읽으며
달이든다가람물.

노래한다갈닙새
솟치핀다물모래
다복할사내벼개
네게맛길그한쩨.

하지마는새로히
내눈섭에눈물이
젓는줄을알고는
그만너는가겟지.

---

1) 『조선문단』 제17호, 1926년 6월, 27쪽.
2) 비단 그물. 별이 반짝이는 하늘을 비유적으로 말함.

두루나는찻는다
가신네가행여나
다시올까올까고
하지마는얼업다.³⁾

봄철이면동틀녁
겨울이면초저녁
그립은이너하나
외롭아서슬플적.

현대어 표기

잠

생각하는 머리에
누워 보는 글줄에
가깝게도 너는 늘
숨어드네 떠도네.

일곱 별의 밤하늘
번쩍이는 깁 그물
내 나래를 얽으며
달이 든다 가람 물.

---

3) 어렵다.

노래한다 갈잎새
꽃이 핀다 물모래
다복할사 내 벼개
네게 맡길 그 한때.

하지마는 새로이
내 눈썹에 눈물이
젖는 줄을 알고는
그만 너는 가겠지.

두루 나는 찾는다
가신 네가 행여나
다시 올까 올까고
하지마는 얼없다.

봄철이면 동틀녘
겨울이면 초저녁
그리운 이 너 하나
외로워서 슬플 적.

첫눈[1]

쌍우헤서녹으며
성근[2]가지적시며
잔씨쑤리축이며
골에바람지나며
숩페물은흐르며
눈도죠히오고녀.

초여를은넘으며
대보름은마즈며
목화송이퓌우며
들에안개잠그며
쐥도짝을부르며
눈도죠히오고녀.

현대어 표기

첫눈

땅 위에서 녹으며
성긴 가지 적시며

....
1)『조선문단』제17호, 1926년 6월, 27~28쪽.
2) 성기다. 사이가 배지 않고 뜨다. 성글다.

잔디 뿌리 축이며
골에 바람 지나며
숲에 물은 흐르며
눈도 조히 오고녀.

초열흘은 넘으며
대보름은 맞으며
목화송이 피우며
들에 안개 잠그며
꿩도 짝을 부르며
눈도 조히 오고녀.

봄못[1]

갓든봄은왓다나
닙만수북써잇다
헐고외인[2]못물싸
내가섯서볼째다.

물에드는그림자
어울니며흔든다
세도못할물소용[3]
물면面으로솟군다.

채솟구도못하야
솟구다는삼킨다
하건대는우리도
이러하다할소냐.

바람압페품겨나[4]
제자리를못잡아
몸을한곳못두어

----

1) 『조선문단』 제17호, 1926년 6월, 28쪽.
2) 외진. 한적하게 떨어진.
3) 물 소용돌이.
4) 뿜겨나다.

애가탈손못물아.

한째한째지나다
가고말것쑨이라
다시헛된세상에
안뎡5)박게잇겟나.

현대어 표기

봄 못

갔던 봄은 왔다나
잎만 수북 떠 있다
헐고 외인 못물가
내가 서서 볼 때다.

물에 드는 그림자
어울리며 흔든다
세도 못 할 물 소용
물 면으로 솟군다.

채 솟구도 못하여
솟구다는 삼킨다
하건대는 우리도
이러하다 할소냐.

---

5) 안정安定.

바람 앞에 품겨나
제자리를 못 잡아
몸을 한 곳 못 두어
애가 탈손 못물아.

한 때 한 때 지나다
가고 말 것뿐이라
다시 헛된 세상에
안정밖에 있겠나.

둥근해[1]

소사온다둥근해
해족인다[2]둥근해
씃임업시그자톄自體
타고잇는둥근해.

그가소사올째면
내가슴이쒸논다
너의우슴소래에
내가슴이쒸논다.

물이되랴둥근해
둥근해는네우슴
불이되랴둥근해
둥근해는네마음.

그는숨어잇것다
신비神秘롭은밤빗체
너의웃는우슴은
사랑이란그안에.

---

1) 『조선문단』 제17호, 1926년 6월, 29~30쪽.
2) 해죽이다. 만족한 태도로 귀엽게 살짝 웃다.

그는매일것는다
싯티업는하눌을
너의맘은헴친다3)
생명生命이란바다을.

밝은그볏아래선
푸른풀이자란다
너의우슴압페선
내머리頭髮가자란다.

불이붓는둥근해
내사랑의우슴은

동편하눌열닌문門
내사랑의얼골은.

『동아일보』, 1921년 6월 8일자

둥군해

내사랑 둥군해가소사오른다
내사랑둥군해가해적어린다

3) 헤엄치다.

둥근해쩌 오를째면내가슴이쒸논다
내가슴이쒸논다그네의우슴이소리날째면

둥근해! 물과도갓고불과도가튼
그네의우슴도쏘한이가터라

둥군해는밤빗에숨겨잇다
그네의우슴은사랑의안에숨겨잇다

둥군해아리서는동산의푸른닙들이자라난다
그네의우슴압페는검은내머리채이자라난다

내사랑 그네의우숨은둥군해요
내사랑 그네의얼골은동편하눌

현대어 표기

둥근 해

솟아온다 둥근 해
해족인다 둥근 해
끊임없이 그 자체
타고 있는 둥근 해.

그가 솟아올 때면
내 가슴이 뛰논다
너의 웃음소리에
내 가슴이 뛰논다.

물이 되랴 둥근 해

둥근 해는 네 웃음
불이 되랴 둥근 해
둥근 해는 네 마음.

그는 숨어 있것다
신비로운 밤빛에
너의 웃는 웃음은
사랑이란 그 안에.

그는 매일 걷는다
끝이 없는 하늘을
너의 맘은 헴친다
생명이란 바다를.

밝은 그 볕 아래 선
푸른 풀이 자란다
너의 웃음 앞에선
내 머리가 자란다.

불이 붙는 둥근 해
내 사랑의 웃음은

동편 하늘 열린 문
내 사랑의 얼굴은.

바다까의밤[1]

한줌만[2]가느다란죠흔허리는
품안에차츰차츰조라들[3]째는
지새는겨울새벽춤게든잠이
어렴풋째일째다둘兩人도다갓치[4]
사랑의말로못할깁픈불안에
쏘한싯[5]호쥬군한[6]엿튼몽상夢想에.
바람은쌔우친다[7]째에바다까
무섭은물소래는잣널어온다.[8]
켱킨[9]여들팔다리거드채우며
산쯕키[10]서려오는머리칼이어.

사랑은달큼하지쓰고도맵지
해까[11]은쓸쓸하고밤은어둡지.
한밤의맛난우리다맛쳔가지[12]

....

1) 『조선문단』 제17호, 1926년 6월, 29~30쪽.
2) 한 줌쯤.
3) 졸아들다. 부피가 작게 되다.
4) 두 사람도 다 같이.
5) 또 한편.
6) 호주군하다. 호줄근하다. 몸이 지치고 고단하여 축 늘어지듯 힘이 없다.
7) 둘러치다.
8) 자주 일어 온다.
9) 켕기다. 탈이 날까 마음에 걸리고 불안하다.
10) 산뜻하다. 보기에 시원스럽고 말쑥하다.
11) 햇가, 바닷가.
12) 마찬가지.

너는꿈의어머니나는아버지.
일시일시맛낫다난호여가는13)
곳업는몸되기도서로갓거든.
아아아허수럽다14)바로사랑도
더욱여허스럽다15)살음은말로.16)
아이봐그만닐쟈창이희엇다
슬픈날은도적가치달녀드럿다.

현대어 표기

바닷가의 밤

한 줌만 가느다란 좋은 허리는
품 안에 차츰차츰 졸아들 때는
지새는 겨울 새벽 춥게 든 잠이
어렴풋 깨일 때다 둘도 다 같이
사랑의 말로 못할 깊은 불안에
또 한끝 호주근한 옅은 몽상에.
바람은 쌔우친다 때에 바닷가
무서운 물소리는 잦일어온다.
켱긴 여덟 팔 다리 걷어 채우며
산뜩히 서려오는 머리칼이어.

---

13) 나뉘어가는.
14) 허수롭다. 허술하다. 짜임새나 단정함이 없이 느슨한 데가 있다.
15) 허스럽다. 헛되다.
16) 삶이야말로.

사랑은 달큼하지 쓰고도 맵지
햇가는 쓸쓸하고 밤은 어둡지.
한밤의 만난 우리 다 마찬가지
너는 꿈의 어머니 나는 아버지.
일시 일시 만났다 나뉘어가는
곳 없는 몸 되기도 서로 같거든.
아아아 허수룹다 바로 사랑도
더욱여 허스럽다 살음은 말로.
아 이봐 그만 일자 창이 희었다
슬픈 날은 도적 같이 달려들었다.

져녁[1]

실빗기듯건너맨쌍씃아래로
바죽히[2]써오르는쥬홍의저녁
큰두던적은두던어울만이오
물셜은횔씀하다곳은개구력[3]

버스럭소래나는나무아래로
나가면길을조차몸은어듸로
아아이는맘대로흘러써도라
집길도아닌길에오늘도하로.

밤은번쩍어리는검은못물에
잠기는초생달이할씀하거든[4]
아니아즉져녁엔빗치잇고나
아아다시그무엇오는밤에는.

---

1) 『조선문단』 제17호, 1926년 6월, 30쪽.
2) 바죽이. 삐죽이.
3) 개울녁.
4) 힐끔하다.

저녁

실 비끼듯 건너 맨 땅끝 아래로
바죽히 떠오르는 주홍의 저녁
큰 두던 적은 두던 어울만이오
물결은 힐끔하다 곳은 개구럭

버스럭 소리 나는 나무 아래로
나가면 길을 좇아 몸은 어디로
아아 이는 맘대로 흘러 떠돌아
집 길도 아닌 길에 오늘도 하로.

밤은 번쩍거리는 검은 못물에
잠기는 초생달이 할끔하거든
아니 아직 저녁엔 빛이 있고나
아아 다시 그 무엇 오는 밤에는.

흘러가는물이라맘이물이면[1]

넷날에곱든그대나를향하야
구엽은[2]그잘못을니르려느냐.
모도다지어무든[3]나의지금은
그대를不信만전다니젓노라.[4]
흘러가는물이라맘이물이면
당연히임의[5]닛고바렷슬러라.
그러나그당시에나는얼마나
안잣다니러섯다설워우럿노.
그年甲[6]의젊은이길에어여도[7]
쓴눈으로새벽을잠에달녀도,[8]
남들이죠혼운수각금볼째도,
얼업시[9]오다가다멈춧섯서도.
자네의차부업는[10]복도빌으며

....

1) 『조선문단』 제17호, 1926년 6월, 30쪽.
2) 귀엽다.
3) 지워 묻은.
4) 그대를 불신망정 다 잊었노라.
5) 이미. 벌써.
6) 나이.
7) 여의다. 멀리 떠나보내다. 죽어서 이별하다. 『정본김소월전집』(오하근, 집문당,
   1995)과 『김소월전집』(김용직, 서울대출판부, 1996)에서는 모두 '에돌다', '피하다'
   로 풀이함.
8) 시달리다.
9) 얼없다.
10) 차부 없다. 갖추어 차리지 못하다. '차부'는 '채비'의 방언. 『정본김소월전집』(오
    하근, 집문당, 1995)과 『김소월전집』(김용직, 서울대출판부, 1996)에서는 모두 '주
    책없다'로 풀이함.

덧업는살음이라쓴세상이라
슬퍼도하엿지만맘이물이라
저절로차츰닛고마라섯노라.

현대어 표기

흘러가는 물이라 맘이 물이면

옛날에 곱던 그대 나를 향하여
귀여운 그 잘못을 이르려느냐.
모두 다 지워 묻은 나의 지금은
그대를 불신망정 다 잊었노라.
흘러가는 물이라 맘이 물이면
당연히 이미 잊고 버렸을러라.
그러나 그 당시에 나는 얼마나
앉았다 일어섰다 설워 울었노.
그 연갑의 젊은이 길에 어여도
뜬눈으로 새벽을 잠에 달려도,
남들이 좋은 운수 가끔 볼 때도,
얼없이 오다가다 멈칫 섰어도.
자네의 차부 없는 복도 빌으며
덧없는 살음이라 쓴 세상이라
슬퍼도 하였지만 맘이 물이라
저절로 차츰 잊고 말았었노라.

七夕[1]

저기서 반짝, 별이 총총,
여기서는 반짝, 이슬이 총총,
오며 가면서는 반짝, 반딧불 총총,
강변에는 물이 흘러 그 소리가 돌돌이라.

까막까치 깃 다듬어
바람이 좋으니 솔솔이요,
구름 물속에는 달 떨어져서
그 달이 복판 깨여지니 칠월 칠석 날에도 저녁은 반달이라.

까마귀 까왁, 「나는가오」 까치 쨋쨋 「나도가오」
「하느님 나라의 은하수에 다리 놓으러 우리 가오. 아니라 작년
에도 울었다오, 신틀 오빠가 울었다오. 금년에도 아니나 울니라
오, 베틀 누나가 울니라오」

「신틀 오빠, 우리 왔소
베틀 누나, 우리 왔소」
「까마귀떼 첫문안하니 그 문안은 반김이요,
까치떼가 문안하니 그 다음 문안이 잘 있소」라.

---

1) 『가면』 제6호, 1926년 7월.

「신틀 오빠, 우지 마오」
「베틀 누나, 우지 마오」
「신틀 오빠님 날이 왔소」
「베틀 누나님 날이 왔소」
은하수에 밤중만 다리 되여
베틀 누나 신틀 오빠 만나니 오늘이 칠석이라.

하늘에는 별이 총총, 하늘에는 별이 총총.
강변에서도 물이 흘러 소리조차 돌돌이라.
은하가 년년2) 잔별밭에
밟고가는 자곡자곡 밟히는 별에 꽃이 피니
오늘이 사랑의 칠석이라.

집집마다 불을 다니 그 이름이 촛불이요,
해마다 봄철 돌아드니 그 무듬3)마다 멧부리요.
달 돋고 별 돋고 해가 돋아
하늘과 땅이 불붙으니 붙는 불이 사랑이라.

가며 오나니 반딧불 깜빡, 땅 우에도 이슬이 깜빡,
하늘에는 별이 깜빡, 하늘에는 별이 깜빡,
은하가 년년 잔별밭에
돌아 서는 자곡자곡 밝히는 별이 숙기지니4)

2) 연연娟娟. 빛이 엷고 곱다.
3) 묻음.
4) 숙지다. 어떤 현상이나 기세 따위가 차차 줄어지다.

오늘이 사랑의 칠석이라.

현대어 표기

칠석

저기서 반짝, 별이 총총,
여기서는 반짝, 이슬이 총총,
오며 가면서는 반짝, 반딧불 총총,
강변에는 물이 흘러 그 소리가 돌돌이라.

까막까치 깃 다듬어
바람이 좋으니 솔솔이요,
구름 물속에는 달 떨어져서
그 달이 복판 깨여지니 칠월 칠석 날에도 저녁은 반달이라.

까마귀 까왁, 「나는 가오.」 까치 짹짹 「나도 가오.」
「하느님 나라의 은하수에 다리 놓으러 우리 가오. 아니라 작년에도 울었
다오, 신틀 오빠가 울었다오. 금년에도 아니나 울리라오, 베틀 누나가 울리
라오.」

「신틀 오빠, 우리 왔소.
베틀 누나, 우리 왔소.」
「까마귀 떼 첫 문안하니 그 문안은 반김이요,
까치 떼가 문안하니 그 다음 문안이 잘 있소」라.

「신틀 오빠, 우지 마오」
「베틀 누나, 우지 마오.」

「신틀 오빠님 날이 왔소.」
「베틀 누나님 날이 왔소.」
은하수에 밤중만 다리 되어
베틀 누나 신틀 오빠 만나니 오늘이 칠석이라.

하늘에는 별이 총총, 하늘에는 별이 총총.
강변에서도 물이 흘러 소리조차 돌돌이라.
은하가 연연 잔별 밭에
밟고 가는 자곡자곡 밟히는 별에 꽃이 피니
오늘이 사랑의 칠석이라.

집집마다 불을 다니 그 이름이 촛불이요,
해마다 봄철 돌아드니 그 무덤마다 멧부리요.
달 돋고 별 돋고 해가 돋아
하늘과 땅이 불붙으니 붙는 불이 사랑이라.

가며 오나니 반딧불 깜빡, 땅 우에도 이슬이 깜빡,
하늘에는 별이 깜빡, 하늘에는 별이 깜빡,
은하가 연연 잔별 밭에
돌아서는 자곡자곡 밝히는 별이 숙기지니
오늘이 사랑의 칠석이라.

대수풀 노래[竹枝詞][1]

이는 劉禹錫의 竹枝詞[2]를 本받음이니 모다 열 한 篇이라. 그 말에 가다가다 野한 點이 있을는지는 몰나도 이 또한 제게 메운 格이라 하리니 꾀長鼓에 마추며 춤에도 마추어 노래로 노래할 수 있을이로다.

I

王儉城[3] 꿈에 잔디돗고
牧丹峰[4] 아레 물맑았소
西道사람[5]의 제노래에
北關각씨네[6] 우지마소

II

곱지서발을[7] 해올나와

---

1) 『가면』(제6호, 1926년 7월), 『여성』(제41호, 1939년 8월, 16~17쪽)에 실림.
2) 당나라 시인 유우석이 창시한 한시의 한 형식으로 '죽기竹枝'라고도 한다. 대개는 칠언절구七言絶句의 연작으로 이루어지며, 지방의 풍물이나 인정 세태를 노래한 것이 많다.
3) 왕검성王儉城. 옛 평양을 일컫는 말.
4) 모란봉牧丹峰. 평양 대동강변의 산봉우리.
5) 평안도 지역 사람.
6) 함경도 지역 아가씨.
7) 곱지 서 발. '곱지'는 '고삐'의 방언. '서 발'은 '세 발의 길이'를 말함.

봄철안개는 슬러저가
江우에 둥실뜬 저배는
西都손님을 뫼신배라.

III

저분네 잠간 내말듯소
이글자 한장 전해주소
나사는집은 平壤城中
배다릿골로 차자보소.

IV

장산고지8)는 열두고지
못다닌다는 말도있지
아하 山설고 물설은데
나 누구차자 여기왔늬.

V

산에는 총총 복숭아꽃
산에는 총총 외야지꽃9)
구름장아레 煙氣뜬다

---

8) 장산꽃.
9) 오얏꽃.

煙氣뜬데가 나사는곳.

VI

가락지 쟁강하거든요
銀봉채[10] 쟁강하거든요
大同江十里 나룻길에
물길려온줄자네아소

VII

半달여울의 여튼물에
어갓차소리 連자즐때[11]
금실비단의 돗단배는
白日靑天에 어리윗네.

VIII

江물은 맑고 평탄한데
江으로 오는 님의 노래
東에 해나고 西에는비
비오다 말고 해가나네.

---

10) 은봉채. 은으로 된 비녀.
11) 잇달아 자주 할 때.

IX

十里長林은 곧곧이 풀
近處멧집은 집집이술
오다가다도 들녀주소
안자보아도 좋은그늘.

X

箕子陵솔의 上上가지
법꾹이안자 우는소리
永明寺절에 묵든손도[12]
밤에 깨여 나무아미.

XI

普通門樓 送客亭의
버들가지는 또자랐되.
아하 山설고 물설은데
나누구 차차 여긔왔늬.

---

12) 묵어 있던 손님도

대수풀 노래

I

왕검성 꿈에 잔디 돋고
모란봉 아래 물 맑았소.
서도 사람의 제 노래에
북관 각씨네 우지 마소.

II

곱지 서 발을 해 올라와
봄철 안개는 스러저가
강 우에 둥실 뜬 저 배는
서도 손님을 뫼신 배라.

III

저분네 잠깐 내 말 듣소
이 글자 한 장 전해 주소
나 사는 집은 평양성중
배다릿골로 찾아보소.

IV

장산고지는 열두 고지
못 다닌다는 말도 있지
아하 산 설고 물 설은데
나 누구 차자 여기 왔늬.

V

산에는 총총 복숭아꽃
산에는 총총 외야지꽃
구름장 아래 연기 뜬다
연기 뜬 데가 나 사는 곳.

VI

가락지 쟁강하거든요
은봉채 쟁강하거든요
대동강 십리 나룻길에
물 길러온 줄 자네 아소.

VII

반달 여울의 옅은 물에
어갓차 소리 연잦을 때
금실 비단의 돛단배는
백일청천에 어리었네.

VII

강물은 맑고 평탄한데
강으로 오는 임의 노래
동에 해 나고 서에는 비
비 오다 말고 해가 나네.

IX

십리장림은 곳곳이 풀
근처 몇 집은 집집이 술

오다가다도 들러주소
앉아보아도 좋은 그늘.

X

기자릉 솔의 상상 가지
뻐꾹이 앉아 우는 소리
영명사 절에 묵던 손도
밤에 깨어 나무아미.

XI

보통문루 송객정의
버들가지는 또 자랐디.
아하 산 설고 물 설은데
나 누구 찾아 여기 왔늬.

生의감격[1]

깨여 누운 아침의
소리없는 잠자리
무슨 일로 눈물이
새암 솟듯 하오리

못 잊어서 함이랴
그 대답은「아니다」
아수여움[2] 있느냐
그 대답도「아니다」.

그리하면 이 눈물
아무 탓도 없느냐
그러하다 잠자코
그마만큼 알리라.

실틈 만한 틈마다
새여 드는 첫별아
내 어린적 심정을
네가 지고 왔느냐.

1) 『가면』, 제6호, 1926년 7월.
2) 아쉬움.

하염없는 이 눈물
까닭 모를 이 눈물
깨여 누운 자리를
사무치는 이 눈물.

당정할손 삶음은[3)
어여쁠손 밝음은
항상 함께 있고저
내가 사는 반백 년

현대어 표기

생의 감격

깨어 누운 아침의
소리 없는 잠자리
무슨 일로 눈물이
새암 솟듯 하오리

못 잊어서 함이랴
그 대답은 「아니다」
아쉬움 있느냐
그 대답도 「아니다」.

---

3) 다정할손 삶은.

그리하면 이 눈물
아무 탓도 없느냐
그러하다 잠자코
그마만큼 알리라.

실틈만 한 틈마다
새어드는 첫 별아
내 어린 적 심정을
네 가지고 왔느냐.

하염없는 이 눈물
까닭 모를 이 눈물
깨어 누운 자리를
사무치는 이 눈물.

다정할손 삶음은
어여쁠손 밝음은
항상 함께 있고저
내가 사는 반백 년

길차부[1][2]

가랴말랴하는길이엿길내, 차부[3]조차 더듸인[4]것이 안이애요.
오 나의愛人이어.
안탁갑아라[5]. 일과일은쏘리를맛물고, 생기는것갓슴니다그려.
그러치안코야 이길이왜이다지더듸일싸요.
어렷두렷하엿달지[6], 저리도해는 산머리에서 바재이고[7] 잇슴니
다.
그런데왜, 아직아직 내조고마한 가슴속에는 당신한테닐너둘말
이 남아잇나요,
오 나의 愛人이여.
나를어서노하보내주세요. 당신의가슴속이 나를 꽉 붓잡슴니다.
길심메고[8] 감발하는[9]동안, 날은어둡슴니다. 야속도 해라, 아주
아주내조고만몸은 당신의소용대로 내여맛겨도, 당신의맘에는 집
부겟지오. 아직 아직 당신한테 닐너둘말이 내조고만가슴에 남아
잇는줄을 당신이야왜모를나구요. 당신의가슴속이 나를꽉붓잡슴
니다.
그러나 오 나의 愛人이어.

---

1) 『문예공론』제1호, 1929년 5월, 90쪽. 산문시.
2) 길을 떠날 채비.
3) 차비. 준비.
4) 더듸다. 움직이는 시간이 오래다. 느리다.
5) 안타까워라.
6) 어렷두렷하엿다 할지. '어렷두렷하다'는 '어리둥절하다'와 같은 말.
7) 바재이다. 마음이 진정되지 아니하여 이 생각 저 생각 하다.
8) 길심 매다. 길을 떠나기 위해 옷을 여미어 허리춤을 매다.
9) 발감개를 하다.

길차부

가랴말랴 하는 길이었길래, 차부조차 더디인 것이 아니어요.
오 나의 애인이여.
안타까워라. 일과 일은 꼬리를 맞물고, 생기는 것 같습니다그려. 그렇지
않고야 이 길이 왜 이다지 더디일까요.
어렷두렷하였달지, 저리도 해는 산머리에서 바재이고 있습니다. 그런데
왜, 아직아직 내 조고마한 가슴속에는 당신한테 일러둘 말이 남아 있나요,
오 나의 애인이여.
나를 어서 놓아 보내주세요. 당신의 가슴속이 나를 꽉 붙잡습니다.
길심 매고 감발하는 동안, 날은 어둡습니다. 야속도 해라, 아주아주 내
조고만 몸은 당신의 소용대로 내어맡겨도, 당신의 맘에는 기쁘겠지요. 아
직아직 당신한테 일러둘 말이 제 조고만 가슴에 남아 있는 줄을 당신이야
왜 모를라구요. 당신의 가슴속이 나를 꽉 붙잡습니다.
그러나 오 나의 애인이여.

斷章 1[1]

하늘도밝다! 참 밝기는하고나
그러나, 내, 하늘치어다안보갓네,
그하늘 못낫네,
나보다도 못낫네,
잘난하늘잇는가? 잘난사람잇는가?

                    x

그사람마음, 나도모르노라,
다른이의마음은 다아라도
저도그리리라, 이마음을 제엇지알랴.

                    x

속앗다, 속앗다, 나속앗다.
그사람 날바리고갓네.
이러케 속을줄이야 내몰낫다.
그사람, 왜, 날바리고갓나?
나, 못낫네, 나 모르겟네, 참모르겟네,

....
1) 『문예공론』 제2호, 1929년 6월, 68쪽.

                    x

그사람, 내말듯고 세 번왓네, 꼭세번왓네.
세번식은왓섯드라도 말하마듸는 못하여봣네,
남알니지못할말이라니, 맘으로고히싸서 가슴속에두고알
자.
엘화²⁾! 이곳, 山에는수풀잇고, 江장변³⁾에갈밧잇네.
이달스무날 달쓰거든, 어스름달되여주소,
수풀도조코, 갈밧도좃네, 하지만은
그사람, 내말을쏘한번더, 드러줄는가? 아니들어,

                    x

「왓소, 왓소, 편지왓소
간밤에쑴조트니, 님에게서 편지왓소」
그렇소, 바로말로 아는이잇서 편지라도오고가면
沙漠가튼이세상 괴로움도간혹닛고 살음즉한때도잇슬게오.

현대어 표기

단장 1

하늘도 밝다! 참 밝기는 하고나

....

2) 민요 가락 등에서 흔히 쓰는 감탄사. 어화.
3) 강 장변, 긴 강가.

그러나, 내, 하늘 치어다 안 보겠네,
그 하늘 못났네,
나보다도 못났네,
잘난 하늘 있는가? 잘난 사람 있는가?

                    x

그 사람 마음, 나도 모르노라,
다른 이의 마음은 다 알아도.
저도 그러리라, 이 마음을 제 어찌 알랴.

                    x

속았다, 속았다, 나 속았다.
그 사람 날 버리고 갔네.
이렇게 속을 줄이야 내 몰랐다.
그 사람, 왜, 날 버리고 갔나?
나, 못났네, 나 모르겠네, 참 모르겠네,

                    x

그 사람, 내 말 듣고 세 번 왔네, 꼭 세 번 왔네.
세 번씩은 왔었더라도 말 한마디는 못 하여봤네,
남 알리지 못할 말이라니, 맘으로 고이 싸서 가슴속에 두고 알자.
엘화! 이곳, 산에는 수풀 있고, 강 장변에 갈밭 있네.
이달 스무날 달 뜨거든, 어스름 달 되어주소,
수풀도 좋고, 갈밭도 좋네, 하지만은
그 사람, 내 말을 또 한 번 더, 들어줄런가? 아니 들어,

                    x

「왔소, 왔소, 편지 왔소.

간밤에 꿈 좋더니, 임에게서 편지 왔소.」
그렇소, 바로말로 아는 이 있어 편지라도 오고가면
사막 같은 이 세상 괴로움도 간혹 잊고 살음 직한 때도 있을게요.

斷章 2[1]

자면서 지난밤 이상한꿈쒸엿구려.
바람벽바른新聞의 記事題目
「緣ノ切目ハ命ノ切目」[2]라고 보고
잣드니(만나보면! 十年前그사람은
絞首臺우의쥑임음바든이들, 사랑 목숨은하나라고)
흰눈에喪服닙은 찬밤도잠자는
새벽을하나[3]), 이상한꿈쒸엿구려. 이상한꿈쒸엿구려

O

아니나 그사람 날쥑일썰 서로사랑튼사람
바람부네, 어이아 봄바람부네.
씀쯱이나 부네.
나 그사람이, 서로사랑튼사람 왜 나쥑이지안나
나 바람소리조차[4] 가고십도다. 봄바람조차 가고십도다.

O

쫙밋고

---

1) 『문예공론』 제3호, 1929년 7월, 81~82쪽.
2) '인연이 끝나면 목숨도 끝난다'라는 뜻의 일본어.
3) 새벽을. 그러나.
4) 바람소리 따라.

사라보지못할까, 못할는가,
내 자네을밋고 자네 날밋고
한세상 서로미더가면서 사랏스면조켓네,
참! 나는 자네가미더우면5)조켓네, 참
미들수업겟나, 밋고살수업겟나, 이제로
내 자네하라는대로하갓네 자네말대로하갓네.
나 내한몸, 말하자면 이몸둥이 죽어업서전 그줄로알세6)

O

오늘저녁 몇츨인가
윤이월보름 하늘이나 치어다볼ㅅ가
하늘에는별잇네, 쌍에는길잇네.
달도밝거니와 별밝고 길밝다,
아하! 내속상하네 나어듸로갈까?

그 색시 나더러 오늘 저녁 부디 오라 하네.
달 떠서 가까운앞이 어득이고7) 먼 앞 환하니 밝아 오거든
이슬에 푹 젖은 떡갈나무,
그 나무 우거진 잎새의 그늘진 아래로
불원천리하옵시고 날 오라 하였네,
가고 싶도다, 가고 싶도다, 참

---

5) 미덥다.
6) 죽어 없어진 그런 줄로 알세.
7) 어득이다. 어둑어둑하다.

어서 가고 싶어서 못견디겠도다.

단장 2

자면서 지난 밤 이상한 꿈 꾸었구려.
바람벽 바른 신문의 기사제목
「緣ノ 切目ハ命ノ切目」라고 보고
잤더니(만나보면! 십년전 그 사람은
교수대 우의 죽임을 받은 이들, 사랑 목숨은 하나라고)
흰눈에 상복 입은 찬 밤도 잠자는
새벽을 하나, 이상한 꿈꾸었구려. 이상한 꿈꾸었구려

O

아니나 그 사람 날 죽일걸 서로 사랑튼 사람
바람 부네, 어이아 봄바람 부네.
끔찍이나 부네.
나 그 사람이, 서로 사랑튼 사람 왜 나 죽이지 않나
나 바람 소리 좇아가고 싶도다. 봄바람 좇아가고 싶도다.

O

꽉 믿고
살아보지 못할까, 못할런가,
내 자네를 믿고 자네 날 믿고
한세상 서로 믿어가면서 살았으면 좋겠네,

참! 나는 자네가 미더우면 좋겠네, 참
믿을 수 없겠나, 믿고 살 수 없겠나, 이제로
내 자네 하라는 대로 하겠네 자네 말 대로 하겠네.
나 내 한 몸, 말하자면 이 몸뚱이 죽어 없어진 그 줄로 알세

O

오늘 저녁 며칠인가
윤이월 보름 하늘이나 치어다볼까
하늘에는 별 있네, 땅에는 길 있네.
달도 밝거니와 별 밝고 길 밝다,
아하! 내 속상하네 나 어디로 갈까?

그 색시 나더러 오늘 저녁 부디 오라 하네.
달 떠서 가까운 앞이 어득이고 먼 앞 환하니 밝아오거든
이슬에 푹 젖은 떡갈나무,
그 나무 우거진 잎새의 그늘진 아래로
불원천리하옵시고 날 오라 하였네,
가고 싶도다, 가고 싶도다, 참
어서 가고 싶어서 못 견디겠도다.

드리는 노래[1]

한 집안 사람같은 저기 저 달님

당신은 사랑의 달님이 되고
우리는 사랑의 달무리[2] 되자.
쳐다 보아도 가까운 달님
늘 같이 놀아도 싫잖은[3] 우리.

믿업음 의심 없는 보름의 달님

당신은 분명한 약속이 되고
우리는 분명한 지킴이 되자.
밤이 지샌 뒤라도 그믐의 달님
잊은 듯 보였다도 반기는 우리.

귀엽긴 귀여워도 의젓한 달님

당신은 온 천함[4]의 달님이 되고
우리는 온 천함의 잔별이 되자.

----

1) 『신여성』 제57호, 1931년 2월.
2) 달 언저리에 둥글게 둘린 구름 같은 테.
3) 싫지 않은.
4) 천함天咸. 하늘.

넓은 하늘이라도 좁았던 달님
수집음 수집음을 따르는 우리.

드리는 노래

한 집안 사람 같은 저기 저 달님

당신은 사랑의 달님이 되고
우리는 사랑의 달무리 되자.
쳐다보아도 가까운 달님
늘 같이 놀아도 싫잖은 우리.

미더움 의심 없는 보름의 달님

당신은 분명한 약속이 되고
우리는 분명한 지킴이 되자.
밤이 지샌 뒤라도 그믐의 달님
잊은 듯 보였다도 반기는 우리.

귀엽긴 귀여워도 의젓한 달님

당신은 온 천함의 달님이 되고
우리는 온 천함의 잔별이 되자.
넓은 하늘이라도 좁았던 달님
수줍음 수줍음을 따르는 우리.

孤獨[1]

설움의 바닷가의
모래밭이라
沈默의 하루해만 또 저물었네

歎息의 바닷가의
모래밭이니
꼭같은 열두時만 늘 저무누나

바잽[2]의 모래밭에
돋는 봄풀은
매일 붓는[3] 벌 불[4]에 터도[5] 나타나

설움의 바닷가의
모래밭은요
봄 와도 봄 온 줄을 모른다더라

이즘[6]의 바닷가의 모래밭이면
오늘도 지는 해니 어서 저 다오
아쉬움의 바닷가 모래밭이니

---

1) 『신여성』 제57호, 1931년 2월.
2) '바재이다'의 명사형. 마음이 진정되지 아니하여 이 생각 저 생각을 함.
3) 붙는. 불붙다. 『정본김소월전집』(오하근, 집문당, 1995)에서는 '퍼붓다'로 풀이함.
4) 벌 불, 들불.
5) 타버려도.
6) '잊다'의 명사형.

뚝 씻는[7] 물소리나 들려나 다오.

현대어 표기

고독

설움의 바닷가의
모래밭이라
침묵의 하루해만 또 저물었네

탄식의 바닷가의
모래밭이니
꼭같은 열두 시만 늘 저무누나

바잼의 모래밭에
돋는 봄풀은
매일 붙는 벌불에 타도 나타나

설움의 바닷가의
모래밭은요
봄 와도 봄 온 줄을 모른다더라

잊음의 바닷가의 모래밭이면
오늘도 지는 해니 어서 져다오
아쉬움의 바닷가 모래밭이니
뚝 씻는 물소리나 들려나 다오.

---

7) 씻다.

박넝쿨打令[1]

박넝쿨이 에헤이요 벋을적만 같아선
온세상을 얼사쿠나 다뒤덮는것같더니
하드니만[2] 에헤이요 에헤이요 에헤야
草家집 三間을 못덮었네, 에헤이요 못덮었네.

복숭아꽃이 에헤이요 피일적만 같아선
봄동산을 얼사쿠나 도맡아놀것 같더니
하드니만 에헤이요 에헤이요 에헤야
나비한마리도 못붙잡데, 에헤이요 못붙잡데.

박넝쿨이 에헤이요 벋을적만 같아선
가을올줄을 얼사쿠나 아는이가적드니
얼사쿠나 에헤이요 하로밤서리에, 에헤요
닢도줄기도 노구라붙고[3] 둥근박만 달렸네.

현대어 표기

박 넝쿨 타령

박 넝쿨이 에헤이요 벋을 적만 같아선

....

1) 『여성』 제42호, 1939년 9월. 16~17쪽.
2) 그렇게 하더니만.
3) 누그러져 붙다. 힘이 빠지고 시들어져 붙어버리다.

온 세상을 얼사쿠나 다 뒤덮는 것 같더니
하더니만 에헤이요 에헤이요 에헤야
초가집 삼칸을 못 덮었네, 에헤이요 못 덮었네.

복숭아꽃이 에헤이요 피일 적만 같아선
봄동산을 얼사쿠나 도맡아 놀 것 같더니
하더니만 에헤이요 에헤이요 에헤야
나비 한 마리도 못 붙잡데, 에헤이요 못 붙잡데.

박넝쿨이 에헤이요 벋을 적만 같아선
가을 올 줄을 얼사쿠나 아는 이가 적드니
얼사쿠나 에헤이요 하룻밤 서리에, 에헤요
잎도 줄기도 노구라붙고 둥근 박만 달렸네.

늦은가을비[1]

구슬픈 날, 가을 날은 괴로운 밤 꾸는 꿈과 같이
모든 生命을 울린다
아파도 심하구나 陰散한 바람들 세고
둑가의 마른 풀이 갈기갈기 젖은 후에 흩어지고
그 많은 사람들도 門밖 그림자 볼수록
한 줄기 煙氣 결을 길고 파리한[2] 버들같이 스러진다.

현대어 표기

늦은 가을비

구슬픈 날, 가을날은 괴로운 밤 꾸는 꿈과 같이
모든 생명을 울린다
아파도 심하구나 음산한 바람들 세고
둑가의 마른 풀이 갈기갈기 젖은 후에 흩어지고
그 많은 사람들도 문밖 그림자 볼수록
한 줄기 연기 결을 길고 파리한 버들같이 스러진다.

---

1) 『여성』 제39호, 1939년 6월, 100쪽. 김억의 『소월의 생애』에 포함된 친필 유고.
2) 파리하다. 몸이 마르고 낯빛이나 살색이 핏기가 없다. 여기서 '파릿하다' 또는
'파릇하다'로 읽을 경우, '파르스름한 버들같이'라고 풀이할 수도 있다.

記憶[1]

왔다고 할지라도 자최도없는
分明치 못한꿈을 맘에안고서
어린듯 대문밖에 빗겨기대서
구름가는 하늘을 바라봅니다.

바라는 볼지라도 하늘끝에도
하늘은 끝에까지 꿈길은업고
오고가는 구름은 구름은가도
하늘뿐 그리그냥 늘있습니다.

뿌리가 죽지않고 살아있으면
그맘이 죽지않고 살아있으면
자갯돌[2] 밭에서도 풀이피듯이
記憶의 가시밭에 꿈이핍니다.

현대어 표기

기억

왔다고 할지라도 자최도 없는

---

1) 『여성』 제40호, 1939년 7월, 16~17쪽.
2) 자갈돌.

분명치 못한 꿈을 맘에 안고서
어린 듯 대문 밖에 빗겨 기대서
구름 가는 하늘을 바라봅니다.

바라는 볼지라도 하늘 끝에도
하늘은 끝에까지 꿈길은 없고
오고가는 구름은 구름은 가도
하늘뿐 그리 그냥 늘 있습니다.

뿌리가 죽지 않고 살아 있으면
그 맘이 죽지 않고 살아 있으면
자갯돌 밭에서도 풀이 피듯이
기억의 가시밭에 꿈이 핍니다.

節制[1]

튼튼한몸이라고 몹시 쓸줄 또있으랴
쓸데야 안쓰랴만 부질없이 안쓸것이
늘 써야하는 이몸이 限平生인가 합니다.

물보다 무흠튼[2]몸 진흙 외려[3] 탓이업다[4]
불보다 밝든지해[5] 거멍[6]만도 못하여라
바람같이 活潑튼氣慨 망두석 부끄러합니다.

지는잠 잠아니라 귀신사람 그새외다.
먹는밥 밥아니라 흙을씹는맛이외다.
게다가 하는생각이라고 먹물인듯합니다.

죽자면 모르지만 命아닌데 죽을것가
살자면 사는동안 몸부터 튼튼코야
튼튼치 못한몸을 튼튼이 쓰랴합니다.

---

1) 『여성』 제40호, 1939년 7월, 16~17쪽.
2) 무흠하던. 흠이 없던.
3) 오히려.
4) 이 구절은 전체적으로 '물보다 흠이 없던 몸이 (이제 살아오다 보니) 진흙이 오
   히려 탓이 없을 정도로 흠이 많아졌다'라는 뜻으로 풀이된다. 『김소월전집』(김용
   직, 서울대출판부, 1996)에서는 '진흙 외려 탓이업다'를 '진흙과 다름이 없다'로
   풀이함.
5) 지혜의 오기.
6) 검정.

질기다면 질긴것이 사람몸에 우없으리[7]
하다고 막우쓰면[8] 질긴것은 어디있노
하여튼 方今에 괴로운몸을 서러합니다.

현대어 표기

절제

튼튼한 몸이라고 몹시 쓸 줄 또 있으랴
쓸 데야 안 쓰랴만 부질없이 안 쓸 것이
늘 써야 하는 이 몸이 한평생인가 합니다.

물보다 무흠튼 몸 진흙 외려 탓이 없다
불보다 밝든 지혜 거멍만도 못하여라
바람같이 활발튼 기개 망두석 부끄러합니다.

지는 잠 잠 아니라 귀신 사람 그 새외다.
먹는 밥 밥 아니라 흙을 씹는 맛이외다.
게다가 하는 생각이라고 먹물인 듯합니다.

죽자면 모르지만 명 아닌데 죽을것가
살자면 사는 동안 몸부터 튼튼코야
튼튼치 못한 몸을 튼튼히 쓰려 합니다.

질기다면 질긴 것이 사람 몸에 우 없으리

---

7) 위에 없다.
8) 마구 쓰다.

하다고 마구 쓰면 질긴 것은 어디 있노
하여튼 방금에 괴로운 몸을 서러합니다.

술[1]

술은 물이외다, 물이 술이외다.
술과물은 四寸이외다. 한데
물을 마시면 精神을 깨우치지만서도
술을 마시면 몸도精神도 다 태웁니다.

술은 부채외다, 술은 풀무외다.
풀무는 바람가비[2]외다, 바람가비는
바람과도깨비[3]의 어우름자식[4]이외다.
술은 부채요 풀무요 바람가비외다.

술, 마시면 醉케하는 多情한술,
좋은일에도 풀무가되고 언짠은일에도
매듭진맘을 풀어주는 시연스러운술,
나의血管속에 있을때에 술은 나외다.

되어가는일에 부채질하고
안되어가는일에도 부채질합니다.
그대여, 그러면 우리 한잔듭세, 우리 이일에

----

1) 『여성』 제40호, 1939년 7월, 19~20쪽.
2) 바람개비.
3) 도깨비.
4) 함께 어울러 낳은 자식.

일이되어가도록만 마시니 괜찮을껄세,

술은 물이외다, 돈이 물이외다.
술은 돈이외다, 술도물도 돈이외다.
물도 쓰면 줄고 없어집니다.
술을 마시면 돈을마시는게요, 물을마시는거외다.

(昭和十, 四, 十一夕)

현대어 표기

술

술은 물이외다, 물이 술이외다.
술과 물은 사촌이외다. 한데
물을 마시면 정신을 깨우치지만서도
술을 마시면 몸도 정신도 다 태웁니다.

술은 부채외다, 술은 풀무외다.
풀무는 바람개비외다, 바람개비는
바람과 도깨비의 어우름자식이외다.
술은 부채요 풀무요 바람개비외다.

술, 마시면 취케 하는 다정한 술,
좋은 일에도 풀무가 되고 언짢은 일에도
매듭진 맘을 풀어주는 시원스러운 술,
나의 혈관 속에 있을 때에 술은 나외다.

되어가는 일에 부채질하고
안 되어가는 일에도 부채질합니다.
그대여, 그러면 우리 한 잔 듭세, 우리 이 일에
일이 되어가도록만 마시니 괜찮을 걸세,

술은 물이외다, 돈이 물이외다.
술은 돈이외다, 술도 물도 돈이외다.
물도 쓰면 줄고 없어집니다.
술을 마시면 돈을 마시는 게요, 물을 마시는 거외다.

빗[1]

겨우나 새벽녘에 이룬잠이
털빛 식컴한 개한마리
우리집大門 웃지방[2]에
목매달려 늘어저 되룽되룽
숨이 끊어지는 마즈막 몸부림에
가위 눌려[3] 깨여보니
멍클도하다[4] 내마음에
무엇이 있는가, 아아 빗이로다.
아아 괴로워라, 다리우는[5] 내마음의 가름째야.[6]

현대어 표기

빗

겨우나 새벽녘에 이룬 잠이

---

1) 『여성』 제44호, 1939년 11월, 17~18쪽.
2) '지방'은 '일각 대문의 심방 끝에 세우는 나무'를 말함. 『김소월전집』(김용직, 서울대출판부, 1996)에서는 '지방'을 '방향', '쪽'으로 풀이함.
3) 가위눌리다. 자다가 무서운 꿈을 꾸고 놀라서 몸짓을 하거나 소리를 지르다.
4) 뭉클하다.
5) 달다. 안타깝거나 조마조마하여 마음이 몹시 조급해지다. 『김소월전집』(김용직, 서울대출판부, 1996)에서는 '달아오르는'으로 풀이함.
6) 가름재. 두 지역이 갈라지는 갈림길에 있는 등성이나 고개.

털빛 시커먼 개 한 마리
우리집 대문 웃지방에
목매달려 늘어져 되룽되룽
숨이 끊어지는 마지막 몸부림에
가위 눌려 깨어보니
뭉클도 하다 내 마음에
무엇이 있는가, 아아 빚이로다.
아아 괴로워라, 다리우는 내 마음의 가름재야.

聲色[1]

아무것도 보지않으랴고 눈감아도
그얼골, 얄망구즌[2] 그얼골이
또온다, 까부린다, 해족이 우스며.
그대여, 빗기라. 나는 편이 쉬랴고한다.

아모것도 보지않으랴고 니불은 축겨써도[3]
꼭구닥한다, 니불속에서 넉마지닭이.
증북[4]은 쿵다쿵 꽹. 「네가 나를 닛느냐」.
그대여, 끊지라. 나는 편이 쉬랴고한다.

이것저것 다니젓다고 꿈을구니
山턱에 청긔와집 중들이 오락가락.
여기서도 그얼골이 곡갈쓰고「남무아미타불」.
오오 넋이여, 그대도쉬랴. 나도편이 쉬랴고 한다.

1) 『여성』 제43호, 1939년 10월, 18~19쪽.
2) 괴이쩍고 요망하여 까다롭다. 얄궂다.
3) 추켜올려 쓰다.
4) 징과 북.

성색

아무것도 보지 않으려고 눈 감아도
그 얼굴, 얄망궂은 그 얼굴이
또 온다, 까부린다, 해족이 웃으며.
그대여, 빗기라. 나는 편이 쉬려고 한다.

아무것도 보지 않으려고 이불은 추켜 써도
꼭구닥한다, 이불 속에서 넋맞이 닭이.
징 북은 쿵다쿵 꽹. 「네가 나를 잊느냐」.
그대여, 끊지라. 나는 편이 쉬려고 한다.

이것저것 다 잊었다고 꿈을 구니
산 턱에 청기와집 중들이 오락가락.
여기서도 그 얼굴이 고깔 쓰고 「남무아미타불」.
오오 넋이여, 그대도 쉬랴. 나도 편히 쉬려고 한다.

술과밥[1]

못먹어 아니죽는 술이로다
안먹고는 못사는 밥이로다
別하다[2] 이 世相아 몰을이라
술을좀 답지않게 못녁일가

술한잔 먹자하면 친구로다
밥한술 노누자면[3] 남이로다
술한슴에 돈닷돈 쌀은서돈
빗싼 술을 주니 살틀튼가[4]

술이야 계집이야 좋다만은
밥발라[5] 올때에도 그러할가
別하다 이世相아 몰을이라
밥논을[6] 친구하나 못생길가

----

1) 『여성』 제44호, 1939년 11월, 16~17쪽.
2) 별나다. 유별나다.
3) 나누자면.
4) 살뜰하던가.
5) 밥을 벌다.
6) 밥 나눌.

술과 밥

못 먹어 아니 죽는 술이로다
안 먹고는 못 사는 밥이로다
별하다 이 세상아 모르리라
술을 좀 답지 않게 못 여길까

술 한 잔 먹자 하면 친구로다
밥 한 술 나누자면 남이로다
술 한 홉에 돈 닷 돈 쌀은 서 돈
비싼 술을 주니 살틀튼가

술이야 계집이야 좋다만은
밥 발라올 때에도 그러할가
별하다 이 세상아 모르리라
밥 논을 친구 하나 못 생길까

世暮感¹⁾

今年도 한해는 어듸갔노
두든데 없건만 가는세월.
온다는 새해는 어듸오노
값없이 덧없는 나이한살.

것는길 같으면 돌아가리
걸을길 같어도 쉬여가리.
깨였을 말로는 자도보리
꿈이라고 하면 깨여보리.

몰으는 글字도 아니지만
감았든 마음만 이르집네.²⁾
못먹는 술이나 아니언만
간다사³⁾ 원⁴⁾마다 술값있네.

×× 酒幕

---

1) 『여성』 제45호, 1939년 12월, 23쪽.
2) 이르집다. 없는 일을 만들어 말썽을 일으키다.
3) 간다고 하면이야.
4) 원. 객원. 여관.

세모감

금년도 한 해는 어디 갔노
두던 데 없건만 가는 세월.
온다는 새해는 어디 오노
값없이 덧없는 나이 한 살.

걷는 길 같으면 돌아가리
걸을 길 같아도 쉬어가리.
깨었을 말로는 자도 보리
꿈이라고 하면 깨어보리.

모르는 글자도 아니지만
감았든 마음만 이르집네.
못 먹는 술이나 아니언만
간다사 원마다 술값 있네.
                    ××주막

제4부 한시 번역 작품

寒食[1]

가지가지엇득한[2]놉흔나무에
가마귀와 까치는울고 지즐째
二月에도 淸明[3]에 寒食[4]날이라
들려 오는哭소리오 오哭소리

거츤벌에는 벌에부는바람에
조희돈[5]은 흐터저 써다니는곳
무덕이[6]쏘무덕이널닌무덤에
푸릇푸릇봄풀만도다나누나

드믄드믄둘너선白楊나무에
청가싀[7]의흰쏫치줄로달닌곳
아아모두아주간집흔서름의

---

1) 『동아일보』, 1925년 2월 2일자.
2) 우뚝하다.
3) 청명淸明. 24절기의 하나로 춘분과 곡우의 사이에 들며, 양력 4월 5~6일쯤임.
4) 한식寒食. 동지로부터 105일째 되는 날. 양력 4월 5~6일쯤임. 이날 자손들은 조상의 묘를 찾아 제사를 지내고 사초莎草를 함.
5) 종이 돈. 돈 모양으로 오린 종이로 죽은 사람이 저승으로 가면서 쓰라는 뜻으로 관 속에 넣음.
6) 무더기.
7) 청가시 나무. 청가시 덩굴. 백합과의 낙엽 활엽 덩굴성 식물. 길이는 5~10미터이며, 잎은 어긋나고 달걀 모양인데 턱잎은 덩굴손으로 변한다. 6월에 노란색을 띤 녹색의 단성화가 산형繖形 꽃차례로 피고 열매는 둥근 장과漿果로 9~10월에 검게 익는다. 어린잎은 식용하고 산림에서 자라는데 한국, 일본, 중국 등지에 분포한다.

참아말로다못할자리일너라

가도가도 쪼가도사라못가는
黃泉에서 쭞소리 어이드르랴
서럽어라 저문날 쑤리는비에
길손들은 제각금 도라갈네라

현대어 표기

한식

가지가지 엇득한 높은 나무에
가마귀와 까치는 울고 짖을 때
이월에도 청명에 한식 날이라
들려오는 곡 소리 오 오 곡 소리

거친 벌에는 벌에 부는 바람에
종이돈은 흩어져 떠다니는 곳
무더기 또 무더기 널린 무덤에
푸릇푸릇 봄풀만 돋아나누나

드믄드믄 둘러선 백양나무에
청가시의 흰 꽃이 줄로 달린 곳
아아 모두 아주 간 깊은 설움의
차마 말로 다 못할 자리일러라

가도 가도 또 가도 살아 못 가는

황천에서 곡 소리 어이 들으랴
서러워라 저문 날 뿌리는 비에
길손들은 제각금 돌아갈네라

원문

寒食野望吟[8]

白居易[9]

丘墟郭門外, 寒食誰家哭?
風吹曠野紙錢飛, 古墓纍纍春草綠.
棠梨花映白楊樹, 盡是死生離別處.
冥寞重泉哭不聞, 蕭蕭暮雨人歸去.

한식에 들판을 바라보며

성곽문 밖 무덤 앞에서,
한식에 어느 집에서 통곡하나?
빈 들판에 바람 불어 지전이 날리고,
오래된 무덤엔 봄풀만 푸르구나.
팥배나무 꽃 백양나무와 서로 비추니,
모두 산 사람과 죽은 사람이 이별한 곳이라오.
까마득한 황천엔 통곡 소리 들리지 않을 텐데,
사람은 돌아가고 저녁비만 쓸쓸히 내리누나.

---

8) 『白氏長慶集』 卷12 所收; 朱金城 箋校, 『白居易集箋校』, 上海: 上海古籍出版社, 684쪽, 1988년.
9) 백거이(白居易, 772~846). 중국 당나라 때의 시인으로 섬서성陝西省 위남渭南 사람이다. 글이 평이하기로 정평이 났으며, 「장한가長恨歌」와 「비파행琵琶行」은 그의 대표작으로, 널리 회자되었다. 원진元稹과 더불어 '원백元白'으로 병칭되기도 했고, 유우석劉禹錫과 더불어 '유백劉白'이라고 병칭되기도 했다.

春曉[1][2]

아츰도몰으고설잠[3]을자노라면
귀ㅅ가에서 지저귀는새소리

어제ㅅ밤 뒤설넌[4]바람비에
꼿입사귀는 얼마나썰엇노[5]

현대어 표기

춘효

아침도 모르고 선잠을 자노라면
귓가에서 지저귀는 새소리

어젯밤 뒤스른 바람 비에
꽃잎사귀는 얼마나 떨였노

---

1) 『동아일보』, 1925년 4월 13일자.
2) 춘효春曉. 봄철 새벽.
3) 선잠. 깊이 들지 못하거나 흡족하게 이루지 못한 잠.
4) 뒤스르다. 몸을 이리저리 뒤척이다. 일이나 물건을 가다듬느라고 이리저리 바꾸
거나 뒤적거리다. 『정본김소월전집』(오하근, 집문당, 1995)에서는 '뒤설레다', '몹
시 설레다'라고 풀이함.
5) 떨어졌노

春曉[6]

孟浩然[7]

春眠不覺曉, 處處聞啼鳥.
夜來風雨聲, 花落知多少?

봄날 새벽

봄잠에 날 새는 줄도 몰랐는데,
여기저기 새 소리 들리누나.
밤사이 비바람 소리 들렸는데,
꽃이 얼마나 떨어졌는지?

---

6) 『孟浩然集』卷4 所收; 『唐詩三百首』, 臺北: 三民書局, 434쪽, 1973년.
7) 맹호연(孟浩然, 688~740). 중국 당나라 때의 시인으로 녹문산에 은거하면서 시문을 즐김. 자연의 아름다움을 노래한 오언시五言詩가 유명함.

밤가마귀[1]

가왁 가왁 꽉 꽉 꽉……
한모루[2] 두모루
黃雲城
도라드러 이곳은 秦川땅

뵈틀[3]에 안잣든젊은이는
뵈[4]고 북[5]이고 다 던지네
꽉 꽉 꽉 꽉 소래는
가마귀도 집찻는소래요

파스구러한[6]비단窓
넘는볏치 자즈며[7]
그窓박그로는 고요히
씬혀졋다니는[8] 말소래

밤마다 밤마다

---

1) 『조선문단』 제14호, 1926년 3월, 34쪽.
2) 모퉁이.
3) 베틀.
4) 베.
5) 북. 베틀에 딸린 기구의 하나로, 날의 틈으로 왔다 갔다 하면서 씨실을 풀어 주며 피륙을 짬. 방추紡錘.
6) 파르스레하다. 약간 파르스름하다.
7) 잦다. 점점 잦아들어 없어지게 되다.
8) 끊어졌다가 다시 이어지는.

외롭은 잠자리
사사모사[9]로 님그리워
생각하다못해서우노라

밤 가마귀

가왁 가왁 꽉 꽉 꽉……
한 모루 두 모루
황운성
돌아들어 이곳은 진천 땅

베틀에 앉았던 젊은이는
베고 북이고 다 던지네
꽉 꽉 꽉 꽉 소리는
가마귀도 집 찾는 소리요

파스구러한 비단 창
넘는 볕이 잦으며
그 창밖으로는 고요히
끊어졌다 이는 말소리

밤마다 밤마다
외로운 잠자리
사사모사로 임 그리워

---

9) 사사모사私思某事. 어떤 일을 혼자서 생각함.

생각하다 못해서 우노라

원문

烏夜啼[10]

李白[11]

黃雲城[12]邊烏欲棲, 歸飛啞啞枝上啼.
機中織錦秦川女, 碧紗如烟隔窓語.
停梭悵然憶遠人, 獨宿空房淚如雨.

까마귀 우는 밤

황운성 주변에 까마귀 깃들려고
날아와 까악까악 가지 위에서 우네.
베틀에서 비단 짜던 진천의 여인,
안개 같은 푸른 비단 창 너머로 중얼거리네.
북 멈추고 서글피 멀리 간 님 생각하고,
빈 방에 홀로 누우니 눈물이 비 오는 듯.

---

10) 『李太白文集』卷2 所收; 安旗 主編, 『李白全集編年注釋』, 成都: 巴蜀書社, 473
    쪽, 2000년.
11) 이백(李白, 701~762). 중국 당나라 때의 시인. 자字는 태백太白. 두보杜甫와 더
    불어 중국 최고의 시인으로 알려져 있으며, 시집 30여 권이 전한다.
12) 황운성黃雲城. 옛날 중국의 변방에 해당하는 산서성山西省 석루현石樓縣 소재.

秦淮에배를대고[1]

으슴프러한 煙氣는
나뭇가지에 서리고
희즈멋한[2] 모래밧
달빗츤 아롱질째

곳은
술집
갓가히
배가 닷는 秦淮[3]라

쟝사치 게집은
나랏일도 모르고
부르나니 져 노래
後庭花[4]가 무어냐

1) 『조선문단』 제14호, 1926년 3월, 34쪽.
2) 희즈멋하다. 희끄무레하다.
3) 진회秦淮. 남경을 지나 양자강에 이르는 운하의 이름. 진나라 때에 만들어졌으
   며, 양안으로 명승지가 많음.
4) 후정화後庭花. 중국 선제宣帝의 아들인 진후주陳後主가 지은 악곡. 처음에는 '옥
   수후정화玉樹後庭花'라고도 하였다. 나중에는 두 곡으로 나뉘었다.

진회에 배를 대고

으슴프러한 연기는
나뭇가지에 서리고
희즈멋한 모래밭
달빛은 아롱질 때

곳은
술집
가까이
배가 닿는 진회라

장사치 계집은
나랏일도 모르고
부르나니 저 노래
후정화가 무어냐

원문

泊秦淮5)

牡牧6)

煙籠寒水月籠沙, 夜泊秦淮近酒家.
商女7)不知亡國恨, 隔江猶唱「後庭花.

---

5) 『全唐詩』卷523 所收; 『唐詩三百首』, 臺北: 三民書局, 500쪽, 1973년.
6) 두목(杜牧, 803~852). 중국 당나라 말기의 시인으로 섬서성陝西省 출신이다. 호방
   하고 아름다운 시풍으로 유명하여 시성으로 알려진 두보杜甫에 견주어 소두小杜
   라고 한다. 「아방궁부阿房宮賦」가 유명함.

진회에 배를 대고

안개는 찬 물을 에워싸고 달빛은 모래밭을 에워쌌는데,
밤에 진회에 배를 대니 술집이 가깝네.
기녀는 망국의 설움 알지 못하고
강 건너에서 아직도 「후정화」를 부르고 있네.

---

7) 상가지녀商家之女, 즉 가기지류歌妓之類

봄[1]

이나라 나라은 부서졋는데
이山川 엿태[2] 山川은남어잇드냐
봄은 왓다하건만
풀과나무에쑨이어

오! 설업다 이를두고 봄이냐
치어라[3] 숫닙페도 눈물쑨 훗트며[4]
새무리는 지저귀며 울지만
쉬어라 이두군거리는가슴아

못보느냐 벍핫케[5] 솟구는봉숫불[6]이
숫숫내 그무엇을태우랴함이료
그립어라 내집은
하늘박게잇나니

애닲다 긁어 쥐어쓰더서
다시금 썰어졋다고

---

1) 『조선문단』 제14호, 1926년 3월, 35쪽.
2) 여태, 아직.
3) 치우다.
4) 훑다.
5) 벌겋다.
6) 봉수불. 봉홧불. 봉홧둑에서 난리를 알리는 불.

다만 이 희긋희긋한머리칼쌘
인저는⁷⁾ 빗질할것도 업구나

현대어 표기

봄

이 나라 나라는 부서졌는데
이 산천 여태 산천은 남아 있더냐
봄은 왔다 하건만
풀과 나무에뿐이어

오! 서럽다 이를 두고 봄이냐
치워라 꽃잎에도 눈물뿐 흘으며
새무리는 지저귀며 울지만
쉬어라 이 두근거리는 가슴아

못 보느냐 벌갛게 솟구는 봉숫불이
끝끝내 그 무엇을 태우랴 함이료
그리워라 내 집은
하늘 밖에 있나니

애닲다 긁어 쥐어뜯어서
다시금 쩔어졌다고
다만 이 희긋희긋한 머리칼뿐
인제는 빗질할 것도 없구나

---

7) 이제는.

春望[8]

杜甫[9]

國破山河在, 城春草木深.
感時花濺淚, 恨別鳥驚心.
烽火連三月, 家書抵萬金.
白頭搔更短, 渾欲不勝簪.

봄에 바라보니

나라는 망했건만 산하는 남아 있는데,
성에 봄이 찾아와 초목이 우거졌네.
시절을 느끼어 꽃을 보고도 눈물 뿌리고,
이별을 한하여 새 소리 듣고도 가슴 놀라네.
봉화가 석 달이나 계속되니,
집에서 보내온 편지는 만 냥의 값어치.
흰 머리털 긁으니[10] 더욱 짧아져,
도무지 비녀를 감당하지 못할 지경.

---

8) 仇兆鰲 註,『杜詩詳註』卷4, 北京: 中華書局, 320쪽, 1979년.
9) 두보(杜甫, 712~770) 중국 당나라 때의 시인. 자字는 자미子美. 이백 등과 교유하
  며 시격이 엄정하고도 구법에 변화가 많은 서사시를 많이 남겼다. 이백이 '시선
  詩仙'이라고 일컬어지는 데 비해 두보는 '시성詩聖'이라고 일컬어진다. 안록산의
  난 이후에 곤궁하게 지내며 현실에 대한 비판적인 시도 많이 발표했다.「북정北
  征」등이 널리 알려짐.
10) 근심이 많아서 하는 행위.

蘇小小무덤[1]

蘇小小[2]는錢塘에살든名妓이니南齊때의사람이라 녯樂府에「我乘油
璧車郞乘靑聰馬何處結同心西陵松柏下」[3]라는 蘇小小가부르든노래가
잇나니라

深深山 란초꼿
사뭇쯧는[4] 이슬은
푸릇한 그눈섭
눈물진듯하여라

무엇으로 매즈랴
그대나 同心結[5]
에도는[6]아즈랑꼿[7]
얽을길도 업서라
풀자리 솔니불

---

1) 『조선문단』제14호, 1926년 3월, 35쪽.
2) 소소소蘇小小. 남제南濟 때의 기생.
3) 아승유벽거我乘油璧車 낭승청총마郞乘靑聰馬 허처결동심何處結同心 서릉송백하
　西陵松柏下. 이 노래의 노래 대략 다음과 같다. '나는 유단 두른 수레를 타고 님
　은 청총마에 올랐네. 동심결을 맺을 곳은 어드메뇨 서릉의 소나무와 잣나무 아
　래일세.'
4) 듣다. 떨어지다.
5) 동심결同心結. 두 고를 내고 맞죄어서 매는 매듭. 흔히 두 사람의 굳은 맹서나
　약속 같은 것을 의미함.
6) 에돌다. 바로 가지 않고 멀리 돌다.
7) 아지랑이.

쓸쓸도하지만
바람치마 닙고요
물노리개 차고요

지금도 오히려
油緞[8]두른 수래에
언약잇는져녁을
혼자 안자 직키나

푸릇한불빗싼
그뭇거리는데요[9]
酉陵에는바람싼
그물비를그어라[10]

현대어 표기

소소소 무덤

심심산 난초꽃
사뭇 듣는 이슬은
푸릇한 그 눈썹
눈물진 듯하여라

---

8) 유단油緞 비단.
9) 그뭇거리다. 그물거리다. 빛이 밝아졌다 흐렸다 하다.
10) 긋다.

무엇으로 맺으랴
그대 나 동심결
에도는 아즈랑꽃
얽을 길도 없어라

풀 자리 솔 이불
쓸쓸도 하지만
바람 치마 입고요
물 노리개 차고요

지금도 오히려
유단 두른 수레에
언약 있는 저녁을
혼자 앉아 지키나

푸릇한 불빛뿐
그뭇거리는데요
서릉에는 바람뿐
그물비를 그어라

원문

蘇小小墓[11]

                    長吉[12]

幽蘭露, 如啼眼.

無物結同心, 煙花不堪翦.

----

11) 『李長吉詩歌』卷1 所收; 郭茂倩 編, 『樂府詩集』, 北京: 中華書局, 1203쪽, 1979년.
12) 이하(李賀, 791~817). 호는 장길長吉. 당나라 때의 시인으로 하남성河南省 복창
   福昌 사람. 당나라 왕족의 후손으로, 7세 때 지은 문장을 두고 한유韓愈가 경탄
   할 정도로 재능이 있었으나, 24세에 백발이 되더니 27세 요절했다. 초현실적이고
   환상적인 분위기가 농후한 것이 그 시의 특징으로 꼽힌다.

草如茵, 松如蓋,
風爲裳, 水爲珮.
油壁車, 久相待.
冷翠燭,13) 勞光彩.
西陵下, 風吹雨.

소소소의 무덤

그윽한 난초의 이슬,
눈물 머금은 눈 같네.
동심 맺을 물건 없어,
안개 속의 붉은 꽃 꺾을 수 없네.
풀은 자리 같고,14) 소나무는 일산 같고,
바람은 치마 되고, 강물은 패옥 되었네.
유벽거에 앉아,
오래토록 기다리니,
도깨비불 차갑게 빛나며,
광채를 띠었네.
서쪽 언덕 아래에,
바람 불고 비 내리네.

---

13) 도깨비불.
14) 자리는 부들자리나 돗자리 같은 것을 말함. 풀이 자리 같다는 것은 풀이 아주
    야리야리하고 곱다는 뜻.

囉嗊曲[1]

듯거워라[2] 秦淮ㅅ물
얄궂구나 나룻배[3]
님을 태워가고는
째가는줄[4] 모르네

『삼천리』 제53호, 1934년 8월, 176쪽

囉嗊曲

듯거워라 秦淮ㅅ물
얄궂구나 거룻배
님을 태워가고는
째가는줄 모르네

현대어 표기

나홍곡

듯거워라 진회ㅅ물

---

1) 『소월시초』, 123쪽.
2) 듯겁다. 거만스럽게 잘난 체하며 버릇없이 굴다. 『정본김소월전집』(오하근, 집문
   당, 1995)에서는 이 말을 '듣기가 지겹다'로 풀이함.
3) 돛이 없는 작은 배. 『소월시초』에는 이 구절이 '얄궂구나 나룻배'로 바뀜.
4) 시간이 지나가는 줄.

얄궂구나 거룻배
임을 태워 가고는
때 가는 줄 모르네

원문

囉嗊曲5)

劉采春6)

不喜秦淮水, 生憎江上船.
載兒夫壻去, 經歲又經年.

나홍곡

진회의 물 기껍지 않고,
강 위의 배 얄미워라.
낭군님 싣고 떠나가선,
한 해 가고 또 한 해 가네.

---

5) 『全唐詩』卷802, 北京: 中華書局, 9024쪽, 1960년. '나홍곡囉嗊曲'은 망부가望夫歌
사패명詞牌名.
6) 유채춘劉采春. 월주越州의 기녀.

伊州歌 1[1]

黃河까에 수자린[2]
못온다네 今年도
빗최거라 내달아
別로[3] 님의 營門[4]에

『삼천리』 제53호, 1934년 8월, 176쪽

伊州歌

黃河까에 수자린
못온다네 금년도
빗최거라 내달아
별로 님의 영문에

현대어 표기

이주가 1

황하 가에 수자린
못 온다네 금년도

---

1) 『소월시초』, 124쪽.
2) 수자리는. 국경을 지키던 일. 또는 그런 병사.
3) 유별나게.
4) 영문營門. 병영의 문.

비춰거라 내 달아
별로 임의 영문에

원문

伊州 第三⁵⁾

聞道黃花⁶⁾戍, 頻年不解兵.
可憐閨裏月, 偏照漢家營.

이주 세 번째 노래

듣자하니 황화의 수자리
여러 해 되어도 군대를 해산하지 않는다 하네.
가련하구나, 규중의 달이
오직 한나라 병영만 비추는 것이.

---

5) 상조商調의 곡으로 지은이를 알 수 없다. 郭茂倩 編, 『樂府詩集』 卷79, 北京: 中
　華書局, 1120쪽, 1979년.
6) 지명.

伊州歌 2[1][2]

꾀꼬리 좃니러[3]
울게하지 마러요
그소래에 쑴째면
遼西[4]가지 못해요

『삼천리』제53호, 1934년 8월, 176쪽

伊 州 歌

쏘쏘리 좃니러
울게하지 마러요
그소래에 쑴째면
遼西가지 못해요

현대어 표기

이주가 2

꾀꼬리 좃닐어

---

1) 『소월시초』, 125쪽.
2) 이 작품은 '이주가伊州歌 1'과 함께 같은 잡지에 번역 수록한 것인데, 여기서는
   편의상 1, 2로 나누어 실었다.
3) 좃닐다. 좇아다니다.
4) 요서. 중국의 만주 남쪽, 요하遼河의 서쪽 지역 일대를 통칭함.

울게 하지 말아요
그 소리에 꿈 깨면
요서 가지 못해요

원문

春怨[5]

打起黃鶯兒, 莫教枝上啼.
啼時驚妾夢, 不得到遼西.

봄 원망

꾀꼬리 쫓아내어
가지 위에서 울게 하지 말아요.
울음소리에 제 꿈이 깨면
요서로 가질 못하잖아요.

---

5) 이 작품은 소월이 「이주가」로 번역 소개하고 있지만, 당나라 때 절강성浙江省
   항주杭州에서 살았다고 하는 시인 김창서金昌緖의 '춘원春怨'이라는 작품으로 기
   록되어 있다. 『全唐詩』 卷768 所收 『唐詩三百首』, 臺北: 三民書局, 453쪽, 1973년.

長干行[1]

「어듸 사르시나요[2]
저는 橫塘삽니다
배 세우고 뭇잡소
한곳사람[3] 아니요?」

其二

「집이 九江까이라
오매[4] 오르내리우
서로 長干이면서
온체[5] 몰낫구료!」

『삼천리』 제53호, 1934년 8월, 176~177쪽

長 干 行

「어듸 사르시나요

---

1) 『소월시초』, 127쪽.
2) 사시나요.
3) 동향인同鄕人. 한 동네 사람.
4) 오며. 오며 가며. 『정본김소월전집』(오하근, 집문당, 1995)에서는 이 말을 '오매寤寐'라는 한자어로 보고 '자나 깨나'라고 풀이함.
5) 원체. 워낙. 전혀.

저는 橫塘 삽니다
배 세우고 뭇잡소
한곳사람 아니요?」

其二

「집이 九江까이라
오매 오르내리우
서로 長干이면서
온체 몰낫구료!」

장간행

「어디 살으시나요
저는 횡당 삽니다
배 세우고 묻잡소
한곳사람 아니요?」

기이

「집이 구강 가이라
오매 오르내리우
서로 장간이면서
온체 몰랐구료!」

長干行[6]

崔顥[7]

"君家何處住? 妾住在橫塘.
停船暫借問, 或恐是同鄕."

其二

"家臨九江水, 來去九江側.
同是長干人, 生小[8]不相識."

장간의 노래

"당신은 어디에서 사시나요?
저는 횡당에서 산답니다.
배 멈추고 잠시 묻는 건,
혹시 같은 고향분인가 해서……."

두 번째

"제 집은 구강에 있어
구강 가를 왔다 갔다 하죠.
당신과 마찬가지로 장간 사람인데,
어린 탓에 알아보지 못했구려."

---

6) 『全唐詩』卷26 所收; 『唐詩三百首』, 臺北: 三民書局, 455쪽, 1973년.
7) 최호(崔顥, ?~754): 당나라 때의 시인으로 하남성河南省 변주汴州 사람. 비상한
   재주를 지녔으나, 젊었을 때 방탕한 생활을 했으며, 시도 부박하다는 평을 들었
   다. 그러나 만년에 시풍이 일변하여 기골이 있는 시를 지었다고 평가된다. 특히
   「황학루黃鶴樓」는 천고의 절조絶調로 꼽히는 작품으로, 이백도 황학루에 올라
   그에 필적하는 시를 지으려 하다가 실패했다는 일화가 유명하다.
8) 유소幼小, 즉 어리다는 뜻.

渭城朝雨[1][2]

渭城아츰 오는비
길몬지[3]를 적시네
푸르르다 순막뜰[4]
버들가지 빗치야
여보게나 이사람
다시한잔 드세나
인제陽關 나서면
어느친구 잇스랴

『삼천리』제53호, 1934년 8월, 177쪽

渭城아츰 오는비
길몬지나 적시네
푸르르다 순막뜰
버들가지 빗치야
여보게나 이사람
다시한잔 드세나
인제陽關 나서면
어느친구 잇스랴

----

1) 『소월시초』, 128쪽.
2) 이 작품은 원래 '송원이사안서送元二使安西'라는 원제대로 번역되었는데, 『소월
   시초』에서 김억이 제목을 바꾸었다.
3) 길 먼지. 길바닥의 먼지.
4) 주막집의 뜰.

위성조우

위성 아침 오는 비
길 먼지나 적시네
푸르르다 순막 뜰
버들가지 빛이야
여보게나 이 사람
다시 한 잔 드세나
인제 양관 나서면
어느 친구 있으랴

원문

送元二使女西[5]

王維[6]

渭城朝雨裛輕塵, 客舍青青柳色新.
勸君更盡一杯酒, 西出陽關無故人.

안서로 가는 원이를 전송하며

위성 아침비가 가벼운 먼지 적시니,
객사에 푸릇푸릇 버들 빛이 새로워라.

---

5) 『王右丞集』 卷14 所收; 陳鐵民 校注, 『王維集校注』, 北京: 中華書局, 408쪽,
   1997년.
6) 왕유(王維, 699~759). 중국 당나라 때의 시인. 남종 문인화의 시조이며, 자연을
   노래한 청담한 시풍의 시가 많음.

자네 술 한 잔 더 비우게
서쪽으로 양관 나서면 술 권할 친구도 없을 테니.

해다지고날점으니……1)

해다지고 날점으니2)
푸른山은 멀도다.
날이하도 치우니3)
집은 가난하도다.
챕싸리 門밖게서4)
개가 컹컹 짖음은
아마 이눈속에도
제집가는이로다.

현대어 표기

해 다 지고 날 저무니……

해 다 지고 날 저무니
푸른 산은 멀도다.
날이 하도 치우니
집은 가난하도다.
챕싸리문 밖에서

---

1) 『조광』, 1939년 10월, 293쪽.
2) 날저물다.
3) 추우니.
4) 싸리문 밖에서.

개가 컹컹 짖음은
아마 이 눈 속에도
제 집 가는 이로다.

원문

逢雪宿芙蓉山主人5)

劉長卿6)

日暮蒼山遠, 天寒白屋貧.
柴門聞犬吠, 風雪夜歸人.

눈을 만나 부용산 주인댁에서 유숙하며

날 저물고 푸른 산 아득한데,
날은 춥고 집은 가난하네.
사립문 밖에서 개 짖는 소리 들리니,
눈보라 치는 밤에 누군가 돌아오나 보네.

---

5) 『劉隨州集』卷1; 儲仲君 箋注, 『劉長卿詩編年箋注』, 北京: 中華書局, 404쪽, 1996년.
6) 유장경(劉長卿, 709?~785?). 당나라 때의 시인으로 하북성河北省 출신이거나 안
   휘성安徽省 출신으로 추정된다. 어린 시절부터 낙양洛陽에서 생활했다. 특히 오
   언율시에 능해 '오언五言의 장성長城'으로 일컬어졌다.

미발표작품

－『문학사상』(1978. 10) 발굴 작품

可憐한 人生

可憐한, 可憐한, 가련한人生에
첫재는살음이다, 살음은곳살님이다,
살님은곳사랑이다, 그러면,
사랑은무엔고? 사랑은곳
제가저를희생함이다,
그러면희생은무엇? 희생은
남의몸을내몸과갓치행각함이다

가련한, 가련한, 가련한 人生,
해도위선은살아야되고
산자하면사랑하여야되겟는데,

그러면사랑은?
사랑이마음인가,
남을나보다녁여야하고
쓴것도달게바다야한다,
사름이세월인가?
사름의씃튼죽음, 세월이싸르잔코,
사랑을함도죽음, 제마음을못죽이네.
살음이어렵도다. 사랑하기힘들도다.
누구는나서세상에幸福이잇다고하노!

가련한 인생

가련한, 가련한, 가련한 인생에
첫째는 살음이다, 살음은 곧 살림이다,
살림은 곧 사랑이다, 그러면,
사랑은 무엔고? 사랑은 곧
제가 저를 희생함이다,
그러면 희생은 무엇? 희생은
남의 몸을 내 몸과 같이 생각함이다

가련한, 가련한, 가련한 인생,
해도 위선은 살아야 되고
살자 하면 사랑하여야 되겠는데,

그러면 사랑은?
사랑이 마음인가,
남은 나보다 여겨야 하고
쓴 것도 달게 받아야 한다,
사름이 세월인가?
사름의 끝은 죽음, 세월이 빠르잖고,
사랑을 함도 죽음, 제 마음을 못 죽이네.
살음이 어렵도다. 사랑하기 힘들도다.
누구는 나서 세상에 행복이 있다고 하노!

니불

구름의 긾머리씰[1], 향그르는[2]니불,
펴놋나니오늘밤도그대緣하여[3]
푸른너출[4]눈앞에버더가는이니불,
송이송이흰구술이그대緣하여
퓌여나는불꼿에쑤러지는이니불
서럽워라밤마다밤마다그대緣하여
그립운잠자리요, 향氣저즌니불.

현대어 표기

이불

구름의 긴 머리낄, 향그르는 이불,
펴놓나니 오늘 밤도 그대 연하여
푸른 넝쿨 눈앞에 벋어가는 이 이불,
송이송이 흰 구슬이 그대 연하여
피어나는 불꽃에 뚫어지는 이 이불
서러워라 밤마다 밤마다 그대 연하여
그리운 잠자리요, 향기 젖은 이불.

---

1) 긴 머리카락.
2) 향기로운.
3) 연緣하다. 인연이 되다.
4) 넝쿨.

마음의눈물

내마음에서눈물난다
뒷山에푸르른미루나무닢들이 알지,
내마음에서, 마음에서 눈물나는줄을,
나보고십픈사람, 나한번보게하여주소,
우리쟈근놈날보고십퍼하지,
건는집간난이도날보고십플테지,
나도보고십다, 너의들이엇드케자라는것을.
나하고십픈노릇나하게하여주소
못닛쳐글입은너의품속이어!
못니치고, 못니쳐글입길내 내가괴롭아하는朝鮮이여.

마음에서 오늘날 눈물이난다
압뒷산 행길 포플라닙들이 안다
마음속에서 마음의비가 오는줄을
갓난이야 갓놈아 나바라보라
안즉도 행길우에 인긔척잇나
무엇 니고 어머니 오시나보라!
붓두막쥐도 인전 다다라낫다.

마음의 눈물

내 마음에서 눈물이 난다
뒷산에 푸르른 미루나무 잎들이 알지,
내 마음에서, 마음에서 눈물나는 줄을,
나 보고 싶은 사람, 나 한번 보게 하여주소,
우리 작은놈 날 보고 싶어 하지,
건넌집 갓난이도 날 보고 싶을 테지,
나도 보고 싶다, 너희들이 어떻게 자라는 것을.
나 하고 싶은 노릇 나 하게 하여주소.
못 잊혀 그립은 너의 품속이어!
못 잊히고, 못 잊혀 그립길래 내가 괴로워하는 조선이여.

마음에서 오늘날 눈물이 난다
앞뒷산 행길 포플러 잎들이 안다
마음속에서 마음의 비가 오는 줄을
갓난이야 갓놈아 나 바라보라
아직도 행길 위에 인기척 있나
무엇 이고 어머니 오시나 보라!
부뚜막 쥐도 인젠 다 달아났다.

벗과벗의녯님

엇던아름답던그女子는내에게
닛지못할생각을그사람에게주고가서라.
그는꿈쮜나니쌔쌔시[1]그女子의밧븐날들을
다시금울고마라서라다시금나는
사랑을지어서첫아들을보아라, 오래후에
길거리우헤서그와날과맛나라
그의눈속은즐겁움에빗나라, 눈물로서
오는흰눈은바람조차나리는어룰[2]우헤?
다시, 다시녯날의우리다시
두사람도울면서쩌나서라.

나는그를벗을하여서라, 오래동안

현대어 표기

벗과 벗의 옛 임

어떤 아름답던 그 여자는 나에게
잊지 못할 생각을 그 사람에게 주고 갔어라.
그는 꿈꾸나니 짯짯이 그 여자의 바쁜 날들을

....

1) 짯짯이. 아주 자세하게.
2) 얼굴.

다시금 울고 말았어라 다시금 나는
사랑을 지어서 첫아들을 보아라, 오래 후에
길거리 위에서 그와 날과 만나라
그의 눈 속은 즐거움에 빛나라, 눈물로서
오는 흰눈은 바람 좇아 내리는 얼굴 위에?
다시, 다시 옛날의 우리 다시
두 사람도 울면서 떠났어라.

나는 그를 벗을 하였어라, 오랫동안

봄과봄밤과봄비

오늘밤, 봄밤, 비오는밤, 비가
햇듯햇듯1) 보슬보슬 회친회친2), 아주 가이업게3)귀업게
비가 나린다, 비오는봄밤,
비야말로, 세상을모르고,
가난하고불상한나이가슴에도와주는가?
漢江, 大同江, 豆滿江, 洛東江, 鴨綠江,
普通學校三學年 五大江의이름외이든 地理時間,
主任先生얼굴이내눈에환하다.
무쇠다리우헤도, 무쇠다리를스를듯4), 비가온다.
이곳은 國境, 朝鮮은新義州, 鴨綠江, 鐵橋,
鐵橋우헤나는섯다. 分明치못하게? 分明하게?

朝鮮生命된 苦憫이여!

우러러보라, 하늘은감핫고5)아득하다.
自動車의, 멀니, 불붓는두눈, 騷音과騷音과냄새와냄새와,

朝鮮人, 日本人, 中國人, 몃名이나될쏘……

---

1) 해뜩해뜩.
2) 헷질헷질. 횟질횟질.
3) 가없다.
4) 슷다. 스치다.
5) 가맣다.

지나간다, 지나를간다, 돈잇는사람, 쏘는, 씨니좃차 벗드린[6]
사람

사람이라 어물거리는다리우헤는電燈이밝고나
다리아래는그늘도깁게번듯거리며
푸른물결이흐른다, 구뷔치며, 얼신얼신.

현대어 표기

봄과 봄밤과 봄비

오늘 밤, 봄밤, 비 오는 밤, 비가
햇듯햇듯 보슬보슬 회친회친, 아주 가이업게
비가 내린다, 비 오는 봄밤,
비야말로, 세상을 모르고,
가난하고 불쌍한 나 이 가슴에도 와주는가?
한강, 대동강, 두만강, 낙동강, 압록강,
보통학교 삼학년 오대강의 이름 외이든 지리시간,
주임선생 얼굴이 내 눈에 환하다.
무쇠다리 위에도, 무쇠다리를 스를 듯, 비가 온다.
이곳은 국경, 조선은 신의주, 압록강, 철교,
철교 위에 나는 섰다. 분명치 못하게? 분명하게?

조선 생명 된 고민이여!

우러러보라, 하늘은 가맣고 아득하다.
자동차의, 멀리, 불붙는 두 눈, 소음과 소음과 냄새와 냄새와,

---

6) 빠뜨리다.

조선인, 일본인, 중국인, 몇 명이나 될꼬…….
지나간다, 지나를 간다, 돈 있는 사람, 또는, 끼니조차 빠뜨린 사람

사람이라 어물거리는 다리 위에는 전등이 밝고나
다리 아래는 그늘도 깊게 번듯거리며
푸른 물결이 흐른다, 굽이치며, 얼신얼신.

봄바람

바람아, 봄에부는바람아,
山에, 들에, 불고가는바람아,
자네는 어제오늘새눈트는버들개지에도불고
파릇하다, 볏갓갑은[1]
언덕의잔듸풀, 잔디풀에도불고,
하늘에도불고, 바다에도분다.

오! 그립은, 그립은봄바람아,
자네는蒙古의沙漠에불고, 쏘
北支那의古墟에불고, 鴨綠江을건너면
新義州, 平壤, 群山, 木浦, 그곳을다불고
호젓할새, 외롭은섬하나,
그곳은濟州도, 거게서도불고,
對馬島도지나서그곳나라의
아름답다, 엡분山川과살틀한風物이며,
쏘는우슴곱기로 有名한娼妓들의너그럽은소매며이상한비단씩
쏘는굴근다리삿츨[2]부러주고,
다시불고불고불어南洋을지나,
近代的美國은더잘부러주겠지!

---

1) 햇볕 가까운.
2) 다리 샅을.

푸른눈섭과흰귀밋과, 불눅한젓가슴,
모단3)女,모단아희, 世相의尖端을것는
그들의해족이는미혹의입술과술잔을불고지나,
外交의소용도리, 歐羅巴의
詐欺師와 機械業者와外交官의헷바닥을불고
돌고돌아, 다시이곳, 朝鮮사람에
한사람인나의념통을불어준다.

오! 바람아, 봄바람아, 봄에봄에
불고가는바람아, 쌍쌍히빗최는햇볏츨짜라,
자네는富者집시악씨의머리아래너그럽고흰니마의
레-드 푸드, 밋쓰럽은肢體에도불고
우리집, 어득한초막의너저분한방안에꿈뛰며자는
어린아기의가여운쌤도어루만져준다.

인제얼마잇쓰면, 인제얼마잇쓰면,
오지꼿4)도퓌겟지!
복숭아도퓌겟지!
살구꼿도퓌겟지!
창풀밧테금니어5),
술안주도 할때지!
아! 자네는 갓티운6)우리의마음을 그얼마나쐬이노!

---

3) 모던modern.
4) 오얏꽃.
5) 금이어金鯉魚.
6) 갇힌.

봄바람

바람아, 봄에 부는 바람아,
산에, 들에, 불고 가는 바람아,
자네는 어제 오늘 새 눈 트는 버들개지에도 불고
파릇하다, 볕 가까운
언덕의 잔디 풀, 잔디 풀에도 불고,
하늘에도 불고, 바다에도 분다.

오! 그리운, 그리운 봄바람아,
자네는 몽골의 사막에 불고, 또
북지나의 고허에 불고, 압록강을 건너면
신의주, 평양, 군산, 목포, 그곳을 다 불고
호젓할새, 외로운 섬 하나,
그곳은 제주도, 거게서도 불고,
대마도도 지나서 그곳 나라의
아름답다, 예쁜 산천과 살뜰한 풍물이며,
또는 웃음 곱기로 유명한 창기들의 너그러운 소매며 이상한 비단 띠
또는 굵은 다리샅을 불어주고,
다시 불고 불고 불어 남양을 지나,
근대적 미국은 더 잘 불어주겠지!

푸른 눈썹과 흰 귀밑과, 불룩한 젖가슴,
모던 여, 모던 아희, 세상의 첨단을 걷는
그들의 해족이는 미혹의 입술과 술잔을 불고 지나,
외교의 소용돌이, 구라파의
사기사와 기계업자와 외교관의 혓바닥을 불고
돌고 돌아, 다시 이곳, 조선 사람에
한 사람인 나의 염통을 불어준다.

오! 바람아, 봄바람아, 봄에 봄에
불고 가는 바람아, 쨍쨍히 비치는 햇볕을 따라,
자네는 부잣집 시악씨의 머리 아래 너그럽고 흰 이마의
레―드 푸드, 미끄러운 지체에도 불고
우리 집, 어득한 초막의 너저분한 방 안에 꿈꾸며 자는
어린 아기의 가여운 뺨도 어루만져준다.

인제 얼마 있으면, 인제 얼마 있으면,
오지꽃도 피겠지!
복숭아도 피겠지!
살구꽃도 피겠지!
창 풀밭에 금이어,
술안주도 할 때지!
아! 자네는 갇히운 우리의 마음을 그 얼마나 꾀이노!

비오는날

비오는날, 젼에는 베르렌[1]의
내가슴에눈물의비가온다고
그노래를불럿더니만,
비오는날, 오늘,
나는 「비가오네」 하고말뿐이다.
비오는날, 오늘, 포풀라나무닙푸르고
그닙그늘에참새무리안자지저귄다.
닙페안젓든개고리가한놈쩜벙하고개굴로쮜어나린다.
비는쌀악비[2]다, 포슬포슬 차츰
한알두알넌달녀비스틈이쑤린다.
平壤에도 將別里, 오는비는모도쏙갓든비려니만
비야망정견일과는 다르토다. 방아랫목에
자든어린이, 기지개펴며, 니러나운다.
나는「져, 비오는것 보아!」 하며
수年세살먹은아가를 품에안고어른다[3].

---

1) 베를렌(Paul Verlaine, 1844~1896). 프랑스의 서정 시인으로 초기에는 퇴폐적인 색
   채의 시를 많이 발표하였으며, 랭보 등과 교유하였고, 후기에는 종교적 신앙을
   노래함.
2) 싸락비.
3) 어르다. 어린아이나 짐승을 귀엽게 다루어 기쁘게 하여주다.

비 오는 날

비 오는 날, 전에는 베를렌의
내 가슴에 눈물의 비가 온다고
그 노래를 불렀더니만,
비 오는 날, 오늘,
나는 「비가 오네」 하고 말뿐이다.
비 오는 날, 오늘, 포플러 나뭇잎 푸르고
그 잎 그늘에 참새 무리 앉아 지저귄다.
잎에 앉았던 개구리가 한 놈 쩜벙 하고 개굴로 뛰어내린다.
비는 싸락비다, 포슬포슬 차츰
한 알 두 알 연달려 비스듬히 뿌린다.
평양에도 장별리, 오는 비는 모두 꼭 같은 비려니만
비야망정 전일과는 다르도다. 방 아랫목에
자던 어린이, 기지개 펴며, 일어나 운다.
나는 「저, 비 오는 것 보아!」 하며
금년 세 살 먹은 아가를 품에 안고 어른다.

忍從

우리는아기들, 어버이업는우리아기들
누가 너의들다려, 부르라드냐
즐겁은노래만을, 勇敢한노래만을
너의는안죽자라지못햇다, 철업는孤兒들이다.

철업는孤兒들! 어듸서배윗느냐
「オレハ 河原ノ枯 ススキ」[1] 혹은,
철업는孤兒들, 부르기는하지만,
「배달나라健兒야 나아가서 싸호라」

안즉어린孤兒들! 너의는주으린다,
虐待와貧困에너의들은운다.
어쩌면너의들에게즐겁은노래잇슬소냐?
억지로 「나아가싸호라, 나아가싸호라, 즐겁어하라」
이는 억지다.

사람은 쓸픈제쓸픈노래부르고,
즐겁은제즐겁은노래부른다.
우리는괴로우니쓸픈노래부르쟈,
우리는괴로우니쓸픈노래부르쟈.

---

1) '나는 냇가의 마른 갈대'라는 뜻의 일본어.

그러나 祖先의

슬퍼도즐겁어도, 우리의노래에 健全하고
사뭇 우리의精神이잇고
그精神가운데서야우리生存의意義가잇다.
슬픈우리노래는 가장슬프다.

「나아가싸호라 즐겁어하라」가 우리에게잇슬법한 노랜가,
우리는어벼이업는 아기어든,
부질업는선동은, 우리에게 독이다,
부질업는선동을밧다드림은
한갓 술에취한사람의되지못할억지요,
제가저를상하는몸부림이다.

그러하다고, 하마한들, 어버이업는 우리孤兒들
「オレハ 河原ノ枯 ススキ」지마라,
이러한노래를부를것가, 우리에게는
우리祖先의노래잇고야. 우리는거지맘은아니가젓다.

우리노래는가장슬프다,
우리는우리는孤兒지만
어버이업는아기어든,
지금은슬픈노래불너도죄는업지만,
즐겁은즐겁은제노래부른다.
슬픔을누가不健全하다고 말을하느냐,

죠흔슬픔은 *忍從*이다.

다만 모든*恥辱*을참으라, 굴머죽지안는다!
*忍從*은가장*德*이다,
*最善*의*反抗*이다
안즉우리는힘을길을쑨
오즉배화서알고보쟈.
우리가어른되는그날에는, *自然*히싸호게되고,
싸호면이길줄안다.

현대어 표기

인종

우리는 아기들, 어버이 없는 우리 아기들
누가 너희들더러, 부르라드냐
즐거운 노래만을, 용감한 노래만을
너희는 아직 자라지 못했다, 철없는 고아들이다.

철없는 고아들! 어디서 배웠느냐
「オレハ 河原ノ枯 ススキ」 혹은,
철없는 고아들, 부르기는 하지만,
「배달나라 건아야 나아가서 싸우라」

아직 어린 고아들! 너희는 주으린다
학대와 빈곤에 너희들은 운다.
어쩌면 너희들에게 즐거운 노래 있을쏘냐?

억지로 「나아가 싸우라, 나아가 싸우라, 즐거워하라」 이는
억지다.

사람은 슬픈 제 슬픈 노래 부르고,
즐거운 제 즐거운 노래 부른다.
우리는 괴로우니 슬픈 노래 부르자,
우리는 괴로우니 슬픈 노래 부르자.
그러나 조선의

슬퍼도 즐거워도, 우리의 노래에 건전하고
사뭇 우리의 정신이 있고
그 정신 가운데서야 우리 생존의 의의가 있다.
슬픈 우리 노래는 가장 슬프다.

「나아가 싸우라 즐거워하라」가 우리에게 있을법한 노랜가,
우리는 어버이 없는 아기어든,
부질없는 선동은, 우리에게 독이다,
부질없는 선동을 받아들임은
한갓 술에 취한 사람의 되지 못할 억지요,
제가 저를 상하는 몸부림이다.

그러하다고, 하마한들, 어버이 없는 우리 고아들
「オレハ 河原ノ枯 ススキ」지 마라,
이러한 노래를 부를 것가, 우리에게는
우리 조선의 노래 있고야. 우리는 거지 맘은 아니 가졌다.

우리 노래는 가장 슬프다,
우리는 우리는 고아지만
어버이 없는 아기어든,
지금은 슬픈 노래 불러도 죄는 없지만,
즐거운 즐거운 제 노래 부른다.
슬픔을 누가 불건전하다고 말을 하느냐,

좋은 슬픔은 인종이다.

다만 모든 치욕을 참으라, 굶어죽지 않는다!
인종은 가장 덕이다,
최선의 반항이다
안즉 우리는 힘을 기를 뿐
오직 배워서 알고 보자.
우리가 어른 되는 그날에는, 자연히히 싸우게 되고,
싸우면 이길 줄 안다.

소월시 어휘 풀이

ㄱ

•가늣한
'가늣하다'가 기본형. '가느스름하다', '가느다랗다'와 유사한 의미를 지닌다. 소월 시에서 "붉으렷한 얼골에 가늣한 손가락의"(꿈으로오는한사람)라는 구절에 등장한다.

•가름째
'가름재'가 표준어. '두 지역이 갈라지는 갈림길에 있는 등성이나 고개'를 뜻한다. 소월 시의 "아아 괴로워라, 다리우는 내마음의 가름째야"(빗)라는 구절에 등장한다. 여기서는 빗 때문에 쪼들려 안타깝고 조급해진 심정이 갈피를 잡지 못하고 있는 정황을 그려낸다.

•거츠는
'거츠다'가 기본형이고, '거치다'가 표준어다. '지나치다' 또는 '경유하다'의 뜻을 지닌다. 소월 시에서는 "흔들니는 다리우 무지개길/바람조차 가을 봄 거츠는꿈"(꿈길)이라는 구절에 등장한다. 이 말을 『정본김소월전집』(오하근, 집문당, 1995)에서는 '거칠다'로, 『김소월전집』(김용직, 서울대출판부, 1996)에서는 '걷히다'로 풀이했다. 필자는 이 구절을 '흔들리는 다리 위의 무지개 길을 바람을 따라 가을 봄 거치는 꿈'으로 풀이하는 것이 적절하다고 생각한다. 여기에 '거칠은 꿈' 또는 '걷힌 꿈'이라는 말은 문맥상으로 보아 어울리지 않는다. 이 시의 제목 자체도 '꿈길'이라는 점을 유의할 필요가 있다.

•건드리며

'건들거리다'가 표준어. '건들이다'는 '바람이 부드럽게 불어오는 모양'을 나타낸다. '초가을에 선들선들 부는 바람'을 '건들바람'이라고 한다. 소월 시에서는 "밤바람건드리며 별눈이 쓸째에는"(불탄자리)이라는 구절에 등장한다. 그런데 이 말을 『김소월 시어법 연구』(오하근, 집문당, 1995)에서는 '손이나 물건을 대어 조금 움직이다'로 풀이했다. '건드리다'라는 동사로 풀이한 것이다. 이 구절을 "밤바람이 손이나 물건을 대어 조금 움직이며"라고 읽을 수는 없다. "밤바람이 건들거리며 부드럽게 불어오며"라고 읽는 것이 자연스럽다.

• 고조곤도 하고
'고조곤하다'가 기본형이며, '한가롭고 고요하다'는 뜻을 지닌다. 소월 시에서는 "당신이 쌀아노하주신 이자리는 맑은못밋과가티 고조곤도하고 안윽도 햇서요"(쑴자리)라는 구절에 등장한다. 『표준국어대사전』에도 등재되어 있지 않으며, 소월 시의 다른 작품에서도 그 용례를 찾을 수 없다.

• 곱지
'고삐'의 방언. '소의 코뚜레나 말의 재갈에 잡아매어 몰거나 부릴 때 끄는 줄'을 말한다. 소월 시에서는 "곱지서발을 해올나와"(대수풀노래)에 등장한다. 이 구절은 '세 발 정도 되는 길이의 고삐를 만들어 와'라고 풀이된다.

• 곳업시
'곳없다'가 기본형이며, '정처 없다'는 뜻을 지닌다. 소월 시에서는 "곳업시써다니는 늙은물새가"(바다)라는 구절에 등장한다.

• 그무리며
'그무리다'가 기본형. 방언에서는 '끄무리다'라는 말이 많이 쓰이며, '빛이 밝아졌다 침침해졌다 하다'라는 뜻을 지닌다. 소월 시에서는 "달빗츤 그무리며 넓은宇宙에/일허젓다나오는 푸른별이요"(녀름의달밤)라든지, "전등電灯은그무립니다"(서울밤)라는 구절에 등장한다.

•그무러지고

'그무러지다'가 기본형. 이 말은 날씨를 말할 때, '구름이 끼어 날이 흐리고 어둠침침하게 되다'라는 뜻으로 사용한다. 소월 시에서는 "등잔불그무러지고 닭소래는자즌데"(돈과밥과맘과들)라는 구절에 등장한다. 여기서는 '등잔불이 꺼질 듯 희미하고 어둠침침해지다'로 풀이할 수 있다.

•그뭇거리는

'그뭇거리다'를 기본형으로 볼 수 있지만, 표준어는 '그물거리다'이다. '그무리다'와 비슷한 말로, '빛이 밝아졌다 흐렸다 하다'라는 뜻으로 풀이한다. 소월 시에서는 "푸릇한불빗싼/그뭇거리는데요"(蘇小小의무덤) 라는 구절에 등장한다.

•그므는

'그믈다'가 기본형이며, '꺼지다'라는 뜻으로 풀이된다. 소월 시에서는 "손의 집單間房에밤이깁헛고/젊음의불심지가마자그므는"(벗마을)이라는 구절에 등장한다. 『김소월 시어법 연구』(오하근, 집문당, 1995)에서는 이 말을 '그무러지다'와 같은 뜻으로 보아 '불이 약해지며 꺼질 듯 말 듯하게 되다'라고 풀이했다.

•그어, 그어라

'긋다'가 기본형이다. 이 말은 다의어로서 '줄을 치거나 금을 그리다', '성냥알을 황에 대고 문지르다', '외상값을 장부에 치부하다', '경계나 한계 따위를 분명히 짓다' 등의 뜻으로 쓰이기도 하고, '비가 잠깐 그치다', '비를 잠시 피해 그치기를 기다리다' 등의 뜻으로 쓰이기도 한다. 소월 시에서는 "애달피고 흔비는 그어오지만/내몸은꽂자리에 주저안자 우노라"(봄비)라는 구절과 "西陵에는바람싼/그물비를그어라"(蘇小小무덤)라는 구절에 등장한다. 두 구절이 모두 비가 내리는 정황을 그리고 있음에도, 여기서는 '긋다'라는 말이 '비가 그치다'의 뜻으로 쓰이고 있지 않다. '바람에 비가 날려 빗겨 뿌리다'라는 뜻을 가진다. 한자어의 '사우斜雨'가 여기에 해당한다. 『정본김소월전집』(오하근,

집문당, 1995)에서는 '비가 잠깐 그치다'로 풀이하고 있지만, 앞의 두 작품 모두 '비가 잠깐 그치다'라는 뜻으로 풀이하면 의미가 부자연스럽다.

•길어름

'어름'은 '두 물건의 끝이 맞닿은 자리' 또는 '물건과 물건의 한가운데'를 말한다. 여기서 '길 어름'은 '길이 서로 갈라지는 지점' 또는 '길의 한복판'으로 풀이된다. 소월 시에서는 "살아서 그만인가, 죽으면 그뿐인가,/살죽는 길어름에 잊음바다 건넜든가"(生과돈과死)라는 구절에 등장한다.『김소월 시어법 연구』(오하근, 집문당, 1995)에는 '길얼음'으로 표기했다.

ㄴ

•나무리다

'나무리다'는 '나무라다'의 방언이다. 소월 시에서는 "당신이 속으로나무리면『무척그리다가 니젓노라』"(먼後日) 라는 구절에 등장한다.

•난벌

'거친 벌판 또는 동네에서 멀리 떨어진 넓은 벌판'을 말한다. 소월 시에서는 "거츤벌난벌에 픠는꼿츤/졋다가도 픠노라 니릅듸다"(無心)라는 구절에 등장한다.

•낸내

'내'는 '물건이 탈 때에 일어나는 부옇고 매운 기운' 또는 '냄새'의 준말이다. '낸내'는 이 두 가지의 말이 결합된 합성어이다. '물건이 탈 때에 일어나는 부옇고 매운 기운의 냄새'라고 풀이된다. 소월 시에서는 "쩌러진닙 타서오르는, 낸내의한줄기로/바람에나붓기라"(비난수하는맘) 라는 구절에 등장한다.『정본김소월전집』(오하근, 집문당, 1995)에서는 '연기'라고 풀이했다.

•노구라붙고

'누그러져 붙다'가 표준어다. '힘이 빠지고 시들어져 붙어버리다'라는 뜻을 지닌다. 소월 시에서는 "넓도줄기도 노구라붙고 둥근박만 달렸네"(박넝쿨打令)라는 구절에 등장한다.

• 놀

'놀'은 '노을'의 준말, 또는 '바다의 큰 물결'을 뜻한다. 소월 시에서 이 말을 '노을'의 준말로 쓴 경우는 "나는 오히려 못물까을 싸고써돈다./그못물로는 놀이 자즐째"(가을저녁에), "놀지는골짝이에 목이메든째"(물마름), "긔여오르는구름꾯테도/빗긴놀은붉어라, 압피밝게"(길손) 등의 구절이 있다. 『정본김소월전집』(오하근, 집문당, 1995년)에서는 "그못물로는 놀이 자즐째"(가을저녁에)에 등장하는 '놀'을 '사납고 거친 물결'이라고 풀이했다. 문맥상 "그 못물(연못)로는 저녁노을이 점차 사라질 때"라고 읽어야 자연스럽다. 연못에 사납고 거친 물결이 일 까닭이 없다. 특히 가을 저녁이 시간적 배경임에 유의할 필요가 있다. '놀'이 '바다의 사나운 큰 물결'을 말하는 경우 흔히 '바닷놀'이라고 한다. 방언에서는 '농올, 농울, 농우리' 등으로 쓰이기도 한다. 소월 시에서는 "고기잡이 배한隻 길써낫다고./昨年에도 바닷놀이 무섭엇건만"(漁人)이라는 구절에 등장한다.

• 누거워

'누겁다'가 기본형. '방 안에 누기가 차서 눅눅하다'라는 뜻을 가진 이 말은 '차다'에서 '차갑다'가 파생된 것처럼 '눅다'에서 파생한 것으로 볼 수 있다. '눅눅하다'라는 말이 많이 쓰이기 때문에 일상어에서는 그 용례가 많지 않다. 소월 시에서는 "누은곳이차차로/누거워오니"(午過의泣)라는 구절에 등장한다.

• 누꿔도

'눅다'의 사역형인 '눅이다'가 표준어. 방언에서는 '누꾸다'가 쓰이기도 한다. 『표준국어대사전』에는 동사로 쓰일 경우 '굳거나 뻣뻣하던 것이 무르거나 부드러워지다', '분위기나 기세 따위가 부드러워지다' 등의 의미를 가지며, 형용사로 쓰이는 경우 '반죽 따위가 무르다', '열기나 습기가 스며 물렁하다', '목소리나 성질 따위가 너그럽다', '날씨가 푸근하다', '값이나 이자 따위가 싸다' 등의 의미를 가지는 것으로 풀이되어 있다. 소월 시에서는 "외로운 어느길손 창자조릴제/길가의 찬샘되어 누꿔도주오"(苦樂)라는 구절에 등장한다. 여기서는 '굳거나 뻣뻣하던 것을 무르거나 부드러워지게 하다'라는 뜻으로 풀이한다.

•눅잣추는
'눅잦히다'의 방언으로 '누그러뜨리다' 또는 '마음을 풀리게 하다'라는 쓰인다. 소월 시에서는 "마을로 銀숫드시 오는바람은/눅잣추는香氣를 두고가는데"(녀름의달밤)라는 구절에 등장한다.

•눈결
'눈에 슬쩍 뜨이는 잠깐 동안'을 뜻한다. 주로 '눈결에'라는 말로 쓰인다. 『김소월 시어법 연구』(오하근, 집문당, 1995)에서는 '눈길'이라고 풀이했다. '눈길'은 '눈이 가는 곳' 또는 '눈으로 보는 방향'을 뜻한다. 소월 시에서는 "꿈의품속으로서 구러나오는/애달피잠안오는 幽靈의눈결"(悅樂)이라는 구절에 등장한다.

•눈석이물
'눈석임물'이 표준어. '눈석이'라는 준말로 쓰이기도 한다. 요즘은 대개 '눈녹는 물'이라고 하기 때문에 '눈석임물'이라는 고유어를 보기 힘들다. 소월 시에서는 "그러나 나는, 오히려 나는/소래를드러라, 눈석이물이 씩어리는,/쌍우헤누엇서, 밤마다 누어"(찬저녁)라는 구절에 등장한다.

•눈얼님
현대 국어 표기법에서는 '눈얼림'이라고 쓴다. '눈에 보기에만 그럴싸함'이라는 뜻을 가진다. 소월 시에서는 "이세상 모든 것을/한갓 아름답은눈얼님의/그림자쑌인줄을"(希望)이라는 구절에 등장한다.

• 눈풀니는

'눈 풀리다'가 기본형. '얼었던 눈이 녹다'라는 뜻을 지닌다. 요즘은 흔히 '날씨가 풀리다', '추위가 풀리다'와 같은 경우에 '풀리다'라는 말이 쓰이지만, '눈 풀리다'라는 말은 찾아보기 어렵다. 소월 시에서는 "눈풀니는가지에 당치마귀로/젊은게집목매고 달닐쌔러라"(비단안개)라는 구절에 이 말이 등장한다.

• 눌하게

'누렇다'가 표준어다. 소월 시에서는 "밧헤는 밧곡석 / 눈에 물베./눌하게 닉어서 숙으러젓네"(옷과밥과自由)라는 구절에 이 말이 등장한다.

• 느꾸는

'눅다'의 사역형인 '눅이다'가 표준어다. 방언에서는 '누꾸다' 또는 '느꾸다'가 쓰이기도 한다. '굳거나 뻣뻣하던 것이 무르거나 부드러워지게 하다' 또는 '분위기나 기세 따위가 부드러워지게 하다'라는 뜻으로 풀이된다. 『정본김소월전집』(오하근, 집문당, 1995)에서는 '늦구는'이라고 바꿔놓았다. 소월 시에서는 "저의 맘을 제가 스스로 느꾸는 이는 福있나니/아서라, 피곤한 길손은 자리 잡고 쉴지어다"(해넘어가기前한참은)라는 구절에 이 말이 등장하는데, 이 말을 '누꾸다[苦樂]'라고 쓴 경우도 있다.

• 닐고, 니러

'일다' 또는 '일어나다'에 해당하는 옛말. 소월 시에서는 "쒸노는흰물셜이 닐고 쏘잣는"(바다), "흔들어쌔우치는 물노래에는/내님이놀나 니러차즈신대도"(山우혜) 등의 구절에 등장한다.

ㄷ

• 다리우는

'달다'의 피동형인 '달이다'가 기본형. '안타깝거나 조마조마하여 마음이 몹시 조급해지다'라는 뜻을 지닌다. 『김소월전집』(김용직, 서울대출판부, 1996)에서는 '달아오르는'으로 풀이하였으며, 『김소월 시어법 연구』(오하근, 집문당, 1995)에서는 '달이다', '끓여서 진하게 하다'로 풀이했다. 소월 시에서는 "아아 괴로워라, 다리우는 내마음의 가름째야"(빗)라는 구절에 등장한다. 이 구절에서 '다리우는'이라는 말을 '달아오르는'이라든지 '끓여서 진하게 하다'라는 뜻으로 풀이하면 그 의미가 부자연스럽다.

•다심도 하지
'다심하다'가 기본형. '마음이 안 놓여 지나치게 생각하거나 걱정함이 많다'는 뜻을 지닌다. 소월 시에서는 "엿태자지안코잇드냐다심도하지 그대요밤새면내일날이쏘잇지안우"(돈과밥과맘과들)라는 구절에 이 말이 등장한다.

•더덥음
'덧없다'의 명사형인 '덧없음'이 표준어. 방언에서 '더덥음'으로 쓰이는 경우가 있다. 『정본김소월전집』(오하근, 집문당, 1995)에서는 '더 더움'으로 고쳐놓았다. 소월 시에서는 "세상은 무덤보다도 다시멀고/눈물은 물보다 더덥음이 업서라"(찬저녁)라는 구절에 이 말이 등장한다.

•더튼한
'더튼하다'가 기본형이며, '깐깐하고 알뜰하다'라는 뜻을 지닌다. 소월 시에서는 "깨끗한心情과더튼한솜씨로/이자리에 일잡자 내남은勞力을!"(불탄자리)이라는 구절에 이 말이 등장한다. 주로 북한 지역에서 일상어로 사용되고 있다.

•데군데군
'군데군데'와 유사하지만 국어사전에 등재되어 있지 않다. 소월 시에서는 "퍼르스럿한달은, 성황당의/데군데군허러진 담모도리에/우둑키걸니윗고"(찬저녁)라는 구절에 이 말이 등장한다. 『김소월 시어법 연구』(오하근, 집문당, 1995)에서는 '구멍이 군데군데 뚫어진 모양'을 뜻한다고 풀이한다.

•도채엇구나

'돋치다'가 기본형이며, '돋아서 내밀다'라는 뜻을 가진다. 소월 시에서는 "번득이는 이슬방울은 벌서도채엇구나/그저그저 이대로건일다가 드러가나잠자자"(五月밤散步)라는 구절에 등장한다. 『정본김소월전집』(오하근, 집문당, 1995)에서는 이 구절을 '번득이는 이슬방울은 벌써도 채었구나'로 띄어쓰기를 잘못 표시하여 전혀 다른 말로 바꾸어 놓고 있다. 이 구절은 '번득이는 이슬방울이 벌써 맺혀 있구나'로 풀이해야 자연스럽다.

•두던, 두덕

소월 시에서 '언덕' 또는 '둔덕'을 가리키는 말로 '두던'과 '두덕'이라는 말을 쓰고 있다. '두던'을 쓰고 있는 경우는 "그러하면 목숨의 봄두던의/살음을 감사하는 높은 가지"(信仰), "모래두던바람은 그물안개를 불고"(女子의냄새), "눈이쌀닌 두던밋테는/그늘이냐 안개냐 아즈랑이냐"(오는봄), "故鄕의江두던에쟈 개넬니니"(不稱錘枰), "무덕이쏘무덕이그한구석의/거츨은두던만을지을쑨이라"(벗마을) 등이 있다. 그리고 '두덕'이라는 말은 시 "마른江두덕에서"라는 제목에 쓰이고 있다. 현대국어에서 표준어로 쓰이고 있는 '두둑'은 '밭과 밭 사이에 길을 내려고 흙으로 쌓아 올린 언덕' 또는 '논이나 밭을 갈아 골을 타서 만든 두두룩한 바닥'을 말한다. '둔덕'은 '두두룩하게 언덕진 곳'을 일컫는 말이다. '두덩'은 '우묵하게 빠진 땅의 가장자리로 두두룩한 곳'을 말한다. 소월이 사용한 '두던'이나 '두덕'은 모두 '둔덕'에 가장 가까운 말임을 알 수 있다.

•두새업는

'두서頭緖없다'는 말의 방언. '말이나 글이 이랬다저랬다 하여 갈피를 잡을 수 없다' 또는 '이치에 맞지 않다'라는 뜻을 지닌다. 소월 시에서는 "두새업는 저 가마귀, 새들게 울짓는 저까치야/나의凶한꿈보이느냐?"(몹쓸꿈)라는 구절에 이 말이 등장한다.

•뒤노는

'뒤놀다'가 기본형이며, '한곳에 붙어 있지 않고 이리저리 흔들리다' 또는 '갈피를 잡지 못하고 흔들리다'라는 뜻을 지닌다. 소월 시에서는 "그대만 업게되면/가슴뒤노는 닭소래 늘 드러라"(닭소래), "말드러라, 애틋한 이女子야, 사랑의째문에는/두다 사납은兆朕인듯, 가슴을 뒤노아라"(몹쓸꿈)라는 구절에 이 말이 등장한다. 김억이 펴낸『소월시초』에서는 이 말을 '뛰노는'이라는 말로 바뀌었다. '뒤놀다'는 '이리저리 뛰어다니며 놀다' 또는 '맥박, 심장 등이 세게 뛰다' 등의 뜻을 지닌 말이다.

•뒤설닌
'뒤스르다'가 기본형이며, '이리저리 뒤척이다' 또는 '이리저리 바꾸거나 뒤적거리다'라는 뜻을 지닌다. 소월 시에서는 "어제ㅅ밤 뒤설닌바람비에/꼿입사귀는 얼마나썰엇노"(春曉)라는 번역 한시의 구절에 등장한다.『정본김소월전집』(오하근, 집문당, 1995년)에서 '뒤설레다', '몹시 설레다'라고 풀이했다.

•뒤재며. 뒤재도. 뒤재이는
'뒤재기다'의 준말. 북한에서 출간된『조선말대사전』에서는 이 말을 '여러 가지 것을 한데 뒤섞다'라고 풀이했다. 그렇지만, 소월 시에서 쓰이고 있는 예를 보면, "몸을 잡고뒤재며 누엇스면/솜솜하게도 감도록 그리워오네"(닭은쑈우요), "아무리 혼자누어 몸을뒤재도/일허바린잠은 다시안와라"(그를꿈꾼밤)와 같은 구절에서 모두 '누운 몸을 자꾸 이리저리 굴리다' 또는 '뒤척거리다'라는 뜻으로 '뒤재다'라는 말을 쓰고 있다. 이와는 달리 "쉬일때나 있으랴/生時엔들 꿈엔들/어찌하노 하다니/뒤재이는 생각을"(고만두풀노래를가져月灘에게드립니다)이라는 구절에 쓰인 '뒤재이는'이라는 말은 북한의『조선말대사전』의 뜻풀이처럼 '여러 가지 것을 한데 뒤섞다'라는 뜻에 가깝다.

•듯거워라
'듯겁다'가 기본형이며, '거만스럽게 잘난 체하며 버릇없이 굴다'라는 뜻을 지닌다. 소월 시에서는 "듯거워라 秦淮ㅅ물/얄궂구나 나룻배"(囉嗊曲)라는 번역 한시의 구절에 이 말이 등장한다. 여기서 '秦淮의 물'이란 남경을 거쳐 양자강으로 흐르는 운하를 말하는데, 걷잡을 수없이 흘러내리는 강물의 모습을 '둣거워라'라고 묘사했다. 『정본김소월전집』(오하근, 집문당, 1995)에서는 이 말을 '둣겹다'의 오식으로 보고 '듣기가 지겹다'로 풀이했다.

ㅆ

•쏫갈
'뜻깔'이 표준어. '뜻'이라는 말에 '—깔'이라는 접미사가 결합된 말이다. 북한에서는 '—깔' 대신에 '—갈'을 쓴다. '—깔'은 '빛, 성, 태' 등의 몇몇 명사 뒤에 붙어서 성질·상태·바탕의 뜻을 더하는 접미사다. 『정본김소월전집』(오하근, 집문당, 1995)에서는 '뜻의 형세나 성질'로, 『김소월전집』(김용직, 서울대출판부, 1996)에서는 '성깔과 비슷한 말'로 풀이했다. 소월 시에서는 "우리들의쏫갈은百을산들한번을빗출곳이잇스랴"(돈과밥과맘과들)라는 구절에 등장한다.

•쏫는
'듣다'가 표준어이며, '눈물·빗물 따위가 방울방울 떨어지다'의 뜻을 지닌다. 소월 시에서는 "찬비쏫는소래"(귀쑤람이), "다만 비쏫는이소래가 굵은눈물과 달지안어"(비소리), "深深山 란초꼿/사뭇쏫는 이슬은"(蘇小小무덤) 등과 같은 구절에 등장한다.

ㅁ

•맘세
'맘새'가 표준어. '맘'과 '—새'라는 접미사가 결합된 말이다. '—새'는 '모양, 상태, 정도'의 뜻을 더하는 접미사로서, '모양새, 생김새, 쓰임새, 차림새' 등과 같이 쓰인다. 소월 시에서는 "붓칠길업는맘세/그린님언제뵐련"(그리워)이라는 구절에 이 말이 등장한다.

•맘해 보아요
'맘하다'를 기본형으로 하며, '마음속에 새기다'라는 뜻을 지닌다. 소월 시에
서는 "흘너가는닙피나 맘해보아요"(풀싸기)라는 구절에 등장한다.

•마차운
'마땅하다'의 평안도 방언이며, '마찹다'가 기본형이다. 소월 시에서는 "한벼
개 잠 자거든, 한솔밥 먹는 님께,/허거픈 이 심사를 傳해 볼까 할지라도,/마차
운말 없거니와, 그亦 누될까 합니다"(生과돈과死)라는 구절에 등장한다.

•매마쟈고
'값을 매기다' 또는 '값을 치다'라는 뜻을 가진 말로, '매마다'를 기본형으로
본다. 소월 시에서는 "세상사람들은 제각금 제脾胃의 헐한갑스로/그의몸갑을
매마쟈고 덤벼들어라"(맘에있는말이라고다할싸보냐)라는 구절에 등장한다.

•머구리
'개구리'의 옛말. 소월 시에서는 '개구리'라는 말이 그의 유고인 「비오는
날」에 등장한다. 시집에는 모두 '머구리'라는 말을 썼다. "들에는 소슬비
/머구리는 우러라"(바리운몸), "홀로 窓턱에거러안자, 두다리느리우고,/첫
머구리소래를 드러라"(默念)와 같은 구절에 이 말이 등장한다.

•머리씰
평안도 방언으로 '머리카락'을 말한다. 소월 시에서는 "새캄한그네의눈, 저저
서울째,/허트러진머리씰, 손에는감겨"(이한밤), "다시금 실벗듯한 가지아래서/
식컴은머리씰은 번쩍어리며"(記憶)라는 구절에서 볼 수 있다.

•메우고
'메우다'가 기본형이며, '통 같은 것에 테를 끼우다', '쳇바퀴 따위의 쳇불을
맞추어 끼우다', '북·장구 따위에 가죽을 씌워 북을 만들다', '활에 활시위를
얻다' 등의 여러 가지 뜻을 가진다. 소월 시에서는 "부러진대쪽으로 활을메우

고"(물마름)라는 구절에 등장한다. 요즘은 모두가 '만들다'라는 말을 쓰기 때문에 이 말이 거의 쓰이지 않는다.

•모도리
'모서리' 또는 '모퉁이'이에 해당하는 방언이다. 소월 시에서는 "데군데군허러진 담모도리에/우둑키걸니윗고,"(찬저녁) 라는 구절에 등장한다.

•모둥켜지면
'모둥켜지다'를 기본형으로 한다. '모여서 한데 뒤섞여 얽히다' 또는 '그러모아 움켜쥐다'라는 뜻을 지닌다. 소월 시에서는 "비되어 나린물이 모둥켜지면/山間엔 瀑布되어 水力電氣요"(苦樂)라는 구절에 등장한다.

•모루
'모퉁이, 마루'에 해당하는 방언. 소월 시에서는 "고요히 서서 물모루 모루모루/치마폭 번쩍 펼쳐들고 반겨 오는 저달을 보시오"(해넘어가기前한참은), "山모루도는손의/슬지는(스러지는)그림자여"(浪人의봄) 등의 구절에 등장한다.

•모작별
저녁 때 하늘에 뜨는 금성金星을 '모작별'이라고 한다. 이밖에도 초저녁 하늘에 비치는 금성은 태백성, 장경성長庚星이라고도 한다. 새벽하늘에서 보이며 샛별, 명성 등으로 불린다. 소월 시에서는 "모작별삼성이 쩌러질째./달마지 달마중을 가쟈고!"(달마지)라는 구절에 등장한다.

•몽어리
'망울'의 방언. 림프샘이 동그랗게 부어오른 자리를 흔히 '몽올' 또는 '몽울'이라고 하는데, 작고 동글동글하게 뭉쳐진 것을 뜻한다. '꽃망울'의 준말로도 쓰이며, '눈망울'을 줄여 '망울'이라고도 한다. 소월 시에서는 "잊었던 眞理의 몽어리에 잎은 피며,/信仰의 불 붙는 고은 잔디/그대의 헐벗은 靈을 싸덮으리"(信仰)라는 구절에 이 말이 등장한다. 『정본김소월전집』(오하근, 집문

당, 1995)과 『김소월전집』(김용직, 서울대출판부, 1996)에서 모두 '봉우리'라고
풀이했다.

•무어
'뭇다'가 기본형. '조각을 잇거나 붙여서 만들다'라는 뜻을 지닌다. 생선, 장
작 따위를 묶어 놓은 작은 단위를 '뭇'이라고 하는데 이 말과 상관있는 듯하
다. 소월 시에서는 "오오 안해여, 나의사랑!/하눌이 무어준짝이라고/밋고사름
이 맛당치안이한가"(夫婦)라는 구절에 등장한다. 『정본김소월전집』(오하근, 집
문당, 1995)에서는 '무어주다'를 기본형으로 하여 '인연을 맺다'라는 뜻으로
풀이했다.

•무연한
'무연無緣하다'가 기본형. '아무 인연이나 연고가 없다'라는 뜻을 지닌다. 소
월 시에서는 "무연한 벌위에 들어다 놓은듯한 이 집"(爽快한아침)이라는 구절
에 등장한다. 「爽快한아침」의 제3행에 '신개지新開地'라는 말이 나온다. 아무
인연이나 연고도 없는 들판을 새로 개간하여 그 위에 집을 지어 놓은 상태임
을 알 수 있다. 『정본김소월전집』(오하근, 집문당, 1995)에서는 이 말을 '아득
하게 너르다'라고 풀이했다.

•물걸닌
'물'은 '물건에 묻어서 드러나는 빛깔'을 뜻한다. '걸닌'은 '그을린'의 방언이
다. 표준어에서는 '그을리다'를 기본형으로 하는데, '햇볕, 연기 등을 오랫동
안 쐬어 빛이 검게 되다'라는 뜻을 지닌다. 여기서 '물 걸닌 옷'은 '오래되어
물색이 변하고 빛이 검게 그을린 옷'으로 풀이된다. 소월 시에서는 "술냄새
담배냄새 물걸닌옷/이웃도 그대의닙혀주심/밤비에 밤이슬에 물걸닌옷"(옷)이
라는 구절에 이 말이 등장한다. 『정본김소월전집』(오하근, 집문당, 1995)에서는
'빨래할 때를 거른'이라고 풀이하였고, 『김소월전집』(김용직, 서울대출판부,
1996)에서는 '제철을 잃은 또는 빨래할 때를 놓친'으로 풀이했다. 이러한 해석
은 '물'을 '옷을 한 번 빨래할 때마다의 동안'이라는 뜻과 함께 '제철'이라는

뜻으로 볼 수 있는 가능성도 제시하고 있지만, 전체 문맥으로 보아 부자연스럽다.

•물구슬
아침에 맺히는 이슬을 '물구슬'이라는 말로 바꿔 부르고 있다. 소월 시에서는 "물구슬의봄새벽 아득한길"(꿈길)이라는 구절에 등장한다.

•물김
'물김'은 '물에서 피어오르는 김'을 뜻한다. 여기서는 숲에서 수증기가 피어오르는 것을 말한다. 소월 시에서는 "풀숲에물김쓰고/달빗에새놀내는"(浪人의봄)이라는 구절에 이 말이 등장한다. 『정본김소월전집』(오하근, 집문당, 1995)에서는 '아지랑이'라고 풀이했다. 아지랑이는 맑은 봄날 공중에 아른거리는 공기 현상으로, 복사열로 공기의 밀도가 고르지 않아 빛의 진로가 불규칙하게 굴절되어 보이는 것을 말한다.

•물질녀
'물 질리다'를 기본형으로 본다. 여기서 '물'은 '물건에 묻어서 드러나는 빛깔'을 말하며, '질리다'는 '짙은 색깔이 한데 몰려 퍼지지 않다'라는 뜻을 지닌다. 소월 시에서는 "고히도붉으스레 물질녀와라/하눌넓고 저녁에 섯는구름"(새벽)이라는 구절에 이 말이 등장한다.

ㅂ

•바잽, 바재는, 바재이고
남한에서는 '바장이다'가 표준어인데, 북한에서는 '바재이다' 또는 '바재다'라고 쓴다. '마음이 내키는 대로 선뜻 행동하지 못하고 이것저것 자꾸 재다'라는 뜻으로 쓰이기도 하고, '마음이 진정되지 아니하여 이 생각 저 생각하다'라는 뜻으로 쓰이기도 한다. 소월 시에 등장하는 '바잽'은 '바재이다'의 명사형인 '바잼'을 오기한 것으로 본다. "바잽의 모래밭에/돋는 봄풀은/매일 붓는 벌 불

에 터도 나타나"(孤獨), "江우에 다리는 놓였던것을!/건너가지 않고서 바재는 동안"(機會), "저리도해는 산머리에서 바재이고 잇슴니다"(길차부) 등 여러 구절에 등장한다.

•발은
'바라다'가 기본형이며, '생각대로 되기를 원하다'라는 뜻을 지닌다. 소월 시에서는 "상감님이 되어서락도/발은것이 나드니라"(돈)라는 구절에 등장한다. 이 구절에서 앞뒤 연과의 의미관계를 생각해 보면, '천금이 모두 흩어진다 하더라도 다시 돌아온다고 하지만, 모두 없어진 뒤에는 그렇지 않다. 상감님이 된다 하더라도 바라는 것은 바로 나(돈)더니라'라고 풀이할 수 있다. 『정본김소월전집』(오하근, 집문당, 1995)에서는 '바르다'로 풀이했다.

•배바삐
'분주히'라는 말과 같은 뜻을 가진 평안도 방언이다. '아주 바쁘게'라는 뜻으로 풀이할 수 있다. 소월 시에서는 "鐘소리는 배바삐 흔들리고/앳궂은 弔歌는 비껴 울때"(信仰)라는 구절에 등장한다.

•볼씨있는
'볼씨 있다'는 '보기에 좋다', '볼품 있다' 같은 뜻의 말로 풀이한다. 소월 시에서는 "아흔날 좋은봄에 볼씨있는 桃李花야"(義와正義心)라는 구절에 등장한다. 그런데 "아무렇게라도 해서 발편하고 볼씨있는 여름신 한 켤레 사야만 된다"(祈願)라는 구절에도 이 말이 등장한다. 여기서는 '볼품 있는'이라는 뜻과는 다르게 풀이해 보기로 한다. 흔히 신발이나 구두를 살 때 '볼이 있는', '볼씨 있는'이라는 말을 쓴다. 이때 '볼이 있다'는 말은 '신발이나 구두의 옆면과 옆면 사이의 간격이 넉넉하다'라는 뜻을 지닌다. 『정본김소월전집』(오하근, 집문당, 1995)에서는 두 군데 등장하는 이 말을 모두 '볼품있다'로 풀이했다.

•부승기는

'부숫그리다' 또는 '부숫기다'의 방언. '한숨짓다' 또는 '탄식하다'라는 뜻을 지닌다. 소월 시에서는 "부승기는맘에갈기는듯에/그지업시쩌달핀이내녁을," (달밤)이라는 구절에 이 말이 등장한다. 『정본김소월전집』(오하근, 집문당, 1995)과 『김소월전집』(김용직, 서울대출판부, 1996)에서는 모두 이 말을 '버성기다'의 방언으로 보고 '벌어져 틈이 있다'라고 풀이했다. 이런 뜻으로 읽으면 문맥상 부자연스럽다.

• 북고여라
'북고이다'가 기본형. 『김소월 시어법 연구』(오하근, 집문당, 1995)에서는 '부글부글 고이다'로, 『김소월전집』(김용직, 서울대출판부, 1996)에서는 '북적고이다'로 풀이했다. 소월 시에서는 "다시금 쏘다시금/赤黃의泡沫은 북고여라, 그대의가슴속의"(不運에우는그대여)라는 구절에 이 말이 등장한다.

• 불설워
'불섧다'를 기본형으로 하며, '불쌍하고 섧다'라는 뜻을 지닌다. 소월 시에서는 "누나라고 불녀보랴/오오 불설워"(접동새)라는 구절에 이 말이 등장한다.

• 빗긴
기본형은 '빗기다'로, '가로지르다' '옆으로 스치다' '비껴가다' 등의 뜻을 지닌다. 소월 시에서는 "흰모래 모래빗긴船倉싸에는/한가한배노래가 멀니자즈며"(山우혜), "쌤줏쌤죽한멧봉오리/긔여오르는구름잦테도/빗긴놀은붉어라"(길손), "부르는소리는 빗겨가지만/하눌과쌍사이가 넘우넓구나"(招魂)와 같은 여러 구절에 이 말이 등장한다.

• 빗보고는
'빗보다'가 기본형이며, '똑바로 보지 못하고 어긋나게 잘못 보다'라는 뜻을 지닌다. "깨여서도 늘, 길꺼리엣사람을/밝은대낮에 빗보고는 하노라"(꿈으로오는한사람)라는 구절에 등장한다.

•빗죽은
'빗죽하다'가 기본형이며, 표준어에서는 '삐죽하다'라고 쓴다. '물건의 끝이 앞으로 내밀다'라는 뜻을 지닌다. 소월 시에서는 "회멀씀하여 써돈다, 하늘 우헤,/빗죽은半달이 언제 올낫나!"(반달)라는 구절에 이 말이 등장한다. 『정본 김소월전집』(오하근, 집문당, 1995)과 『김소월전집』(김용직, 서울대출판부, 1996)에서는 모두 이 말을 '빛 죽은'으로 띄어 쓰고 풀이했다. '빛이 죽은 반달'이라고 풀이하는 것보다는 '삐죽한 반달'이라고 읽어야 자연스럽다.

ㅅ

•새들게
'새들다'의 기본형이며, '남이 알아들을 수 없게 혼자 지껄이다'라는 뜻을 지닌다. 소월 시에서는 "새들게 짓거리는까치의무리./바다을바라보며 우는가마귀"(오는봄)라는 구절에 이 말이 등장한다.

•새업시
'새없다'에서 '새'는 '사이'의 준말이다. 소월 시에서는 "낫다가 새업시 몸이 가신/아씨님무덤우의 풀이라고"(담배)라는 구절에 등장한다.

•성근
'성기다'가 기본형이며, '사이가 배지 않고 뜨다'라는 뜻을 지닌다. '성글다'라고도 쓴다. 소월 시에서는 "쌍우헤서녹으며/성근가지적시며/잔씨쑤리축이며"(첫눈)라는 구절에 등장한다.

•성마른
'성마르다'가 기본형이며, '참을성이 없고 성질이 조급하다'라는 뜻을 지닌다. 소월 시에서는 "성마른쑤지람 다시는위로와하소연도,"(불탄자리)라는 구절에 이 말이 등장한다.

•솔곳이

'솔깃하다'가 표준어다. 소월 시에서는 "귀기울고 솔곳이 엿듯노라면/님게신 窓아래로 가는물노래"(山우혜)라는 구절에 등장한다.

•솜솜하게

'솜솜하다'가 기본형으로, '삼삼하다'의 작은 말이다. '잊히지 않고 눈앞에 보이는 듯 또렷하다'라는 뜻을 지닌다. 소월 시에서는 "몸을 잡고뒤재며 누엇스면/솜솜하게도 감도록 그리워오네"(닭은쏘쑤요)라는 구절에 등장한다.

•숙기지니

'숙지다'가 표준어이며, '어떤 현상이나 기세 따위가 차차 줄어지다'라는 뜻을 지닌다. 소월 시에서는 "은하가 년년 잔별밭에/돌아 서는 자곡자곡 밝히는 별이 숙기지니"(七夕)라는 구절에 등장한다.

•순막집

'숫막집'이 표준어인데 이 말은 '주막집'의 옛말에 해당한다. 소월 시에서는 "그대가 世上苦樂말하는날밤에,/순막집불도 지고 귀쑤람이 우러라"(귀쑤람이), "짐싯고 닷든말도 순막집의/虛廳까, 夕陽손에"(追悔)라는 구절에 등장한다.

•숨그르고

'숨고르다'의 방언. '숨을 가누다'라는 뜻을 지닌다. 소월 시에서는 "얼결에 씌워건너서서/숨그르고 발놋는 남의나라쌍"(남의나라쌍)이라는 구절에 등장한다.

•숨치우는

'숨기다'의 방언. 소월 시에서는 "홈싹홈싹 숨치우는 보들압은 모래바닥과 가튼 긴길이恒常 외롭고 힘업슨 제의 발길을 그립은 당신한테로 引導하여주겟지요"(꿈자리)라는 구절에 등장한다. 『정본김소월전집』(오하근, 집문당, 1995)에서는 '훔치다'로 보아 '물기 같은 것을 닦아 깨끗하게 하다'라고 풀이했다.

•숫기된

'숫기'는 '숯'의 방언. 여기서 '숫기 된'이라는 말은 '속이 타들어가 새까맣게 숯덩이로 변하다'로 풀이할 수 있다. 소월 시에서는 "定州城하로밤의 지는달빗혜/애끈친그가슴이 숫기된줄을"(물마름)이라는 구절에 등장한다.

• 스를듯, 스을고, 슬제
'숫다'가 기본형. 현대어에서는 '스치다'가 이에 해당한다. 소월 시에서는 "무쇠다리우헤도, 무쇠다리를스를듯, 비가온다"(봄과봄밤과봄비), "님의靑衫一夜中에 스을고난몸이어다"(銀燭臺), "감으면 눈속엔 흰모래밧/모래에 얼인안개는 물우헤 슬제"(닭은쏘쑤요) 등과 같은 여러 구절에 이 말이 등장한다. 『정본김소월전집』(오하근, 집문당, 1995)에서는 앞에 등장하는 '스를듯'이나 '스을고'의 경우, 그 기본형을 '스루다'로 보고, '녹녹하고 부드럽게 하다'라고 풀이했다.

• 슬지는, 슬러저
'스러지다'가 기본형. '나타난 형태가 차츰 희미해지면서 없어지다'라는 뜻을 지닌다. 소월 시에서는 "山모루도는손의/슬지는(스러지는)그림자여"(浪人의봄), "봄철안개는 슬러저가"(대수풀노래)라는 구절에 등장한다.

• 숫고
'싣다'의 방언. 소월 시에서는 "다시금 하로밤의식는江물을/平壤의 긴단쟝은 숫고가든째"(記憶)라는 구절에 이 말이 등장한다. 『정본김소월전집』(오하근, 집문당, 1995)에서는 '스치다'로 풀이했다. 이 구절의 전체적인 해석도 문제다. 이 구절에서 '단쟝'이란 '단장(斷腸), 즉 '창자가 끊어지는 듯한 슬픔 또는 애끓는 슬픔'을 뜻한다. 『정본김소월전집』(오하근, 집문당, 1995)에서는 '작고 낮은 담장'으로 풀이했지만 문맥상 부자연스럽다. 이 구절은 평양에서의 긴 애달픔을 모두 신고 강물이 흘러가고 있음을 말한다.

• 싀멋업시
'시멋없이'는 '아무 생각 없이' 도는 '망연히'라는 뜻을 지닌다. 소월 시에서는 "달아래 싀멋업시 섯든그女子"(記憶)라는 구절에 등장한다.

• 싀진한
'시잔하다'가 기본형. '기운이 빠져 힘이 없어지다' 또는 '힘이나 세력이 점점 약해지다'라는 뜻을 지닌다. 소월 시에서는 "비와한가지로 싀진한맘이어 드러안즌몸에는/다만 비쯧는이소래가 굵은눈물과 달지안어"(비소리)라는 구절에 등장한다.

• 시메산골
'두메산골'의 뜻. 소월 시에서는 "山새는 왜우노, 시메山골/嶺넘어 갈나고 그래서 울지"(山)라는 구절에 등장한다.

• 시처가며, 싯치던
'싯치다'는 방언이며, 표준어에서는 '씻다'가 기본형이다. 소월 시에서는 "아! 나의아름다운 붉은물가의,/새롭은밀물만 시처가며 밀려와라"(가을), "물싯치든 돌우헨 물째쌛이라"(마른江두덕에서) 등의 구절에 등장한다.

• 식새리
'쓰르라미'의 방언. 소월 시에서는 "이윽고 식새리의 우는소래는/밤이 드러가면서 더욱자즐째"(녀름의달밤)라는 구절에 등장한다.

• 쎄이고
표준어에서는 '써다'라 기본형이다. '바다의 조수가 들어왔다가 빠지다'라는 뜻으로 쓴다. 소월 시에서는 "그러나 밀물도 쎄이고 밤은어둡어/닷주엇든 자리는 알길이업서라"(無信)라는 구절에 등장한다.

• 씨달픈
표준어에서는 '시달프다'가 기본형이다. '마음에 맞지 않고 시들하다'라는 뜻을 지닌다. 소월 시에서는 "그대의씨달픈마음을가다듬을지어다"(길손)라는 구절에 등장한다.

•씩어리는

'씩어리다' 또는 '씨거리다'를 기본형으로 본다. '(찌걱거리며) 소리를 내다'라는 뜻으로 풀이한다. 소월 시에서는 "그러나 나는, 오히려 나는/소래를드러라, 눈석이물이 씩어리는,/쌍우헤누엇서, 밤마다 누어"(찬저녁)라는 구절에 등장한다. 쌓였던 눈이 속에서부터 녹아내리며 눈 녹은 물이 씨그럭거리는 소리를 내는 것을 묘사한 장면이다. 『김소월 시어법 연구』(오하근, 집문당, 1995)에서는 '자주 가프고 거칠게 소리를 내다'로 풀이했다.

○

•아득이고, 아득임은, 아득이노라

기본형은 '아득이다'. '힘겹고 괴로워 요리조리 애쓰며 고심하다'라는 뜻이다. 소월 시에서는 "이것이 어렵은일인줄은 알면서도,/나는 아득이노라, 지금 내몸이/도라서서 한거름만 내어노흐면!"(어려듯고자라배와내가안것은)이라는 구절에 등장한다. 소월은 이 말을 '아른대다, 아른거리다'의 뜻으로 사용하기도 한다. "몸은 써가나니, 볼지어다,/希望의반짝임은, 별빗치아득임은"(바라건대는우리에게우리의보섭대일짱이잇섯드면), "燈불빗헤 거리는해적여라, 稀微한하느便에/고히밝은그림자 아득이고"(合掌) 등과 같은 구절에서는 분명히 '별빛이 아른거리다' 또는 '그림자가 아른대다'라는 뜻으로 쓰였음을 볼 수 있다.

•아르대여라

'아르대다'가 기본형이며, '귀엽게 다루어 기쁘게 하여주다'라는 뜻을 가진다. '어르대다'가 큰 말이다. 소월 시에서는 "오고가는입술의 주고밧는盞/가느스럼한손씰은 아르대여라"(粉얼골)라는 구절에 등장한다. 『정본김소월전집』(오하근, 집문당, 1995)에서는 '아리대다'로 보고 '눈앞에서 왔다 갔다 하다'로 풀이했다.

•안득입니다

'아득이다'와 같은 말. '아른대다' 또는 '아른거리다'라는 뜻을 지닌다. "날점을고 안개는 깁피덥펴서/흐터지는물꼿쌘 안득입니다"(山우혜)라는 구절에 등장한다. 『정본김소월전집』(오하근, 집문당, 1995)에서는 '아득이다'의 힘줌말로 보고 '힘에 겹고 괴로워 애쓰면서 뒤틀거리며 움직이다'라고 풀이했다.

•애스러라
'애스럽다'가 기본형이며, '딱하고 가엾다'라는 뜻을 지닌다. 소월 시에서는 "그대잠든품속에 안기럿더니,/애스러라, 그리는 못한대서,"(구름)라는 구절에 등장한다. 『김소월 시어법 연구』(오하근, 집문당, 1995)와 『김소월전집』(김용직, 서울대출판부, 1996)에서는 모두 '야속하다'로 풀이했다.

•야저시
'의젓이'의 작은 말. '얌전히 차분하게'라는 뜻을 지닌다. 소월 시에서는 "모르는듯한 擧動도 前날의모양대로/그는 야저시 나의팔우혜 누어라"(꿈으로오는 한사람)라는 구절에 등장한다.

•어그점
'어그적시다'에서 파생된 말이며, 소월 시에서는 "情分으로얼근 짠두몸이라면,/서로 어그점인들 쏘잇스랴/限平生이라도半百年"(夫婦)라는 구절에 등장한다. 『김소월 시어법 연구』(오하근, 집문당, 1995)나 『김소월전집』(김용직, 서울대출판부, 1996)에는 모두 이 단어의 원형을 '어그적시다'로 밝혔고, 그 의미를 "멋없이 교만하게 굴거나 함부로 으스대다"로 풀이했다. 북한의 『조선말대사전』에서는 '엇나가다'와 동의어로 처리하고 있으며, 그 뜻은 '어긋나게 삐뚜로 나가다'로 표시했다. 여기서는 『조선말대사전』의 풀이를 따른다. 우리말 가운데 '어깃장 놓다', '어깃장 대다'와 같은 말이 이 단어와 관련이 있다. '어깃장 놓다'는 말은 '서로 엇나가게 만들다'의 뜻을 가진다. 서로 어긋나게 만든다는 뜻으로 쓰이는 '어깃장'이라는 말이 이 작품의 '어그점'과 같은 말이 아닌가 추측해 볼 수 있다.

•어득어득, 어득하기도

'어둑하다'가 기본형. 소월 시에서는 "어득어득 점은날을/비바람에울지는 돌무덕이"(하다못해죽어달내가울나), "白楊가지에 우는電燈은 깁흔밤의못물에/어렷하기도하며 어득하기도하여라"(公園의밤)라는 구절에 등장한다.

•어렷하기도

'어렷하다'가 기본형이며, '물이나 거울에 비친 그림자가 자꾸 어른거리며 흔들리다'라는 뜻을 지닌다. 소월 시에서는 "白楊가지에 우는電燈은 깁흔밤의못물에/어렷하기도하며 어득하기도하여라"(公園의밤)라는 구절에 등장한다. 『정본김소월전집』(오하근, 집문당, 1995)와 『김소월전집』(김용직, 서울대출판부, 1996)에서 모두 '확실하지 않고 흐릿하다'로 풀이했다.

•어스러한

표준어는 '어스레하다'이며, '어둑하고 희미하다'라는 뜻을 지닌다. 소월 시에서는 "고요하고 어둡은밤이오면은/어스러한燈불에 밤이오면은"(옛니야기), "꼿燭불켜는밤, 어스러한窓아래 맛나라"(꼿燭불켜는밤) 등의 구절에 등장한다.

•어여도

표준어는 '여의다'이며, 방언에서는 '어이다'라고 쓰기도 한다. '멀리 떠나보내다' 또는 '죽어서 이별하다'라는 뜻을 지닌다. 소월 시에서는 "그년갑(年甲)의젊은이길에어여도/쓴눈으로새벽을잠에달녀도,"(흘러가는물이라맘이물이면)라는 구절에 등장한다. 『정본김소월전집』(오하근, 집문당, 1995)과 『김소월전집』(김용직, 서울대출판부, 1996)에서 모두 '에돌다', '피하다'로 풀이했다.

•어이

짐승의 어미를 '어이'라고 한다. 소월 시에서는 "어이를 離別하고/떠난 故鄕/하늘을 바라보던 제비이지요"(제비)라는 구절에 등장한다.

•엇득엇득하지만,

'어뜩어뜩하다'가 표준어. '그림자가 어른거리다'라는 뜻을 지닌다. 소월 시

에서는 "논드렁좁은길 엇득엇득하지만/우거진아카시아숩아레 배여오는香氣
는"(五月밤散步)이라는 구절에 등장한다. 『정본김소월전집』(오하근, 집문당,
1995)에서는 '어둑어둑하다'로 풀이했다.

• 엇득한
'엇득하다'를 기본형으로 볼 수 있으며, '어둑하다', '조금 어둡다'라는 뜻을
지닌다. 소월 시에서는 "엇득한퍼스럿한 하늘아래서/灰色의집웅들은 번쩍어
리며,"(가을아츰에)라는 구절에 등장한다.

• 엉긔한
'엉기하다'를 기본형으로 볼 수 있으나, 표준어에서는 '엉기성기하다'라고 쓴
다. '여기저기가 드문드문 성기다'라는 뜻을 지닌다. 소월 시에서는 "엉긔한
무덤들은 들먹거리며,/눈녹아 黃土드러난 멧기슭의"(찬저녁)라는 구절에 등장
한다. 『김소월 시어법 연구』(오하근, 집문당, 1995)에서는 이 말을 '엉기다'로
보고, 그 뜻을 '무엇이 뒤섞이고 서리다'로 풀이했다.

• 엉머구리
표준어에서는 '악머구리'이며, 잘 우는 개구리라는 뜻으로, '참개구리'를 이르
는 말. 소월 시에서는 "마소의무리와 사람들은 도라들고, 寂寂히뷘들에,/엉머
구리소래 욱어저라"(저녁째)라는 구절에 등장한다.

• 우굿한
기본형은 '우굿하다'이며, '조금 우거지다'라는 뜻을 지닌다. 소월 시에서는
"우굿한풀대들은 춤을추면서/갈님들은 그윽한노래부를째"(녀름의달밤)라는
구절에 등장한다.

• 우무주러진
표준어는 '움츠러지다'이다. 소월 시에서는 "이우러 香氣깁픈 가을밤에/우무
주러진 나무그림자"(希望)라는 구절에 등장한다. 『김소월 시어법 연구』(오하

근, 집문당, 1995)에서는 '우무러지고 줄어지다'라고 풀이했다.

•욱어저라

기본형은 '욱어지다'. '욱다'를 원형으로 본다. '욱다'는 '기운이 줄어들다'라는 뜻을 지닌다. 소월 시에서는 "마소의무리와 사람들은 도라들고, 寂寂히뷘들에,/엉머구리소래 욱어저라"(저녁째)라는 구절에 등장한다. 여기서는 '참개구리의 울음소리가 점차 줄어들어 사방이 고요해지고 있음을 말한다. 『정본김소월전집』(오하근, 집문당, 1995)에서는 '욱어저라'를 '우거져라'로 고쳐놓았다. 이 말을 '우거지다(초목이 무성해지다)'로 보아서는 안 된다. 김소월은 "아, 이거봐, 우거진나무아래로 달드러라"(合掌) 같은 구절에서처럼 '욱다(욱어지다)'와 '우거지다'를 구분하여 썼다.

•울지는

'울지다'가 기본형이며, '쉼 없이 울다'라는 뜻을 지닌다. 소월 시에서는 "어득어득 점은날을/비바람에울지는 돌무덕이"(하다못해죽어달내가올나)라는 구절에 등장한다. 『정본김소월전집』(오하근, 집문당, 1995)에서는 '울며 눈물짓다'로 풀이했다.

•이바루

표준어는 '이바로'이다. 중부지방의 방언에서 '이발루'는 '이쪽으로'라는 뜻으로 쓰인다. '이발루 가면 세 갈래 길이 나온다'라고 하는 경우에서 그 예를 볼 수 있다. 소월 시에서는 "이바루/외짜로 와 지나는사람업스니 『밤자고 가쟈』 하며 나는 안저라"(우리집)라는 구절에 등장한다. 여기서도 '이쪽으로' 정도로 해석이 가능하다. 『김소월 시어법 연구』(오하근, 집문당, 1995)에서는 '이 근처' 또는 '이쯤'으로 풀이했다.

•이우러

'이울다'가 기본형. '꽃이나 잎이 시들다', '점차 쇠약해지다', '해나 달의 빛이 약해지거나 스러지다' 등의 뜻으로 쓰인다. 소월 시에서는 "이우러 香氣깁픈

가을밤에/우무주러진 나무그림자"(希望)라는 구절에 등장한다.『정본김소월전집』(오하근, 집문당, 1995)에서는 '꽃이나 잎이 시들다'라고 풀이했지만, 문맥상 어색하다. 여기서는 '빛이 약해지거나 스러지다'라고 풀이해야 자연스럽다.

•일잡자
'일 잡다'가 기본형이다. '일을 잘하려고 단단히 각오하다'라는 뜻을 지닌다. 북한에서는 '일을 잘하려는 각오나 기세'를 '일잡도리'라고 한다. 소월 시에서는 "깨끗한心情과더튼한솜씨로/이자리에 일잡자 내남은勞力을!"(불탄자리)이라는 구절에 등장한다.『정본김소월전집』(오하근, 집문당, 1995)에서는 '일을 정하다'라고 풀이한다.

ㅈ

•잔즈르는
'잔주르다'가 기본형. '조심스럽게 더듬적거리며 벼르거나 머뭇거리다'라는 뜻을 지닌다. 소월 시에서는 "두손길 맞잡고/우두커니 앉았소/잔즈르는 愁心歌/「고만두라」합니다"(고만두풀노래를가져月灘에게드립니다)라는 구절에 등장한다.『정본김소월전집』(오하근, 집문당, 1995)에서는 '흐트러진 것을 차곡차곡 가리고 가지런하게 거두다'라고 풀이하였으며,『김소월전집』(김용직, 서울대출판부, 1996)에서도 이를 그대로 따르고 있다. 필자는 이 두 책의 해석에 불만이다. 북한에서 나온『조선말대사전』에는 '잔주르다'와 '잔즈리다'라는 비슷한 두 개의 단어가 등재되어 있다. '잔주르다'라는 말은 '조심스럽게 더듬적거리며 벼르거나 머뭇거리다'라는 뜻으로, '잔즈리다'는 '흐트러진 것을 차곡차곡 가리고 가지런하게 거두다'라는 뜻으로 풀이해 놓고 있다. 이를 보면, 이 시의 '잔즈르는 수심가'는『조선말대사전』의 '잔주르다'로 읽어야만 '조심스럽게 더듬적거리거나 머뭇거리며 부르는 수심가'라고 그 뜻이 분명해진다.

•잦는

'잦다'가 기본형이며, '점차 줄어들어 말라가다'라는 뜻으로 풀이한다. 이 말은 동사로 쓰일 때와 형용사로 쓰일 때 서로 다른 의미를 지니고 있어서 혼동을 일으킬 수 있다. 동사로 쓰일 때는 '액체가 졸아들어 밑바닥에 깔리다', '설레던 것이 잠잠해지거나 가라앉다', '속으로 깊이 스미거나 배어들다' 등의 뜻을 지니며, 형용사로 쓰일 때는 '여러 차례로 자주 거듭되는 기간이 짧다', '자주 빈번하다'의 뜻을 지닌다. 소월 시에서는 "울자해도 잦는눈물, 웃자해도 싱거운 맘,/허거픈 이 심사를 알리 없을까 합니다"(生과돈과死)라는 구절에 등장한다. 『정본김소월전집』(오하근, 집문당, 1995)에서는 이 말을 '갖는 눈물'이라고 바꾸어놓았는데, 그 근거를 밝히지 않았다. 『김소월전집』(김용직, 서울대출판부, 1996)에서는 '많은 눈물', '자주 나오는 눈물'이라고 풀이했다. 이 두 책의 풀이가 모두 맞갑지 않다. 이 구절은 '울자고 해도 눈물이 잦아(점차 줄어들어 말라가다) 나오자 않고'라고 풀이해야 문맥상 자연스럽다.

• 저푸고
'저프다'가 기본형. '두렵다' 또는 '무섭다'라는 뜻을 지닌다. 소월 시에서는 "아아 내몸의 傷處바드튼맘이어/맘은 오히려 저푸고압픔에 고요히썰녀라"(엄숙)라는 구절에 등장한다.

• 조미조미 하기도
'조마조마하다'가 표준어이며, '마음이 초조하고 긴장이 되다'라는 뜻을 지닌다. 소월 시에서는 "해 넘어 가기前 한참은/조미조미 하기도 끝없다,/저의 맘을 제가 스스로 느꾸는 이는 欇있나니"(해넘어가기前한참은)라는 구절에 등장한다.

• 찌엇지마는
'찌다'가 기본형이며, '고인 물이 없어지거나 줄어들다'라는 뜻을 지닌다. 소월 시에서는 "세월이 물과가치 흐른두달은/길어둔독옛물도 찌엇지마는"(님의말슴)이라는 구절에 등장한다. 『정본김소월전집』(오하근, 집문당, 1995)에서는 이 말을 '써다'로 보고, '조수가 빠지거나 물이 새거나 줄다'라고 풀이했다.

ᄎ

•차차

'차차'는 어떠한 상태가 조금씩 진행하는 모양을 나타내는 부사로서, '차츰'과 같은 말이다. 소월 시에서는 "꿈에는 각금각금 山을넘어/烏鵲橋 차차차자 가기도햇소"(春香과李도령)라는 구절에 등장한다.

•축업은

'축업다'가 기본형이다. '축다'에서 파생한 '축축하다'와 마찬가지로 '습기에 차서 눅눅하다'라는 뜻을 지닌다. 소월 시에서는 "아직도 째마다는 당신생각에/축업은 벼개까의꿈은 잇지만"(님에게)이라는 구절에 등장한다.

•츰즛한

표준어에서는 '침짓하다'가 기본형이며, '침침하다'와 같은 뜻을 지닌다. 소월 시에서는 "우거진 나무입새속에 츰즛한人家들"(불탄자리)이라는 구절에 등장한다. 『정본김소월전집』(오하근, 집문당, 1995)과 『김소월전집』(김용직, 서울대출판부, 1996)에서 모두 '머츰하다', '잠깐 그쳐 뜸하다'로 풀이했다.

ㅍ

•파리한

'파리하다'라는 말은 '몸이 마르고 낯빛이나 살색이 핏기가 없다'는 뜻을 가진다. 그러나 소월 시에서는 "그 많은 사람들도 門밖 그림자 볼수록/한 줄기 煙氣 곁을 길고 파리한 버들같이 스러진다"(늦은가을비)라는 구절에 등장하기 때문에, 여기서는 '파릿하다' 또는 '파릇하다'로 보고, '파르스름한 버들같이'라고 풀이하는 것이 자연스럽다.

•파린

'팔리다'가 기본형. 소월 시에서는 "일에갓든파린소는/서룬듯이길게울고"(春

崗)라는 구절에 등장한다. 『정본김소월전집』(오하근, 집문당, 1995)에서는 '파린'의 기본형을 '파리하다'로 보고, '몸이 마르고 해쓱하다'라고 풀이했다. 그러나 소가 '파리하다'라는 말은 어색하다. 여기서는 바로 뒤에 오는 행의 '설운 듯이 길게 울고'와 연결하여 '팔려버린 소'로 보아야 자연스럽다.

•퍼스렷한, 퍼르스럿한
'퍼스렷한'과 '퍼르스럿한'은 모두 '퍼르스레하다'를 기본형으로 본다. '약간 푸른 빛을 띠다'라는 뜻으로 풀이할 수 있다. 소월 시에서는 "엇득한 퍼스렷한 하늘아래서/灰色의집웅들은 번쩍어리며"(가을아침에), "퍼르스럿한달은, 성황당의/데군데군허러진 담모도리에"(찬저녁)라는 구절에 등장한다.

•포스근히
'포스근하다'가 기본형이며, '포근하다'와 같은 말이다. 소월 시에서는 "孤寂한잠자리에 홀로누어도/내잠은 포스근히 깁피드러요"(님의노래)라는 구절에 등장한다.

ㅎ

•한소시
평안도 방언인 '한솟'이라는 말은 '대체로' 또는 '일의 중요한 부분만으로'라는 뜻을 지닌다. 소월 시에서는 "사랑, 사랑, 사랑에, 어스름을 맞은님/오나 오나 하면서, 젊은 밤을 한소시 조바심 할때"(氣分轉換)라는 구절에 등장한다.

•허거픈
'허거프다'가 기본형이며, '허전하고 어이없다'는 뜻을 지닌다. 소월 시에서는 "울자해도 잦는눈물, 웃자해도 싱거운 맘,/허거픈 이 심사를 알리 없을까 합니다"(生과돈과死)라는 구절에 등장한다.

•허수럽다

표준어는 '허수룹다'이며, '허술하다'와 같은 말이다. '짜임새나 단정함이 없이 느슨한 데가 있다'라는 뜻을 지닌다. 소월 시에서는 "아아아허수럽다바로사랑도/더욱여허스럽다살음은말로"(바다까의밤)라는 구절에 등장한다.

•허스럽다
'허스럽다'는 '헛되다'와 같은 말이다. 소월 시에서는 "아아아허수럽다바로사랑도/더욱여허스럽다살음은말로"(바다까의밤)라는 구절에 이 말이 등장한다. 소월은 이 구절에서 '허수럽다'와 '허스럽다'를 구분해 쓰고 있음을 유의해야 한다. 『정본김소월전집』(오하근, 집문당, 1995)에서는 '허수럽다'와 '허스럽다'를 모두 '허수룹다'로 고치고, '공허하고 서운하다'라고 풀이했다.

•허수한
'허수하다'가 기본형이며, '공허하고 서운하다'라는 뜻을 지닌다. 소월 시에서는 "허수한맘, 둘곳업는心事에 쓰라린가슴은/그것이 사랑, 사랑이든줄이 아니도닛칩니다"(자나깨나안즈나서나)라는 구절에 등장한다.

•호쥬근한
표준어는 '호졸근하다'이며, '후줄근하다'는 큰말에 해당한다. '종이나 피륙 같은 것이 약간 젖어서 풀기가 없어져 보기 흉하게 늘어져 있다'라는 뜻으로 쓰이기도 하고, '몸이 지치고 고단하여 축 늘어지듯 힘이 없다'는 뜻을 나타내기도 한다. 소월 시에서는 "사랑의말로못할깁픈불안에/쏘한곳호쥬군한엿튼몽상(夢想)에"(바다까의밤)라는 구절에 등장한다. 여기서는 '몸이 지치고 고단하여 축 늘어지듯 힘이 없는 상태에서 옅은 몽상에 잠겨 있음'을 묘사한다. 『정본김소월전집』(오하근, 집문당, 1995)에서는 '땀이 젖도록 많이 나 번지르르하다'라고 풀이했다.

•훗길
'뒷길'과 같은 말이며, '뒷날을 기약하는 희망의 길'이라는 뜻을 지닌다. 소월 시에서는 "『쌀과아들을 기르기는/훗길을보쟈는 心誠이로라.』"(훗길)라는 구절에 등장한다. 『김소월전집』(김용직, 서울대출판부, 1996)에는 '훗결'이라고 풀이했다.

김소월 시전집

1판 1쇄   2007년 4월 5일
1판 5쇄   2024년 4월 30일

엮은이   권영민

펴낸이   임지현
펴낸곳   (주)문학사상
주소   경기도 파주시 회동길 363-8, 201호(10881)
등록   1973년 3월 21일 제1-137호

전화   031) 946-8503
팩스   031) 955-9912
홈페이지 www.munsa.co.kr
이메일   munsa@munsa.co.kr

ISBN 978-89-7012-784-2 (03810)